Jo Jonson wurde 1988 in einem kleinen Dorf bei Leipzig geboren. Als sie an einem Sommernachmittag im Jahr 2004 aus lauter Langeweile anfing, Geschichten zu schreiben, konnte sie nicht ahnen, dass sie nie wieder damit aufhören würde. Im Frühjahr 2017 erschien ihr Debütroman. Ab diesem Zeitpunkt veröffentlichte Jo jedes Jahr mindestens einen Liebesroman. Aktuell sitzt sie an einer vierteiligen Rockstarromance-Reihe.

JO JONSON

Das kleine
Cottage zum Glück

ROMAN

Erstausgabe April 2024

Copyright © 2024 dp Verlag, ein Imprint der
dp DIGITAL PUBLISHERS GmbH
Made in Stuttgart with ♥
Alle Rechte vorbehalten

Das kleine Cottage zum Glück

ISBN 978-3-98778-542-9
E-Book-ISBN 978-3-98778-559-7

Covergestaltung: ArtC.ore-Design / Wildly & Slow Photography
Umschlaggestaltung: ARTC.ore Design

Unter Verwendung von Abbildungen von
stock.adobe.com: © LaxmiOwl, © apratim
shutterstock.com: © Regien Paassen, © Anest, © LianeM
Lektorat: The Write Spirit
Satz: dp DIGITAL PUBLISHERS GmbH
Druck und Bindung: Books on Demand GmbH, Norderstedt

Für Tala

Mein kleiner Wintergeist, Zuhause in dunkelster Nacht. Du fehlst mir!

Für Davin

Der du mit jedem Tag selbstbewusster und charmanter wirst. Dein Lächeln ist für mich eine nie versiegende Quelle der Inspiration

„Mögen die Grenzen, an die du stößt,

einen Weg für deine Träume offenlassen.“

~ Irischer Segenswunsch ~

Prolog

Seufzend saß die elfjährige Starley auf dem Sockel der berühmten Fungie-Statue und beobachtete gelangweilt ihre Schwestern, die wie zwei wilde Hühner auf dem Platz umherrannten. Sie beneidete ihre Freude, denn offenbar waren sie vollkommen glücklich und zufrieden mit ihrem Los des einfachen Lebens in Dingle, der Halbinsel an der irischen Atlantikküste. Vielleicht lag es daran, dass sie die Älteste war und sie ständig auf die beiden aufpassen musste, dass sie das Fernweh derart plagte und mit jedem neuen Tag immer schlimmer wurde. Tief in sich spürte Starley den festen Glauben daran, dass sie nicht für dieses einfache Leben gemacht war. Dass sie zu etwas Höheren bestimmt war; gehört und gesehen werden musste. Was für eine Verschwendung an wertvoller Lebenszeit, sie an einem öden Ort wie diesem zu verbringen. Sie verstand die Touristen nicht, die Jahr ein Jahr aus wieder und wieder auf die

Insel strömten. So wie jetzt. Beinahe angewidert beobachtete sie eine blonde junge Schönheit, die mit einer Kamera bewaffnet ein Bild nach dem anderen schoss. Gelangweilt sah Starley zu dem Objekt ihrer Begierde und sah nichts außer Wellen und Möwen. Du liebe Güte, es musste doch noch mehr da draußen geben als das Geschrei der Meeresvögel und den Geruch nach Fisch.

Sie konnte die Geschichte der tragischen Hungersnot nicht mehr hören, der öde Streit um alte Kulturen und aussterbende Sprachen quälte sie. Mit jedem Tag wurde sie sich der Tatsache sicherer, im falschen Leben geboren worden zu sein. Sie liebte ihre Familie über alles und wusste, wie glücklich sie sich schätzen konnte. Das war auch der Grund, warum sie sich so undankbar bei dem Gedanken fühlte, dass sie ihre Koffer packen würde, sobald sie alt genug wäre, ihre Flügel endlich auszubreiten.

Sie musste es mit eigenen Augen sehen – dieses erstrebenswerte Etwas hinter den eintönigen Meereswogen. Dieses Geheimnis, das tagtäglich ihren Namen rief. Sie saß oft am Meer, doch nicht, weil sie die Schönheit des Atlantiks genoss, sondern weil es sie hinter die Grenzen des Horizonts zog, den sie kannte. Irgendwo da draußen war das, was ihr Herz zum Singen brächte.

Kapitel Eins

Acht Jahre später

Sie sang von einer unerfüllten Sehnsucht, die so heiß brannte, dass sie das Herz der Sehnsüchtigen schier verschlang. Voller Inbrunst glitt ihre Stimme in die Töne und füllte die Worte mit der Erfahrung einer viel älteren Frau. Sie wusste, was dieses Sehnen bedeutete. Diese bittersüße Qual und sie liebte es, diesen Schmerz in sich zu befeuern, wenn sie von einer großen Karriere in Los Angeles träumte.

Wenn sie beim Singen die Augen schloss, waren die alten ausgedienten Scheinwerfer des kleinen Pubs die brennende Sonne Kaliforniens. Ein Spalier aus Palmen, deren Blätter sanft im Wind raschelten, säumte ihren glorreichen Weg. Sie wusste um ihr Talent, wusste um ihre Möglichkeiten. Ein vielversprechendes Leben lag vor ihr und sie konnte es kaum erwarten, endlich damit zu beginnen.

Selbstvergessen warf sie ihr langes blondes Haar zurück, dass sie nachlässig mit einem dünnen Stirnband aus ihrem Gesicht hielt, während sie einen ihrer heiß geliebten amerikanischen Pop-Songs von Lady Gaga sang. Sie interpretierte ihn auf ihre Weise und verzauberte damit Jung und Alt.

Als sie geendet hatte, hielt sie die Augen wie immer geschlossen, während der Applaus andauerte. In diesen wenigen Sekunden konnte sie sich vorgaukeln, sie wäre schon am Ziel. Doch als sie die Augen aufschlug, bekam ihr gewinnendes Lächeln einen Knacks.

Es war kein angesagtes Szene-Lokal in der Stadt der Engel, nur Neligan's Bar, einer der kleinen Pubs in Dingle. Ihr Publikum bestand, wie immer zu dieser Jahreszeit, zu neunzig Prozent aus Alteingesessenen, die sie schon seit ihrer frühesten Kindheit kannte. Sie sehnte sich danach, auszubrechen und diese öde Gewohnheit hinter sich zu lassen. Starley kannte jeden Stein in Dingle, jedes Gesicht, jeden verdammten Fisch. Sie hatte kaum etwas anderes gesehen. Ganz selten waren ihre Eltern mit ihr und ihren Geschwistern nach Galway oder Dublin gefahren. Da hatte sie es schon gespürt – diesen pulsierenden Sog und das Wissen, dass da draußen weit mehr auf sie wartete. Sie fühlte sich unruhig und gereizt, seit Jahren schon. Weil sie das Warten leid war.

Aber ihre gute Laune kehrte schlagartig zurück, als ihr einfiel, dass das Warten bald ein Ende hatte. Nächste Woche würde sie endlich ihr Leaving Certificate bekommen. Dass sie es bestehen würde, dafür hatte sie gesorgt. Sie würde nicht durch eigenes Versagen weiter hier festsitzen! Danach konnte sie keiner mehr davon abhalten, das Leben zu leben, für das sie gemacht worden war. Schließlich steckte es bereits in ihrem Namen. Sie war zu einem Star geboren, sie saß nur noch am falschen Ort fest.

„Gut gemacht!", murmelte ihre Mutter, die wie immer – wenn sie es einrichten konnte – in der ersten Reihe saß, aber Starleys ganze Aufmerksamkeit gehörte der schönen Frau neben ihr.

„Du bist einfach der hellste Stern am Himmel."

Nicht nur wegen dieser Aussagen vergötterte sie Tamara. Sie liebte alles an der Frau mit den schönen langen schwarzen Haaren, die so fremdartig wirkte und so viel von der Welt gesehen hatte. In den letzten Jahren hatte Starley bei jedem Besuch von Tamara und Henrik an den Lippen der gebürtigen Deutschen gehangen und den Geschichten der fernen Orte gelauscht, die sie in ihrem früheren Leben bereist hatte, ehe sie zu Henrik in das kleine Cottage am Coumeenoole Beach gezogen war. Es war wie eine Sucht. Starley sog alles davon in sich auf – in Büchern, Filmen und Geschichten. So lange, bis sie endlich ihre eigenen Erfahrungen machen konnte. Sie war nur noch einen Wimpernschlag davon entfernt.

Ihr Herz war so voller Vorfreude darauf, dass sie ihre Gedanken heute das erste Mal mit ihren Eltern teilte, als sie sich mit Tamara und Henrik einen Platz nahe der Bar gesucht hatten. „Das ist es einfach! Dieses Leben und kein anderes. Ich will das jeden Abend machen. Ich könnte gleich wieder da rauf gehen!"

Sie hatte die Worte kaum ausgesprochen, da tauschten ihre Eltern diesen Blick miteinander, der Starley stets rasend machte. Weil sie sich dann wie eine Außenstehende fühlte und wusste, dass die beiden gerade einen Plan gegen sie schmiedeten.

„Darüber haben wir doch schon gesprochen", begann
ihr Vater genervt.

„Nein, *du* hast gesprochen und mir tausend Gründe
aufgezählt, die gegen eine Karriere als Musikerin sprechen", erwiderte sie. „Interessiert es hier eigentlich ir-
gendjemanden, was ich davon halte?"

„Wir wissen, was du darüber denkst", sagte ihre Mutter sanft. „Aber das ist nichts, was man mit einem Fin-
gerschnippen bekommen kann, nur weil man besonders hübsch ist und eine schöne Stimme hat."

Das war ja wohl die Höhe! Sie sahen nicht einmal, was
in ihrer eigenen Tochter steckte, wollten es nicht sehen.
„Ich werde es euch beweisen! Sobald ich meinen Abschluss habe, fliege ich nach L. A. und dann werdet ihr
bereuen, dass ihr nicht an mich geglaubt habt."

„Du wirst gar nichts dergleichen tun!", polterte ihr Vater.

„Ich bin volljährig. Ich brauche deine Erlaubnis
nicht", erwiderte Starley überlegen.

„Aber das Geld auf dem Sparkonto, was noch immer
auf unseren Namen läuft, das brauchst du für dein
wahnwitziges Vorhaben schon."

„Der Deal war, dass ich nach meiner bestandenen
Prüfung darüber verfügen darf", rief Starley zornig.
„Oder ist dein Wort jetzt gar nichts mehr wert?"

„Auch nicht mehr als deine Vorstellungen von der Zukunft. Ich werde mit keinem Cent unterstützen, dass
meine älteste Tochter auswandert, um sich zum Nar-
ren zu machen."

Sie war so wütend, dass sie aufsprang. „Das werdet
ihr bereuen! Ich bin nicht euer Eigentum", rief sie

wütend, ehe sie aus dem Pub rauschte. Die Blicke aller Anwesenden folgten ihr.

Daisy vergrub verzweifelt das Gesicht in ihren Händen. „Dieses Kind! Seit Monaten redet sie von nichts anderem mehr, als davon nach Amerika zu gehen und Sängerin zu werden. Ich dachte, das geht vorbei, aber so wie es momentan aussieht, habe ich Angst, dass sie eines Morgens einfach fort ist."

„Das würde sie nicht tun", sagte Tamara sanft und strich der Freundin beruhigend über den Rücken.

„Ohne ihr Geld kommt sie nicht einmal bis Dublin", sagte Sean zufrieden.

Tamara runzelte die Stirn. „Ich verstehe dich, Sean. Aber das ist der falsche Weg, sie zum Bleiben zu überreden."

„Du siehst doch, dass sie stur wie ein Maulesel ist", erwiderte Sean mürrisch.

„Mir geht es nicht darum, sie hier einzusperren, nur weil ich sie nicht gehen lassen kann", sagte Daisy kläglich, woraufhin ihr Mann düster in sein Bier starrte. „Sie hat nie etwas anderes gesehen als unsere kleine Stadt. Wie soll sie da allein so weit weg von Zuhause klarkommen? Ich will, dass sie glücklich ist, aber ich traue es ihr momentan beim besten Willen nicht zu. In dieser Welt warten so viele Probleme, von denen sie – Gott sei Dank – nicht den Hauch einer Ahnung hat."

Tamara nickte. Sie teilte die Sorge ihrer Freunde. In den letzten zehn Jahren war Starley ihr so sehr ans Herz gewachsen wie eine Tochter. Nachdem sie inzwischen selbst Mutter von achtjährigen Zwillingen war, wusste sie um die Freuden und Leiden des Eltern-Seins. Und sie dankte dem Himmel, dass ihr noch ein paar

Jahre blieben, ehe sie ihre Babys ziehen lassen musste. „Allerdings werdet ihr auch nicht glücklich damit, sie zum Bleiben zu zwingen. Wie ich Starley kenne, wird sie einen Weg finden, es euch heimzuzahlen. Und sei es – ihre Prüfung absichtlich zu verhauen."

„Außerdem haben wir den Kindern versprochen, dass sie nach bestandener Abschlussprüfung selbst über ihr Geld verfügen dürfen", fügte Daisy mit einem ernsten Blick an ihren Mann hinzu. „Ich werde mein Wort nicht brechen."

„Und ich werde ein Kind, das die Lebenserfahrung eines Kükens hat, nicht den Haien zum Fraß vorwerfen", sagte Sean wütend.

Beide blickten sich missmutig an, bis Henrik die Stimme erhob, der die ganze Zeit geschwiegen hatte. „Es gibt eine dritte Möglichkeit, von der alle etwas haben."

Die dunklen Wellen im kleinen Hafen von Dingle schaukelten im tröstenden Licht des Vollmonds. Doch heute konnte ihr sanftes Plätschern Starleys aufgewühltes Gemüt nicht besänftigen. Sie würde nicht nach Hause zurückkehren. Und erst recht würde sie kommende Woche nicht zu ihrer Abschlussprüfung erscheinen. Wenn ihre Eltern ohnehin glaubten, ihre älteste Tochter wäre ein Misserfolg, dann sollte sich diese Erwartung erfüllen.

Sie zitterte vor Wut. Niemals hätte sie geglaubt, dass sie so herzlos sein könnten. Das Brechen ihres Wortes sah Starley als besonders unverzeihlichen Verrat an. In diesem Moment war sie sicher, dass sie der unglücklichste und einsamste Mensch der Welt war. Ihr Hang zur Dramatik, der auf der Bühne alle Herzen im Sturm eroberte, war in ihrem Gefühlsleben absolut zerstörerisch.

Als ein kühler Wind aufzog und sie fröstelte, verfluchte sie sich, dass sie keine Jacke mitgenommen hatte. Sie schlang ihre Arme um ihren Körper, schloss die Augen und träumte sich mit verzweifelter Hingabe hinfort. Nun stand sie auf einer großen Bühne, die Menge jubelte nur für sie und rief ihren Namen. All ihr Leid brach in den Tönen eines ihrer Lieblingslieder aus ihr heraus.

Doch als sie die Augen öffnete, verpuffte die Melodie über der einsamen Bucht von Dingle. Sie zuckte zusammen, als ihr plötzlich jemand eine Jacke über die Schultern legte und drehte sich erschrocken um. Sie hätte es niemals zugegeben, doch sie hätte vor Erleichterung fast geweint. In der Tiefe ihres Herzens hatte sie gewusst, dass sie kommen würde. „Tante Tamara! Woher wusstest du, dass ich hier bin?"

„Das ist nicht schwer. Es ist dein Lieblingsplatz", erwiderte Tamara lächelnd. „Darf ich mich zu dir setzen?"

Starley nickte schweigend. Eine Weile sahen sie wortlos auf das Wasser, ehe Tamara das Schweigen zwischen ihnen brach. „Ich liebe diesen Platz. Ich erinnere mich an den Tag, als ich zum ersten Mal hier gewesen bin."

„Das war auf dem Fischerfest vor zehn Jahren." Ohne es zu wollen, huschte bei der Erinnerung an ihre erste Begegnung ein Lächeln über Starleys Gesicht. „Du hattest dein wunderschönes blaues Kleid an und Henrik hat dir den kleinen Spielzeugring geschenkt."

Tamara nickte lächelnd und griff in ihre Tasche. Voller Bezauberung seufzte Starley auf, als sie eben jenen Ring zutage förderte. „Gib mir deine Hand."

Starleys Kopf fuhr nach oben. „Du willst ihn mir schenken? Aber er bedeutet dir doch so viel."

„Nicht so viel wie du", erwiderte Tamara lächelnd, nahm sanft Starleys zierliche Hand und steckte ihr den Ring an. Er passte wie angegossen. „Du warst diejenige, die ihn für mich ausgesucht hat. Und zwar zu einer Zeit, da ich ähnlich verzweifelt war wie du jetzt. Ich war damals schon unsterblich verliebt in Henrik und habe einfach keine Zukunft für uns gesehen. Bis sich vor meinen Augen ein neuer Weg aufgetan hat, an den ich in meinen kühnsten Träumen nicht gedacht hätte."

Starley war nicht dumm und wusste genau, worauf das hinauslief. „Das war aber etwas völlig anderes, Tante Tamara. Ich träume nicht von einem Mann, sondern von einer großen Karriere als Sängerin."

Wieder nickte Tamara. „Aber der Weg, den du dir gedacht hast, funktioniert nicht. Also wird es Zeit, einen unbekannten Pfad einzuschlagen. Wir wissen beide, dass du diese Insel nicht ohne den Segen deiner Eltern verlassen wirst."

„Also ist der Ring ein Bestechungsgeschenk dafür, dass ich meine Träume vergesse, hierbleibe und den Rest meines Lebens unglücklich bin?"

Tamara hob eine Braue. „Traust du mir so wenig? Starley, deine Eltern lieben dich mehr als du es dir vorstellen kannst. Du glaubst nicht, wie neidisch mich das macht. Ich hatte nie einen solchen Anker. Mich hat niemand davon abgehalten, den falschen Weg zu gehen."

„Sängerin zu werden ist nicht der falsche Weg für mich!", widersprach Starley leidenschaftlich. „Ich hätte gedacht, dass wenigstens du mich verstehen würdest. Du hast dein erstes Buch damals geschrieben und das, obwohl dein damaliger Freund dich nicht darin unterstützt hat. Du wusstest, dass du es schaffst. Weil es dein größter Traum war."

„Und dafür nahm ich Umwege in Kauf. Ich habe es erst geschafft, nachdem ich näher zu mir selbst gefunden habe. Ich musste meine eigenen Grenzen überwinden, um dieses Buch schreiben zu können und mehr als einmal glaubte ich auf dem Weg dorthin, es nicht zu schaffen."

Starley war erstaunt über diese Worte, sprachen sie schließlich von dem Bestseller, der Tamara Tür und Tor zu den großen irischen Verlagen und zur heiß ersehnten Autorenkarriere geöffnet hatte.

„Du hast noch nichts anderes gesehen, als Dingle und das Haus, in dem du aufgewachsen bist", fuhr sie auf Starleys nachdenkliches Schweigen hin fort. „Du hast dich gut um deine Schwestern gekümmert, aber nie gelernt, wirklich selbst für dich zu sorgen oder auf eigenen Beinen zu stehen."

Jetzt kehrte Leben in die junge Frau zurück. „Wie soll ich das lernen, wenn man mich nicht lässt?"

Wieder nickte Tamara. „Ich bin ganz deiner Meinung. Deine Eltern haben sich auf einen Deal mit Henrik und mir eingelassen."

Starley horchte auf. „Was für einen Deal?"

„Henrik, die Kinder und ich fahren, wie du weißt, für sechs Wochen nach Deutschland, um den Kindern das Land zu zeigen, in dem ich aufgewachsen bin. Genau in dieser Zeit will sich ein amerikanischer Gast in unserem Cottage einmieten. Wir wollten ihm schon absagen, aber Henrik hat vorgeschlagen, dass du das Fisherman's Farmhouse in der Zeit unserer Abwesenheit übernehmen könntest. Das wäre deine Chance, deinen Eltern zu beweisen, dass du es schaffst, auf eigenen Beinen zu stehen."

Starleys Augen wurden groß, dann sprang sie auf. „Ist das dein Ernst? Ich muss mich nur sechs Wochen um den Gast kümmern und danach lassen sie mich nach Amerika fliegen?"

Tamara nickte. „Wenn du bis zum Ende durchhältst und sich unser Gast bei dir wohlfühlt."

Sie flog Tamara, die ebenfalls aufgestanden war, in die Arme und drückte sie herzlich. „Das wird er, das verspreche ich. Oh, danke, danke, danke, Tante Tamara!"

„Bedanke dich nicht zu früh", erwiderte diese lachend. „Die Aufgabe, ein Cottage zu leiten ist anspruchsvoller als du glaubst."

Doch Starley war längst mit ihren Gedanken zurück auf den großen Bühnen Hollywoods. Zwar hatte sich ihr Traum um einige Wochen nach hinten verschoben, doch sie konnte die Zeit nutzen, noch besser zu werden. Sie würde ihre Fühler ausstrecken und an den Wochenenden in den großen Pubs Dublins auftreten. Und dort würde sie entdeckt werden, während sie nebenbei für den Gast sorgte. Das Leben war wieder gut zu ihr. Sie konnte es kaum erwarten.

Kapitel Zwei

Genau eine Woche später feierten sie Starleys Leaving Certificate auf dem Deb in der Turnhalle ihrer Schule. Sie trug ein leuchtend grünes Kleid mit schwingendem Rock, das perfekt mit ihrem blonden Haar harmonierte. Tamara war völlig aus dem Häuschen, weil es der erste Deb war, den sie miterleben durfte und übertraf in ihrer Euphorie beinahe die Hauptperson des Abends.

„Das ist aber mal ein Abiball!", sagte sie mit strahlenden Augen, während sie sich in der schön geschmückten Turnhalle umsah. Alles war voller Luftballons, Girlanden und Banner in den Farben von Starleys Schule – gelb und grün. Die Musik war so laut, dass man sich anschreien musste, und alles in allem ging es zu wie in einem übergroßen Pub voller Teenager.

Die Eltern hielten sich an diesem Abend brav im Hintergrund und sahen weg, wenn der Schulabsolvent in ihrem Beisein das ein oder andere Glas leerte.

Maureen verdrehte sich den Kopf nach all den schönen Kleidern und beäugte ihre große Schwester neidisch. „Ich wünschte, ich hätte auch so ein schönes Kleid wie du bekommen!“

Sie trug ein weißes Sommerkleid, in dem sie absolut bezaubernd aussah. Was sie auch wusste. Tatsächlich hatte Maureens Laune täglich einen neuen Tiefpunkt erreicht, seit sie wusste, dass ihre große Schwester bald schon das Haus verlassen würde. Starley konnte sich gut vorstellen, wie sie sich fühlte. Maureen war alt genug, um große Träume zu haben. Und jung genug, alles zu glorifizieren, was die große Schwester tat.

Sie selbst fühlte sich sehr wissend und erwachsen, weswegen sie nicht in die ausschweifenden Wetttrinkereien einstieg, die ihre Klassenkameraden eröffneten. Sie würde ihren Eltern beweisen, was in ihr steckte.

Doch das Tanzen ließ sie sich nicht nehmen. Zwar mangelte es ihr nicht an Verehrern, doch am liebsten tanzte sie mit ihrem jüngeren Bruder. Davin war ungewöhnlich groß für sein Alter. Mit seinen knapp zehn Jahren wurde er nicht selten auf dreizehn geschätzt. Er war ein ruhiger, hübscher Junge, der sich stets durch seinen Charme einen Vorteil zu verschaffen wusste. Und er hatte wie seine Schwester Musik im Blut.

Jetzt wirbelte er sie über die Tanzfläche, als hätte er seinen Lebtag nichts anderes getan. Lachend drehte sich Starley auf ihren Absätzen, dass ihr Rock nur so flog. Sie wusste, dass in diesem Moment aller Augen auf das hübsche, blonde Geschwisterpaar gerichtet waren und begann spontan, aus voller Kehle mitzusingen. Bald schon hatten alle im Saal einen Kreis um sie gebildet und sahen ihnen beim Tanzen zu, während sie begeistert im Takt klatschten.

„Deine Tochter weiß wirklich, eine Party zu geben“, sagte Sean zu seiner Frau, der wie alle anderen im Kreis stand und die Hände gegeneinanderschlug.

„Interessant. Immer, wenn sie Dinge tut, die dir nicht gefallen, ist sie plötzlich meine Tochter“, erwiderte Daisy belustigt.

„Sie ist jetzt schon ein verdammter Star. Sieh sie dir nur mal an“, sagte Sean besorgt. „Ich habe das Gefühl, ich werfe sie in ein Haifischbecken, wenn ich sie ziehen lasse.“

„Zuerst zieht sie ja erst einmal in unser Haus“, erwiderte Tamara und tätschelte Sean beruhigend den Arm. „Aber ich kann mir vorstellen, wie schwer es ist, wenn das erste Küken flügge wird. Trotzdem sollten wir ihnen beim Fliegen helfen.“

„Das tue ich auch. Ich habe ihr heute die Vollmacht über ihr Sparkonto überreicht.“

Daisy sah überrascht zu ihrem Mann auf. „Ich dachte, das wolltest du erst tun, wenn sie ihre Aufgabe im Cottage gemeistert hat?“

„Sagen wir, es war eine Art Vertrauensvorschuss. Sie soll sich ja in der Zeit auch ab und zu etwas gönnen. Außerdem muss sie lernen, wie man mit Geld umgeht … huch.“ Sean strauchelte, als ihm seine Frau spontan um den Hals fiel und ihn innig küsste. „Wofür war der denn?“

„Dafür, dass du hinter der Fassade des stursten Esels von ganz Dingle immer noch der beste Mann der Welt bist.“

„Ich dachte schon, du hättest es vergessen! Jetzt lass uns tanzen und ihnen die Show stehlen!“ Damit zog Sean Daisy unter lautem Lachen auf die Tanzfläche, wo sich inzwischen auch Starleys Schwestern Finnja und Maureen tummelten.

Henrik trat neben Tamara und legte einen Arm um ihre Hüfte. „Nette Familie, oder?"

„Sie sind eine perfekte Einheit", erwiderte Tamara bewegt, während sie die vier Kinder voller Liebe musterte, die allesamt das blonde Haar ihrer Mutter geerbt hatten und das sonnige Lächeln ihres Vaters. „Genau wie wir. Wo sind Finnley und Margie?"

Suchend sah sie sich nach den Zwillingen um und entdeckte sie am Kicker in der Ecke, wo Margie ihren Bruder gerade vernichtend schlug. „Du meine Güte, wenn das so weiter geht, endet der Abend wieder in einer Prügelei."

„Sie werden es schon überstehen", erwiderte Henrik lächelnd und gab seiner Frau einen Kuss auf den Scheitel. „Nächste Woche um die Zeit sind wir schon in Deutschland. Wie fühlst du dich bei dem Gedanken?"

„Es ist eher so, als würde ich in den Urlaub fahren als nach Hause, um meinen Kindern meine Wurzeln zu zeigen. Mein Zuhause war immer schon hier."

Henrik nickte lächelnd zu Starley hinüber, die noch immer tanzte, als würde es kein Morgen geben. „Was glaubst du, wie lange es dauert, bis sie erkennen wird, dass Irland ebenfalls ihr einzig wahres Zuhause ist?"

„Das wird schneller passieren, als du glaubst", erwiderte Tamara lächelnd.

***

Das darauffolgende Wochenende verbrachte Starley mit Packen. Sechs Wochen waren für die junge Frau eine Ewigkeit. Noch nie zuvor war sie derart lange von zu Hause fortgewesen. Niemals hätte sie sich eingestanden, wie nervös es sie machte. Also vergrub sie sich in Arbeit, packte Koffer ein und wieder aus, ehe sie am Sonntag haltlos überfordert beschloss, einfach alles mitzunehmen, was sie besaß.

Am Ende stand sie mit drei großen Koffern sowie Rucksack und Handtasche in ihrem Zimmer und hatte keine Ahnung, wie sie das alles von der Bushaltestelle in Dunquin zum Fishermans Farmhouse bekommen sollte. Sie würde nicht um Hilfe bitten.

Normalerweise war sie es gewohnt, dass ihr Vater sie überall hinfuhr. Doch nach den letzten Ereignissen, würde sie sich eher die Zunge herausreißen, als ihn darum zu bitten.

Sie wusste, dass er gegen ihren Traum war und sie nicht ernst nahm, was sie wild entschlossen machte, ihm das Gegenteil zu beweisen. Dass er ihr vorzeitig die Vollmacht für ihr Konto übertragen hatte, war eine unerwartete schöne Geste gewesen. Zeitgleich wusste Starley, dass er sie damit testete.

Seit Anfang der Woche liebäugelte sie mit einer schönen Westerngitarre, die sie in einem Schaufenster im einzigen Musikladen Dingles gesehen hatte und musste sich jetzt schwer zusammenreißen, sie sich nicht einfach zu kaufen.

Tamara und Henrik waren mit den Zwillingen zu Besuch und würden noch heute Abend von Shannon Airport nach Frankfurt fliegen. Starley beneidete die kleine Familie und hätte sich nur zu gern angeschlossen. Gleichzeitig freute sie sich darauf, das erste Mal im Leben ganz mit sich allein sein und tun und lassen zu können, was sie wollte. Sie rechnete damit, dass die Pflichten als Gastgeberin nicht länger als einen halben Tag dauern würden. Den Rest der Zeit würde sie täglich darauf verwenden, sich auf die Erfüllung ihres Traumes vorzubereiten.

Ein lautes Hupen ließ sie aus ihren Tagträumen erwachen. Sie schüttelte den Kopf und wollte sich gerade wieder ihrem Gepäck zuwenden, da hupte es noch einmal, dieses Mal länger. Von der Straße waren einige Lacher zu hören. Neugierig streckte sie den Kopf aus dem Fenster und sah unten auf der Straße ihren Vater in einem kleinen roten Cabrio sitzen und wie irre grinsen. Wie peinlich!

Als er zu ihr hoch brüllte, drehten sich alle Umstehenden zu ihnen um. „Na, wie gefällt dir die Kiste?"

Normalerweise hatte sie ja nichts dagegen, wenn ihr die ungeteilte Aufmerksamkeit der halben Straße gehörte, doch in diesem Fall musste sie handeln. Sie zog sich zurück und polterte kochend vor Wut die Treppe hinunter. Als sie aus dem Haus gerannt kam, hatte sich bereits eine kleine Menschentraube um das Auto versammelt.

„Was soll der Unsinn, Dad?", fragte sie durch zusammengepresste Zähne. Die Nachbarn, die sie und ihre berühmt-berüchtigten Wutanfälle kannten, zogen sich entweder schnell zurück oder blieben in Vorfreude der kommenden Show stehen.

„Gefällt er dir nicht? Ich habe gedacht, es wird langsam Zeit für etwas Neues", erwiderte ihr Vater, noch immer nervtötend grinsend.

Starley wurde das Gefühl nicht los, dass er die Szene in vollen Zügen genoss. „Ist das jetzt deine Rache? Als

Nächstes wirst du Mum verlassen und mit einer Frau durchbrennen, die halb so alt ist wie du."

„Wie etwa mit dir?", fragte er und setzte sich dann umständlich auf den Beifahrersitz, ehe er auffordernd zu ihr hochsah. „Was ist? Hast du Lust auf eine kleine Spritztour, um ihn warm zu fahren?"

Starley spürte förmlich, wie ihr die Gesichtsmuskeln entglitten. „Der ist für mich?"

Dieses Mal störte sie das Gelächter der Umstehenden nicht im Geringsten, weil der Witz auf ihre Kosten gegangen war. „Ist ein Gebrauchter, aber ich dachte, er gefällt dir trotzdem. Wenn du für dich selbst sorgen musst, brauchst du in diesem Land einen fahrbaren Untersatz."

Für einen Moment starrte sie ihren Vater sprachlos an, während sie erkannte, dass sie völlig auf dem Holzweg gewesen ist. Er war nicht gegen sie – im Gegenteil. Er half ihr zu gehen, obwohl er wollte, dass sie blieb. Als ihr Tränen in die Augen schossen, verrutschte sein Grinsen. „Bitte nicht, Star. Du weißt, das bricht mir das Herz."

Mit großer Mühe schluckte sie den Kloß in ihrem Hals hinunter und wischte sich über die Augen. Ein Glück, dass sie sich in den seltensten Fällen schminken musste. Als sie sich hinter das Steuer setzte, fühlte es sich so an, als würde sie auch das Steuer ihres Lebens in die Hände nehmen. Sie drehte den Schlüssel um. Jetzt war sie unheimlich dankbar, dass er sie vor über einem Jahr gezwungen hatte, ihren Führerschein zu machen. „Wohin?"

Er lächelte. „Immer der Nase nach."

Sie fuhren eine Weile, bis sie zu der wunderschönen Küstenstraße kamen, die spektakuläre Ausblicke auf den Atlantik gab. Starley bog auf den Parkplatz am malerischen Inch Beach ein und ihr Vater stieß einen zufriedenen Seufzer aus. „Ich hatte gehofft, dass es dich hierherführen würde.“

Die Sonne stand tief und machte aus dem Strand mit dem feinen, weißen Sand eine dramatische Filmkulisse. Starley hatte diesen Ort schon immer geliebt. Früher waren sie oft zum Baden hergekommen. „Hier hast du mir das Schwimmen beigebracht.“

„Gott behüte! Du hast mich beinahe in den Wahnsinn getrieben, so sehr hast du nach mir getreten. Deine Wutausbrüche waren mit vier schon genauso schlimm wie heute.“

An diesem Tag konnte sie sich eingestehen, dass er Recht hatte. Sie sah seine Sticheleien und Kritik der letzten Tage nun mit anderen Augen. „Daddy, hast du Angst, dass ich in Amerika scheitere?“

Erst sah er eine Weile aufs Meer hinaus, dann seufzte er abermals, ehe er ihr sein Gesicht zuwandte. „Nein. Ich habe Angst, dass du es schaffen und für immer fortbleiben könntest.“

Kapitel Drei

Die Worte klangen ihr am großen Tag ihrer Abreise noch in den Ohren. Erst gestern hatten sie Tamara, Henrik, Finnley und Margie nach Deutschland verabschiedet. Jetzt standen sie wieder vor dem Haus ihrer Eltern und nun war sie es, die ging. Seit ihre geliebte Tante Tamara abgereist war, hatte Starley es verstanden. Es war etwas ganz anderes, wenn man derjenige war, der zurückblieb. Sie drückte ihre beiden Schwestern fest an sich, die so herzzerreißend weinten, als würde sie tatsächlich bereits den Kontinent verlassen, anstatt nur ins gerade mal zwanzig Kilometer entfernte Dorf zu fahren. Sie waren nie zuvor getrennt gewesen.

Ihr Vater war ähnlich rührselig, während ihr kleiner Bruder und ihre Mutter leicht amüsiert über die dramatische Szene wirkten. Starley war dankbar für Daisys Halt. Sie hätte nie geglaubt, wie sehr sie diesen starken Anker jetzt brauchte.

Sie drückte sie fest an sich und flüsterte in ihr Ohr: „Ruf an, wenn du etwas brauchst, egal was es ist und egal, wie spät es ist, hörst du?"

Starley nickte voller Liebe. Plötzlich wirkte die Aufgabe, bei Henrik und Tamara Gastgeberin zu spielen, nicht mehr wie die ursprüngliche Strafe, sondern wie eine Gnadenfrist. Jetzt ahnte Starley, dass es viel schwerer sein würde, ihre Wurzeln hinter sich zu lassen, als sie bisher angenommen hatte.

Die Fahrt nach Coumeenoole war kurz und unangenehm. Seit gestern hatte sie sich ausgemalt, wie sie mit ihrem tollen Cabrio an der Küstenstraße entlangfahren würde, während der Wind durch ihr Haar wehte. Doch jetzt regnete es in Strömen, sodass sie gleich zu Beginn ihrer Unabhängigkeit mit dem undichten Dach des Autos Bekanntschaft machen musste. Der Wagen verlor von Minute zu Minute mehr seinen Reiz.

„Wer kommt bitte auf die dämliche Idee, in einem Land wie Irland ein Cabrio zu kaufen? Und dann noch mit einem undichten Dach!“, murmelte sie schlecht gelaunt und beugte sich weit nach vorn, während sie verzweifelt versuchte, durch den dichter werdenden Regenschleier die Ausfahrt zu erkennen.

Zu spät – sie hatte sie bereits verpasst. Mit einem deftigen Fluch auf den Lippen legte sie den Rückwärtsgang ein. Das Auto holperte über den unebenen engen Feldweg, während sie ein verzweifeltes Wendemanöver startete. In diesem Moment sah sie, dass zu allem Übel ein Jeep die Straße entlang geheizt kam. „Spinnt der? Was hat der denn für einen Affenzahn drauf!“

Wütend gab sie dem anderen Fahrer mehrfach Lichthupe und widmete sich wieder ihrem Rangiermanöver. Ein lautes Hupkonzert ließ sie zusammenschrecken. Sie sah auf. Der Jeep stand nun so dicht an ihrem Wagen, dass er sie beim Wenden behinderte.

„Sag mal, hast du sie nicht mehr alle?“, brüllte sie zornentbrannt und machte eine rüde Geste Richtung des anderen Fahrers, von dem sie durch den starken Regen nicht viel erkennen konnte.

Daraufhin stieg dieser aus und schlug heftig seine Autotür zu. Prima, wenn er auf Konfrontation aus war, konnte er das haben. Inzwischen war Starley so geladen, dass ihr das genau zur rechten Zeit kam. Sie stieg ebenfalls aus und warf geräuschvoll die Wagentür ins Schloss.

„Wird das heute noch was oder soll ich den Abschlepper rufen?“, fragte der Typ, von dem sie noch immer nicht viel sehen konnte, da er die Kapuze seiner Regenjacke tief ins Gesicht gezogen hatte. Er war gut zwei Köpfe größer als sie, doch das hielt sie nicht davon ab, sich mit in die Seite gestemmten Armen vor ihm aufzubauen. „Du hast vielleicht Nerven, du Blödmann! Du siehst doch, dass ich zu wenden versuche!“

„Ich habe noch nie jemanden so wenden sehen!“, erwiderte er amüsiert. Starley stand kurz vor einer Explosion. „Ich würde gern mal am Ziel ankommen, daher schlage ich vor, dass ich das für dich übernehme.“

Seine Augen huschten wissend über ihren Wagen. Mit brennenden Wangen wurde ihr bewusst, was er über sie denken musste. Kleine verwöhnte Prinzessin fährt in Daddys Cabrio und kann noch nicht mal vernünftig Auto fahren. Dass er selbst einen praktischen Geländewagen hatte, mit dem er hervorragend auf dem holprigen und matschigen Feldweg zurechtkam, machte die Sache nicht besser. „Sieh zu, dass du Land gewinnst!“

„Das würde ich ja, aber du stehst mir im Weg.“

„Dann hör auf, mich zu nerven und lass mich wenden!“, tobte sie, warf sich wieder auf ihren Sitz und schlug die Tür zu. Der Kerl hatte echt die Nerven, direkt vor ihrem Wagen stehen zu bleiben und ihr grinsend dabei zuzusehen, wie sie sich abmühte. Na schön, Wenden war vielleicht nicht so ihr Ding, aber sie hatte auch noch nicht die nötige Praxis gehabt. Zudem wurde das Wetter von Minute zu Minute grauenhafter.

Als sie es endlich geschafft hatte, hätte sie vor Erleichterung beinahe geweint. Sie sah im Rückspiegel, wie sich der Mann kopfschüttelnd abwandte. Obwohl sie wusste, dass es falsch war, konnte sie es nicht lassen. Sie trat das Gaspedal bis zum Anschlag durch und jagte den Wagen durch eine der tieferen Pfützen, sodass der Mann einen Schwall Matsch abbekam. Sie hörte ihn selbst durch die geschlossenen Fenster fluchen und begann lauthals zu lachen. „Du hast mir gerade den Tag gerettet, du Blödmann!“

Sie fuhr in Schrittgeschwindigkeit den Weg zurück, einerseits weil sie durch den Regen und die Dunkelheit die Hand vor Augen nicht mehr sehen konnte. Andererseits wollte sie die Ausfahrt kein zweites Mal verpassen. Als kurz darauf der Jeep des Fremden dicht hinter ihr erschien, drosselte sie ihr Tempo, soweit es ging, ohne dass ihr der Motor absoff. Seine grimmige Miene war ihr eine Genugtuung.

Fröhlich pfeifend bog sie schließlich in die Einfahrt zum Fishermans Farmhouse ein und hielt als krönenden Abschluss den Mittelfinger durchs geöffnete Fenster. Das wütende Gesicht des Mannes amüsierte sie noch während des Einparkens.

Allerdings nur so lange bis sie feststellte, dass sein Wagen direkt neben ihr zum Stehen kam. Du meine Güte, jetzt hatte sie es wohl doch zu weit getrieben. Da wurde sie sich bewusst, dass sie fernab jeglicher Zivilisation mitten in der Dunkelheit völlig allein mit einem Fremden war, den sie bis aufs Äußerste gereizt hatte.

„Scheiße! Was macht der denn jetzt?" Unschlüssig blieb sie im Wagen sitzen und sah zu, wie der Fremde ausstieg. Sofort verriegelte sie alle Türen und tat, als würde sie etwas in ihrer Tasche suchen.

Ein lautes Klopfen an ihrer Scheibe ließ sie zusammenfahren. O Gott, hätte sie nur Pfefferspray bei sich, wie ihre Freundin Mary es immer mit sich zu führen pflegte. Unauffällig zog sie den Schlüssel aus dem Zündschloss und nahm den Bund so in die Hand, dass er als gefährliche Schlagwaffe dienen konnte, wie ihr Vater es ihr einmal gezeigt hatte.

Als sie sich umdrehte, hatte sie das wütende Gesicht des Mannes genau vor sich, nur die Glasscheibe der Autotür trennte sie voneinander. Er gestikulierte ungeduldig, dass sie das Fenster herunterkurbeln sollte. Sie zeigte ihm den Vogel und schüttelte entschieden den Kopf. Von seinen Lippen konnte sie einen deftigen Fluch ablesen, ehe er sich abwandte. Zuerst glaubte sie, er würde endlich davonfahren, doch er riss nur die Beifahrertür seines Wagens auf, wo sie eine große Reisetasche sah, ehe er sie mit seinem Körper verdeckte. Obwohl die Situation unpassend dafür war, fiel Starleys Blick automatisch auf seine durchtrainierten Waden, denn trotz des Wetters trug er kurze Hosen.

Sie schrak zusammen, als sie plötzlich wieder in seine Augen sah, die ein wütendes Funkeln angenommen hatten. Nun hielt er einen Zettel vor ihr Fenster, der langsam im Regenguss aufweichte. Doch die Worte „Buchung" und der Name „Collins" stachen ihr sofort ins Auge.

Starley war gelähmt vor Schock. Dieser Fremde war ihr Gast! Was zum Henker tat der denn jetzt schon hier? Er war für den nächsten Tag eingeplant. Am liebsten hätte sie den Motor gestartet und wäre zurück nach Dingle gefahren. Sie war noch nicht einmal durch die Tür getreten und dabei, auf ganzer Linie zu versagen.

Wegen dieses Idioten! Die Wut half ihr. Sie dachte keine Sekunde daran, sich bei ihm zu entschuldigen. Stattdessen entriegelte sie entschlossen die Tür und öffnete sie so plötzlich, dass sie dem Fremden gegen die Beine schlug.

Abermals stieß er einen wüsten Fluch aus. „Ich hoffe doch sehr, dass Sie sich verirrt haben und nicht die Gastgeberin sind!"

Starley schlug mit einem polternden Geräusch die Wagentür zu. „Da muss ich Sie enttäuschen, Mr Collins. Ich bin die Gastgeberin. Daher weiß ich, dass Sie für morgen Mittag um eins eingeplant sind."

„Meine Maschine für morgen ist ausgefallen, daher habe ich spontan einen früheren Flug genommen", sagte er wütend. „Ich muss sagen, ich habe in Irland noch nie weniger Gastfreundschaft erlebt als bei Ihnen! Dabei hatte dieses Cottage die besten Bewertungen aller Ferienunterkünfte auf Dingle!"

Sie spürte, dass sie in ihrer Wut gefangen war. Gleichzeitig wusste sie, dass sie sich zusammenreißen musste. Das hier war Tamaras und Henriks Gast. Wenn sie weiter so machte, würde er sofort abreisen.

Es kostete sie alles, was sie besaß, doch sie atmete tief durch und schenkte ihm ein kleines Lächeln. „Die Besitzer des Ferienhauses sind im Urlaub. Ich vertrete sie in dieser Zeit und werde für Ihre Bewirtung sorgen, Mr Collins. Ich würde vorschlagen, wir gehen hinein, damit Sie sich aufwärmen und trocknen können."

Seine Augenbrauen schossen in die Höhe. Er folgte ihr schweigend zu dem L-förmigen Cottage. Sie gingen an der Tür des Anbaus vorbei, in welchem sie selbst wohnen würde, zu der Haustür, die zum Gästetrakt des Fisherman´s Farmhouse führte. Leider bot sie ihm dort die nächste Angriffsfläche, während sie ungeschickt an dem Schlüsselbund herum nestelte, weil kein Schlüssel zu passen schien. „Das darf doch nicht wahr sein!"

„Sind Sie sicher, dass Sie für dieses Cottage zuständig sind?", fragte Collins amüsiert.

Sie wirbelte herum und schlug all ihre guten Vorsätze in den Wind, als sie abermals die Fassung verlor. „Ja, verdammt! Ich habe jeden Schlüssel probiert. Zweimal. Es passt keiner davon. Ich muss mit den Besitzern telefonieren und ... HEY, was tun Sie denn da?"

Er hatte ihr den Schlüsselbund abgenommen und besah ihn sich genauer. Im Schein der kleinen Lampe über der Tür konnte sie sehen, dass seine Augen ein ungewöhnlich helles Blau aufwiesen. Er hatte eine gerade Nase und ein markantes, charismatisches Gesicht. Es ärgerte sie, dass er so gut aussah. Aber noch schlimmer war es, als er keine Minute später einen der Schlüssel ins Schloss steckte, ihn drehte und die Tür mit einem leichten Heben seiner Augenbraue öffnete.

„Wie haben Sie das gemacht?", fragte sie frustriert.

„Man muss sie nur etwas heranziehen beim Schließen. Alte Türen haben ihre Eigenarten."

Verdrießlich betrat sie das Innere des Hauses, das ohne die Anwesenheit von Tamara und Henrik überraschend abweisend und kühl wirkte. Nur Banshee sprang mit einem lauten, klagenden Miauen von der Couch und sah Starley vorwurfsvoll an. Na super, noch jemand, der etwas von ihr wollte. „Am besten holen Sie Ihr Gepäck. Ich mache solange Feuer."

Als er das Haus verlassen hatte, stöhnte sie frustriert auf. Zu allem Übel hinterließen seine schlammigen Füße, die er ihrem wilden Manöver im Auto zu verdanken hatte, unschöne Spuren auf dem Steinboden, die sie wohl oder übel noch beseitigen musste. Es war ein Desaster. Sie hatte geglaubt, sie hätte alle Zeit der Welt, um alles perfekt für ihn vorzubereiten, damit sie ihm wie die irische Vorzeige-Gastgeberin begrüßen konnte. Und nun das!

Es wurde nicht besser, als sie feststellte, dass sie noch nie selbst ein Feuer entfacht hatte. Umständlich hielt sie das Feuerzeug an die Holzscheite, doch es passierte nichts. Sie wusste, dass sie sicherlich etwas Wichtiges vergaß und sah sich suchend um. Ihr Blick glitt über die alte bequeme Couch vor dem Kamin, zu dem kleinen Tischchen dahinter, auf welchem zahlreiche gefüllte Keksdosen und Kannen bereitstanden, die sie noch mit Tee, Kaffee und Kakao befüllen würde. Sie erhob sich und ging zu dem kleinen Tisch am Fenster. Doch außer zahlreichen Prospekten über Aktivitäten in der Umgebung und ein altes Gästebuch fand sie auch dort nichts, was ihr hätte helfen können, ein Feuer zu entzünden. Ihr nächster Weg führte in die angrenzende winzige

Küche, wo sie hektisch alle Schubladen der mintgrünen Schränke aufzog, und fuhr herum, als sie hinter sich ein Geräusch vernahm. Da war er bereits mit zwei riesigen Koffern beladen durch die Tür getreten. Als sein Blick auf die noch immer kalte Feuerstelle fiel, hoben sich seine Brauen abermals. „Das Schlafzimmer mit angrenzendem Bad ist gleich hinter der Tür", sagte sie mit einem gezwungenen Lächeln und nickte zu der Tür unweit des Kamins, in der Hoffnung, er würde bald dahinter verschwinden. Wortlos ging er an ihr vorbei in sein Zimmer.

Panisch sah Starley sich um. Die Situation schien ihr plötzlich überlebensgroß und nicht zu bewältigen. Aber sie war nicht der Typ dafür, in Tränen auszubrechen oder wegzulaufen. Und dann sah sie das kleine Notizbuch mit dem eng beschriebenen Zettel in Tamaras kleiner ordentlicher Schrift. Eilig riss sie es an sich und überflog die erste Seite.

Na, bist du gut angekommen, mein Stern?
Ich weiß, du sollst das alles hier allein machen, aber
ich habe mir gedacht, etwas Hilfe kann nicht schaden.
Das muss ja keiner erfahren ;) Auf den folgenden Sei-
ten stehen einige Erste-Hilfe-Tipps und wenn etwas
ist, kannst du mich jederzeit anrufen. Du schaffst das,
Starley.

Tamara

Die Worte und die Geste an sich gaben Starley die Kraft, die sie brauchte. Sie war viel zu stolz, um an ihrem ersten Abend Tamara mit einem Anruf zu belästigen. Mittlerweile war das hier längst nicht mehr nur dafür gedacht, ihren Eltern zu beweisen, dass sie allein zurechtkam. Sie wollte es sich auch selbst beweisen.

Sie dankte Gott auf Knien, als sie auf der dritten Seite des kleinen Notizbuches die Hinweise für das Entfachen eines Kaminfeuers las. Schnell nahm sie wie beschrieben zwei Anzünder aus der Schale auf dem kleinen Tischchen neben der Couch, warf etwas von dem Anzündholz in den Kamin und betätigte abermals das Feuerzeug – und siehe da, es begann zu brennen.

Als sich die Tür zum Nachbarzimmer öffnete, fühlte sie sich schon um einiges besser. Jetzt sah sie ihren Gast im Schein des Feuers zum ersten Mal. Er hatte seine Regenjacke abgelegt und stand in einem weißen T-Shirt vor ihr, das sich über seine breite, muskulöse Brust spannte. Seinen rechten Unterarm zierte das wunderschöne Tattoo einer Notenzeile, die sich rings um seinen Arm schlängelte und sofort Starleys Interesse weckte. Er hatte eine schulterlange blonde Surfermähne und die Augen eines Meeresgottes. In der Stadt, in der sie aufgewachsen war, hatte es keinen solchen Mann gegeben. In seinen Augen war so viel Leben, so viel von der Welt, die sie sehen wollte, dass es ihr die Sprache verschlug.

Solange jedenfalls, bis er zu sprechen begann. „Wann gibt es Abendessen?"

„In der Buchung ist nur Frühstück inklusive. Zudem kam ich noch nicht dazu einzukaufen, da ich genau wie Sie gerade erst eingetroffen bin und Sie erst für den morgigen Nachmittag eingeplant waren."

Er runzelte die Stirn. „Soll das etwa heißen, es ist gar nichts zu essen da?"

Starley atmete tief durch und schritt hoch erhobenen Hauptes in die Küche – mehr, um dem Widerling aus dem Weg zu gehen, als in Erwartung, dort wirklich etwas Essbares zu finden. Doch auch hier hatte Tamara für sie gesorgt. Als sie den Kühlschrank öffnete, war dieser reich gefüllt. Sie atmete erleichtert aus und drehte sich mit einem überlegenen Gesichtsausdruck zu ihrem Gast um.

Dieser hatte ebenfalls die enge Küche betreten und stand damit so nah bei ihr, dass sie sich beinahe berührten. Sie wich erschrocken einen Schritt zurück und stieß an die Anrichte. „Lassen Sie mich raten? Mummy hat den Kühlschrank gefüllt, nachdem sie Töchterchen den unliebsamen Ferienjob aufgedrückt hat? Macht sie das jetzt die ganzen sechs Wochen für Sie?"

Das war eine solche Frechheit, dass Starley für einen Moment die Worte fernblieben, ehe sie ihre Krallen ausfuhr: „Wie können Sie es wagen! Ich bin Ihre Gastgeberin. Sie haben kein Recht dazu, derart respektlos mit mir umzuspringen!"

Auf seinen Lippen breitete sich ein süffisantes Grinsen aus. „Soweit ich mich erinnere, waren Sie das da draußen mit der respektlosen Geste."

Touché. „Da wusste ich auch noch nicht, dass Sie mein Gast sein werden", gab sie unumwunden zu.

Er lachte und ihr fuhr bei seiner tiefen, wohligen Stimme ein Schauer über den Rücken. „Was würden Sie denn jetzt tun, wenn ich nicht Ihr Gast wäre?"

„Dann hätten Sie längst meinen Handabdruck im Gesicht", erwiderte sie würdevoll. „Da Sie aber mein Gast sind, kläre ich Sie gern darüber auf, dass dieses Cottage Tamara und Henrik McLegan gehört, lieben Freunden meiner Familie. Ich helfe hier aus, weil sie kurzfristig verreist sind. In dieser Zeit wohne ich im Anbau gleich nebenan. Ich schlage vor, wir vergessen die dumme Sache von da draußen und Sie gehen nach nebenan, damit ich Ihnen einen Kaffee machen kann."

Sein amüsiertes Grinsen ging ihr auf die Nerven. Als er die Küche verlassen hatte, atmete sie erleichtert auf und gab Banshee ihr wohlverdientes Fressen, ehe sie begann, Kaffee aufzusetzen. Sie musste zugeben, dass er etwas ernsthaft Beunruhigendes an sich hatte. Nicht wie ein Massenmörder aus einem Gruselfilm. Dafür aber wie der Bad Boy aus einschlägigen Blockbustern. Sie konnte ihn nicht ausstehen, doch sie hatte eine Schwäche für schöne Dinge. Und schön war er, so viel stand fest. Aber sie würde den Teufel tun, ihm das zu zeigen.

Mit der Kaffeekanne trat sie ins Wohnzimmer. Er sah ihr stumm zu, wie sie die Kanne zusammen mit den Tassen und dem Gebäck, das sie in der Küche gefunden hatte, auf einem kleinen Tisch bei der Couch arrangierte.

Als sie sich aufrichtete, traf sie sein Blick völlig unvorbereitet, der in einer Art und Weise über ihren Körper glitt, wie sie es nie zuvor erlebt hatte. Starley war es wahrlich gewohnt, angeschaut und bewundert zu werden. Und sie hatte weiß Gott nichts dagegen. Doch so ungeniert wie dieser Fremde hatte sie noch nie jemand betrachtet.

Sie wandte sich ab und ging in das kleine Nebenzimmer, von dem sie wusste, dass Henrik und Tamara dort

Handtücher und Bettwäsche aufbewahrten. Als sie damit durch den Wohnraum schritt, war sie sich seiner Blicke noch immer überdeutlich bewusst. Sie atmete erst auf, als sie das Schlafzimmer betrat. Der Raum war noch genauso atemberaubend, wie sie ihn von ihren zahlreichen Besuchen in Erinnerung hatte. Eine hohe Decke und grobe Wände aus Naturstein spannten sich wie ein Baldachin über ein schmiedeeisernes Bett. Fast wie eine Höhle. Im Fensterbrett des Fensters mit den alten grünen Läden stand ein Heidestrauß in einer hübschen blauen Vase. Die zwei großen Koffer standen ungeöffnet in einer Ecke. Auf dem Bett lag die schönste Gitarre, die sie jemals gesehen hatte. Sie legte die Handtücher auf dem Waschtisch ab, bezog das Bett und wandte sich zur Tür um. Anscheinend war er noch mit seinem Kaffee beschäftigt. Sie konnte es nicht lassen, hob die Gitarre vom Bett und spürte ihrem Gewicht und dem Gefühl der Saiten unter ihren Fingern nach.

„So hat schon manch einer ein paar Finger verloren.“

Erschrocken legte sie das Instrument zurück aufs Bett, als hätte sie sich daran verbrannt und wirbelte zur Tür herum. Dort stand er, mit der Kaffeetasse in der Hand, und musterte sie mit diesem intensiven Blick.

„Ich habe Ihr Bett bezogen. Da musste ich sie kurz bei Seite räumen“, sagte sie, ohne mit der Wimper zu zucken.

Er antwortete nicht und sie schickte sich an, den Raum zu verlassen. Als sie an der Tür angekommen war, musste sie sich dicht an ihm vorbeidrängen, da er keinen Schritt zur Seite trat. Als sie sich für diese wenigen Sekunden so nah war, hörte sie ihre eigene Stimme kaum, so sehr rauschte das Blut durch ihre Adern. „Das

Frühstück steht ab sieben Uhr bereit. Bis morgen Nachmittag habe ich alles weitere für Sie vorbereitet."

Sie war schon fast aus der Tür, als er ihr nachrief: „Haben Sie auch einen Namen?"

Sie warf ihm einen kühlen Schulterblick zu. „Starley Hennessy. Gute Nacht, Mr Collins."

Sie stieß genervt die Luft aus, als sie die Tür hinter sich zuschlug. Der Regen hatte nachgelassen, daher ließ sie sich Zeit, während sie die wenigen Meter zu der Eingangstür des Anbaus schlenderte. Was für ein aufreibender Mann!

Sie schätzte ihn auf Ende zwanzig. Von dem Mailverlauf, den Tamara ihr weitergeleitet hatte, wusste sie, dass er mit Vornamen Aidan hieß und aus Amerika angereist war. Mehr war nicht bekannt und Tamara hatte gesagt, dass er äußerst geheimnisvoll getan und nur das Nötigste preisgegeben hatte.

Das, und die Tatsache, dass er aus Starleys Land der Träume stammte, genügte, um ihr Interesse zu wecken. Wenn sie schon die nächsten Wochen am langweiligsten Ort der Welt verbringen musste, konnte sie sich genauso gut die Zeit vertreiben, indem sie ihren seltsamen Gast unauffällig studierte.

Sie schlug die Tür von Henriks und Tamaras Heim hinter sich zu und sog die behagliche Wärme in sich auf, die sie auch ohne Feuer im Kamin willkommen hieß. Sofort steuerte sie die Küche an. Der Kühlschrank war prall gefüllt mit ihren Lieblingsspeisen. Henrik hatte vorgekocht. Die Fürsorge der beiden rührte Starley zutiefst und sie schwor sich, von jetzt an die perfekte Gastgeberin zu sein.

Während das Stew in der Mikrowelle erwärmte, lehnte sie sich an die Anrichte und dachte darüber nach, wie sie die kommenden Tage verbringen würde. Morgen war es an der Zeit, die Fehler von heute zu bereinigen. Sie würde ihrem Gast das verdammt beste Cottage des Landes bieten – dann würde ihm sein süffisantes Grinsen schon vergehen. Danach war es nicht mehr als das tägliche Frühstück zuzubereiten und ab und an seine Kissen aufzuschütteln. Den Rest des Tages konnte sie Recherche nach günstigen Zimmern in L. A. betreiben. Und an den Wochenenden würde sie nach Dublin und Galway fahren, um ihre Fühler in der Musikbranche auszustrecken. Zwar glaubte sie nicht daran, dass man in einer irischen Stadt groß rauskommen konnte, doch ein wenig Erfahrung auf größeren Bühnen konnte sicherlich nicht schaden.

Das Klingeln der Mikrowelle riss sie aus ihren Gedanken. Lauthals singend, deckte sie den Tisch und zelebrierte ihren ersten Abend in Unabhängigkeit, indem sie sich eine Dose Guinness öffnete.

Kapitel Vier

Am nächsten Morgen wurde Aidan durch ein ohrenbetäubendes Scheppern aus dem Nebenraum geweckt, gefolgt von einem derben Fluch.

„Du liebe Güte, womit habe ich das denn verdient!", knurrte er, zog sich die Decke über den Kopf und drehte sich auf die andere Seite.

Der gestrige Abend war schon nicht verlaufen wie geplant. Was auch schwer genug war, bei einem Mann, der rein gar nichts plante. Er kam und ging, wie es ihm passte, dennoch stand er selten vor verschlossenen Türen und sein Charisma brachte ihn stets ans Ziel. Nicht so am gestrigen Abend. Das unmögliche Verhalten der kleinen Blonden – und der Gedanke an ihre sinnlichen Lippen – hatten ihn bis spät in die Nacht wachgehalten. Schon jetzt ahnte er, dass Starley Hennessy eine Frau war, die nur Ärger machte. Von ihrem dramatischen Charakter hatte sie ihm bereits eine Kostprobe gegeben, ebenso wie von ihrem fraglichen Können als Hausfrau und Gastgeberin.

Als abermals ein lautes Rumpeln ertönte, war er es, der einen deftigen Fluch ausstieß, ehe er die Beine aus dem Bett schwang und nur in Unterhose bekleidet, die Tür zum Wohnzimmer aufriss. „Dass Sie noch nie zuvor Gastgeberin gespielt haben, ist angekommen. Aber haben sie überhaupt irgendeine Ahnung, wie man sich in Gesellschaft eines menschlichen Wesens verhält?"

Sie fuhr herum, wobei ihr goldenes Haar in der Luft tanzte, dass es ihm vor Verlangen die Kehle zuschnürte. Was ihn nur noch wütender machte.

„Guten Morgen, Mr Collins", erwiderte sie, mühsam beherrscht. „Mir ist etwas heruntergefallen, bitte entschuldigen Sie. Seltsam, dass Sie mir Anstand beibringen wollen, während Sie halbnackt vor mir stehen."

„Ich hatte nicht vor, in dieser Frühe aufzustehen", sagte er schlecht gelaunt. Dann sah er das Blut an ihren Händen. „Um Himmels willen! Was tun Sie denn nur? Fassen Sie das nicht noch einmal an!"

Starley hatte sich gebückt, um die Scherben eines blauen Milchkrugs aufzusammeln und sah ihn jetzt aus ihren beunruhigenden Augen kühl an. „Benehmen Sie sich nicht so lächerlich. Das ist nur ein kleiner Schnitt."

„Wenn Sie weiter so machen, bringe ich sie noch in meiner ersten Woche hier in die Notaufnahme."

„Viel Glück", erwiderte sie tonlos. „Das nächste Krankenhaus ist auf dem Festland."

Als ob er das nicht ganz genau wüsste. Und er kannte den bitteren Unterton, der in ihren Worten mitschwang, nur zu gut. Dieser war es auch, der sein Gemüt besänftigte. Sie war so jung und schön. Natürlich war sie nicht freiwillig hier. Er kniete sich zu ihr auf den Boden und sammelte die restlichen Scherben auf. „Wer hat Sie hierzu gezwungen?"

Er sah es – die widersprüchlichen Gefühle in ihrem Gesicht. Diesen unbeugsamen Stolz und die Würde. Aber auch den Wunsch, sich einfach jemandem anzuvertrauen. Er schrieb es ihrer Erschöpfung zu, dass sie sich für Letzteres entschied. „Meine Eltern."

„Immer dasselbe", erwiderte er schmunzelnd. „Was haben Sie denn ausgefressen? Waren Sie einmal zu oft mit einem Jungen fort, der nur Ärger macht?"

O ja, diese wütend blitzenden Augen konnten wundervoll Probleme bereiten. „Ich bin nicht die Art von Frau, die sich die Nächte mit Männern um die Ohren schlägt! Meine Eltern sind mit meinen Zukunftsplänen unzufrieden!"

Jetzt war er ehrlich interessiert. Sie erhoben sich gleichzeitig, wobei sich ihre Arme in der engen Küche kurz berührten. Wildes, rohes Verlangen raste durch seine Adern. Er hätte sie gepackt und geküsst – einfach um sie zu provozieren – hätte sie in diesem Augenblick nicht so unendlich jung gewirkt. „Was waren das für Zukunftspläne?"

Geräuschvoll warf sie die Scherben in den Mülleimer, ehe sie ihre verletzte Hand unter dem Wasserhahn abspülte. „Sie sind ganz schön neugierig dafür, dass wir uns noch nicht einmal vierundzwanzig Stunden kennen."

„Und Sie sind ganz schön zynisch für eine Frau, die eigentlich dafür sorgen sollte, dass ich mich rundum wohlfühle."

Wieder dieser kühle Schulterblick. Langsam begann Aidan, sich zu amüsieren. Sie drehte sich um und stützte sich mit beiden Armen am Tresen ab. Ihr Busen wirkte in dieser Bluse einfach unglaublich. Doch dann fand sein Blick wieder ihre kühlen blauen Augen. Sie waren voller Herausforderungen. Als würde sie ihm gleich etwas offenbaren, das er noch nie gehört hatte. „Nach diesen sechs Wochen hier werde ich nach Hollywood gehen, um Musikerin zu werden."

Er starrte sie an. Das konnte nur ein schlechter Scherz sein. Als sie weiter unverwandt zurück starrte, brach er in schallendes Gelächter aus.

„Was genau ist daran so lustig, Mr Collins?", zischte sie ungehalten.

„Ich denke, Ihre Eltern lagen goldrichtig, Sie hierher zu schicken, um auf dem Boden der Tatsachen anzukommen", erwiderte er, noch immer lachend.

„Es ist mir egal, was Sie denken!", fuhr sie ihn an, wobei ihr ungehaltener Tonfall ihre Worte Lügen strafte. „Sobald Sie abreisen, werde auch ich in meine Maschine nach Amerika steigen."

Er sah sie belustigt an. „Und dann?"

Für einen Moment schien seine Frage sie völlig aus dem Konzept zu bringen, woraufhin er abermals zu lachen begann. „Glauben Sie, dass Sie aus dem Flieger steigen und eine johlende Menge erwartet Sie bereits? Denken Sie, dass in Amerika die Straßen mit Gold gepflastert sind? Die Vereinigten Staaten sind das schwierigste Land, um es als einzelner Musiker zu schaffen."

„Ich denke nicht, der Besitz einer teuren Gitarre macht Sie noch lange nicht zum Musik-Experten", sagte sie würdevoll.

Er grinste. Die Gelegenheit war zu gut, um sie verstreichen zu lassen. „Obwohl ich in meiner Heimat nicht sehr bekannt bin, so kann ich doch sagen, dass mich in Los Angeles einige kennen, Ms Hennessy."

Sie sah ihn wie vom Donner gerührt an. Die Unsicherheit stand ihr genauso gut wie die Wut. Zu seinem eigenen Vergnügen trat er noch etwas näher. Himmel, sie roch einfach wundervoll! „Was treibt Sie zu der Annahme, dass Sie tatsächlich für dieses Leben geeignet wären?"

Es war erstaunlich, wie schnell ihre Stimmung umschlagen konnte. Sie warf ihr Haar zurück. „Ich bin geboren für dieses Leben. Ihr Frühstück ist bereit. Guten Tag, Mr Collins!" Damit rauschte sie an ihm vorbei und verschwand aus dem Cottage.

Was für ein Widerling! Sie wusste nicht, was sie dreister fand – seine unmögliche Art, mit ihr zu sprechen, als wäre sie ein naives Dummchen oder die Lüge, die er ihr auftischen wollte. Ein Musik-Experte aus Amerika. Na sicher! Was sollte so ein Mann in einem irischen Kaff wie diesem wollen?

Andererseits war sein Name alles andere als amerikanisch. Und so sehr sie es verabscheute, es vor sich selbst eingestehen zu müssen – er sah wie ein Rockstar aus. Als ihr das Bild seiner nackten, durchtrainierten Brust in den Sinn kam, beschleunigte sich ihr Herzschlag. „Verdammter Idiot!"

Das laute Zuschlagen der Eingangstür unterstrich die Verwünschung. Ohne Zögern stieg sie die Treppe zum Schlafzimmer hinauf und ging zu ihrem noch immer unausgepackten Koffer hinüber. Fahrig holte sie ihr Tablet heraus, schaltete es ein und hackte seinen Namen in die Suchmaschine, kaum dass sie den Browser geöffnet hatte. Ihr entfuhr ein kleiner Schrei, als das Internet zahllose Bilder mit seinem Gesicht ausspuckte.

„Das darf doch nicht wahr sein!"

Sie konnte es nicht glauben und scrollte sich durch die Einträge. Er sah aus wie ein Fotomodell. Es gab keinen Zweifel daran, dass das der Mann war, für den sie heute Frühstück gemacht hatte. Völlig fassungslos klickte sie einen der unzähligen Artikel über ihn an.

Aidan Collins (29) ist ein erfolgreicher Sänger, der 2018 sein eigenes Label namens Justme gründete. Mittlerweile unterstützt er zahlreiche junge Künstler, die denselben Traum haben wie er. Den Anfang nahm seine Karriere durch Auftritte in Pubs und auf Festivals. Mittlerweile zählt er vier veröffentlichte Alben und gehört zu den erfolgreichsten Newcomern der letzten zehn Jahre in Kalifornien.

Das Tablet rutschte aus ihrer Hand. Das dufte doch alles nicht wahr sein. Nicht nur, dass sie ihren Gast am ersten Abend mit einer rüden Geste begrüßt hatte – nun stellte sich auch noch heraus, dass er obendrein wirklich Ahnung von Musik hatte. Mehr noch – er hatte sein eigenes Label und war genau dort, wo sie hinwollte. Hätte sie es richtig angefangen, hätte er sie vielleicht sogar unterstützt.

Starley war so wütend über sich und das Timing des Schicksals, dass sie in ihr Kissen beißen wollte, um den sich aufbauenden Wutschrei zu unterdrücken. Doch der Wille, ihren großen Traum zu verwirklichen, war so stark, dass sie schnell wieder kühl und klar wurde. Jetzt, da sie das wusste, würde sie sich zusammenreißen. Sie würde ihm beweisen, was sie konnte.

Als sie das Zimmer verließ, um die ersten Vorbereitungen zu treffen, grinste sie in sich hinein. Wenn das ihre Eltern wüssten. Sie hatten sie hierhergeschickt, damit sie ihren Traum vergaß und jetzt war sie ihm näher als jemals zuvor!

Sie zog sich in das heimelige Wohnzimmer mit dem großen Kamin zurück, entfachte ein Feuer und kuschelte sich mit ihrem Tablet auf die Couch. Sie hatte beschlossen, Aidan ein Versöhnungsessen zu kochen, da das bei ihrer Mutter immer funktionierte. Also suchte sie ein einfaches Rezept für Shepherds Pie heraus – schließlich hatte sie noch keinerlei Erfahrung im Kochen. Als sie in die Küche ging, um alles vorzubereiten, musste sie allerdings nach einem Blick auf ihre Vorräte feststellen, dass ihr die wichtigsten Zutaten fehlten. Auch gut. Dann hatte sie wenigstens Gelegenheit, noch eine Spritztour mit ihrem Wagen zu unternehmen.

Auf dem Rückweg von ihrer Einkaufstour konnte Starley es sich nicht nehmen lassen, das schöne Wetter zu nutzen und nun, da sie schon einmal hier war, etwas weiter die Küste entlang zu fahren. Das Meer war an diesem Tag ein Traum aus Lapislazuli und Saphir. Sie drehte das Autoradio voll auf und sang jedes Lied aus Leibeskräften mit, bis sie heiser war.

Hinter Waymont hielt sie spontan am wunderschönen Clogher Strand, wo kein Mensch außer ihr zu sehen war. Ähnlich wie der Strand bei Coumeenoole war es ein links und rechts in Felsen und grüne Weiden eingefasstes Paradies. Sie stieg aus und ging die wenigen Meter zum unberührten, goldenen Sand hinunter. Die See war verlockend ruhig. Starley konnte nicht widerstehen und zog sich die Schuhe aus. Barfuß hinterließ sie ihre Spuren im unberührten Sand. Und war das nicht genau ihr Traum – Spuren zu hinterlassen?

Als das kalte Wasser ihre Füße umspülte, seufzte sie wohlig auf. Ein letzter Blick zur Straße sagte ihr, dass sie noch immer allein war. Die Touristenströme hatten noch nicht begonnen und ohnehin war es jenseits von Dingle eher einsam. Kurzentschlossen zog sie sich trotz des kalten Windes das Kleid über den Kopf und band sich das Haar zurück, ehe sie nackt, wie Gott sie geschaffen hatte, ins Meer eintauchte. Sie begrüßte die Kälte und tauchte tief unter Wasser. Als Irin war es etwas völlig Natürliches, spontan ins Meer zu springen. Sofort waren ihre Sinne hellwach und Erregung erfasste sie. Sie war völlig frei und ungebunden. Nun war sie niemandem mehr darüber Rechenschaft schuldig, was sie wann zu tun hatte. So hatte sie sich das Leben als Erwachsene in ihren kühnsten Träumen ausgemalt – kommen und gehen zu können, wie es ihr beliebte.

Wieder hinter dem Steuer ihres Cabrios, stellte sie mit einem kurzen Schrecken fest, dass der Nachmittag schnell vorangeschritten war. Sie zuckte die Schultern und sagte sich, dass sie dennoch alle Zeit der Welt hatte, ein tolles Abendessen für ihren Gast zu zaubern. Sie trat das Gaspedal des kleinen Cabrios voll durch und genoss die Schnelligkeit, während der warme Sommerwind ihre feuchte Kleidung trocknete.

Als sie in die Einfahrt zum „Fishermans Farmhouse" bog und Aidan sah, der gerade die Klappe seines Kofferraums schloss, nachdem er ein Sixpack Guinness ausgeladen hatte, war sie derart motiviert, dass sie beinahe so etwas wie Freude empfand, ihn zu sehen.

Er drehte sich zu ihr um und begrüßte sie mit dem Heben einer Braue. Sie parkte ihr Cabrio und war überrascht, dass er noch immer an Ort und Stelle stand, als sie ausstieg. „Wie ich sehe, haben Sie sich schon einen angemessenen Vorrat zugelegt, Mr Collins."

„Es überrascht mich, dass kein Guinness im Kühlschrank war", erwiderte er.

Nun war sie es, die eine Braue lüftete. „Das dürfte den Rahmen bei Weitem sprengen."

Er lachte. „Allerdings habe ich auch nicht genügend Zutaten für eine deftige Mahlzeit beisammen und war einfach zu faul zum Einkaufen. Können Sie mir ein Pub in der Nähe empfehlen?"

„In Dunquin ist das Krugers. Aber so weit brauchen Sie nicht laufen. Ich komme soeben vom Einkauf zurück und hatte vor, Ihnen ein Versöhnungsessen zu zaubern."

Er sah sie an, als hätte sie ihm gesagt, sie könne auf den Händen Polka tanzen. „Sie wollen für mich kochen?"

„Geben Sie mir eine Stunde und Sie haben die besten Shepherds Pie Ihres Lebens auf dem Tisch stehen."

Da grinste er anerkennend und es traf sie wieder, wie gut dieser Mann aussah. Sofort zwang sich ihr das Bild auf, wie er nur mit Boxershorts bekleidet vor ihr gestanden hatte. Weshalb sie schnell den Rückzug antreten wollte. Sie wandte sich ab, lud ihre Einkäufe aus dem Wagen und wollte sich zum Gehen wenden. „Wir sehen uns dann in einer Stunde."

Sie hatte kaum zu Ende gesprochen, da nahm er ihr den schweren Korb aus den Händen. „Lassen Sie mich das machen. Ist doch viel zu schwer für Ihre zarten Hände."

Verblüfft sah sie zu ihm auf. Jetzt war das Grinsen eine Spur gefährlich und machte sein Gesicht noch anziehender. „Ich kann durchaus charmant sein."

„Ich mag Männer, die für eine Überraschung gut sein können."

„Und ich mag Frauen, die kochen können", erwiderte er und lief mit ihren Einkäufen schnurstracks auf seinen Trakt des Hauses zu. „Hey, wo wollen Sie hin?"

„Sie können hier kochen. Keine Sorge, ich störe Sie nicht. Ich hatte ohnehin vor, eine ausgiebige Dusche zu nehmen."

Wieder das Bild seiner nackten Brust. Angestrengt versuchte sie, sich auf die Aufgabe zu besinnen, die vor ihr lag. Noch nie in ihrem ganzen Leben hatte ein Mann Starley auf so viele unterschiedliche Arten gereizt.

Kaum, dass sie eingetreten waren, hielt er Wort, stellte das Bier mit einem lauten Knall auf dem Beistelltisch neben der Couch ab, ehe er sich in sein Zimmer zurückzog.

Banshee hüpfte von ihrem Lieblingsplatz auf der Couch und begrüßte Starley mit einem lautstarken und unmissverständlichen Miauen. „Ist ja schon gut, ich bin heute fürs Essen zuständig. Habe verstanden!", erwiderte sie und kraulte die schwarze Katze beschwichtigend hinter den Ohren. „Weißt du eigentlich, dass dein Herrchen schon dreimal nach dir gefragt hat, seit sie fort sind? Ehrlich, wenn er so weiter macht, werde ich ihn blockieren."

Banshee gab ein ohrenbetäubendes Schnurren von sich und folgte Starley auf den Fuß in die Küche. Sie öffnete den Kühlschrank und stellte überrascht fest, dass die Vorräte weitestgehend unberührt waren. Aidan war also den ganzen Tag fort gewesen, was ihren nächsten Einkauf einen Tag nach hinten verschob.

Gut gelaunt vor sich hin summend, griff sie nach einer der Thunfisch-Konserven und tat Banshee großzügig auf, die sich voller Heißhunger auf den Leckerbissen stürzte. Danach zog sie das Rezept zurate, das sie sich aus dem Internet herausgesucht hatte. Nach einer Viertelstunde musste sie allerdings feststellen, dass Kochen mehr Talent erforderte als das Rezept richtig lesen zu können. Beim Zerstampfen der Kartoffeln fiel ihr auf, dass diese nicht weich genug waren. Aus purer Verzweiflung hieb sie dennoch weiter auf das Gemüse ein, ehe sie die Milch darüber goss. Das Zwiebelschneiden stellte sich als Katastrophe heraus. Bald schon lief ihr der Mascara durch die scharfen Dünste quer über das Gesicht, während sich ihr wirres Haar im Dunst, der sich in der Küche gebildet hatte, anfing zu kräuseln. Sie behob gerade notdürftig den Schlamassel in ihrem Gesicht, während sie die Ofentür als Spiegel benutzte, als hinter ihr die Tür aufgerissen wurde. „Wo zum Henker sind die Handtücher?"

Sie fuhr herum und da stand er – nackt, wie Gott ihn geschaffen hatte. Sein Körper sah aus wie modelliert. Jeder Muskel war definiert. Sein nasses Haar hing ihm in blonden Wellen bis auf die Schultern. Starleys Verlangen raubte ihr den Atem, während sie tunlichst versuchte, nicht dahin zu schauen, wohin es ihren Blick zog. „Mr Collins! Würden Sie sich bitte etwas anziehen, wenn Sie mit mir reden!"

„Das würde ich durchaus, wenn ich mich vorher ab-
trocknen könnte", knurrte er.

Da fiel es ihr siedend heiß wieder ein. Sie hatte die
Handtücher in die Wäsche gebracht, ohne sie durch
Frische zu ersetzen. Wie hatte sie das nur vergessen
können?

„Oh! O nein! Es tut mir leid. Sie sind in dem Schrank."
Verlegen und ohne richtig hinzusehen, winkte sie zu
der Tür im Wohnzimmer, wo sich frische Bettwäsche
und Handtücher befanden. Sie hörte ihn murrend die
Tür öffnen. Als sie einen vorsichtigen Blick über die
Schulter warf, hatte er sich ein weißes Handtuch um
die Hüften geschlungen und sah immer noch zum Nie-
derknien damit aus. Er hatte sich abgewandt und zog
sich wieder in sein Zimmer zurück. Sie wusste nicht,
wie lange sie ihm hinterher gesehen hatte, bis sie ein
übler Geruch aus ihrer Trance riss.

Panisch drehte sie sich zum Herd um und stieß einen
wüsten Fluch aus. Die Zwiebeln waren völlig verbrannt. Außer sich vor Wut auf sich selbst schüttete sie
diese in den Mülleimer. Das Essen sollte den schlechten
Eindruck herausreißen, den sie heute Morgen gemacht
hatte und nun wurde alles immer schlimmer! Wenn
ihre Eltern sie jetzt sehen könnten, würden sie sich
ganz sicher in der Annahme bestätigt fühlen, dass ihre
älteste Tochter weit davon entfernt war, für sich selbst
sorgen zu können. Von jemand anderem ganz zu
schweigen.

„Kann ich irgendwie helfen?" Sie fuhr zusammen als
seine Stimme hinter ihr ertönte. Entsetzt bemerkte sie,
wie ihr Tränen in die Augen stiegen. „Bitte gehen Sie
nach drüben. Ich rufe Sie, wenn ich so weit bin."

„Starley, Sie müssen wirklich nicht ...“

„Bitte!“ Sie spürte sein Zögern und hasste es, dass er sie so sah. Als die Tür zum Schlafzimmer ins Schloss fiel, gönnte sie sich fünf Minuten, in denen sie die Augen schloss und die Tränen fließen ließ. Kein noch so großer Auftritt hatte sie jemals ansatzweise so gefordert wie das hier.

Er hatte sich in seiner ersten Einschätzung über sie geirrt. Sie war keine verzogene Göre, die andere für sich arbeiten ließ. Im Gegenteil – sie wollte alles allein schaffen und brachte es nicht über sich, um Hilfe zu bitten. Das verstand er so gut, dass sie ihm jetzt wesentlich näher war als am Vortag. Er hätte ihr gern geholfen oder ihnen einfach etwas zu essen bestellt, aber er wusste, dass er ihren Stolz damit noch mehr verletzt hätte.

Um etwas Sinnvolles zu tun, während er förmlich in seinem Zimmer eingesperrt war, räumte er die Handtücher in den Schrank, ehe er begann, seine Sachen aus dem Koffer zu packen. Gut, dass er auf einen echten irischen Sommer eingestellt war und genügend dicke Pullis für das Schmuddelwetter eingepackt hatte. Gerade zog dicker Nebel vom Meer herauf. Der dichte Dunst verschluckte die Umgebung jenseits des kleinen Fensters. Als ein Kind des irischen Westens war er es kaum anders gewöhnt und irgendwie gab ihm die nasskalte Luft stets ein nostalgisches Gefühl. Die Sonne Kaliforniens hatte ihn irritiert. Sie war immer da, beinahe penetrant konstant. Selbst an Tagen, an denen er sich schlecht und unzureichend gefühlt hatte. Dann hatte er sich nach dieser tröstenden nassen Luft und den

Nebelschwaden gesehnt, während es ihm unmöglich erschienen war, jemals in seine Heimat zurückzukehren.

Nun war er hier. Was würden sie sagen, wenn sie es wüssten? Würde er jemals den Mut aufbringen, zu ihnen zu gehen?

Als sein Magen sich hörbar zu Wort meldete, beschloss Aidan, in der Küche nach dem Rechten zu sehen. Sobald er die Tür öffnete, kam ihm eine üble Rauchwolke entgegen. Starley hatte alle Fenster aufgerissen, stand mitten im Raum und wedelte mit hochrotem Kopf mit einem Geschirrtuch den Rauch zum Fenster hinaus.

„Was in Gottes Namen ist hier passiert?", fragte er fassungslos.

„Das Essen ist fertig", sagte sie grimmig, warf sich das Geschirrtuch über die Schulter und schritt steif Richtung Küche. „Am besten setzen Sie sich schon einmal. Ich bringe es sofort."

Sie wirkte so verzweifelt und wütend auf sich selbst, dass er sie liebend gern in seine Arme gezogen hätte. „Wollen Sie mir Gesellschaft leisten?"

Überrascht drehte sie sich zu ihm um. „Sie wollen mich dabeihaben?"

„Es ist ein Versöhnungsessen, oder? Ich habe mich Ihnen gegenüber bisher auch nicht gerade wie ein Engel benommen."

Sie lächelte. „Wenn Sie das so sehen – liebend gern."

Während sie ihnen auftat, öffnete er zwei Flaschen Guinness und stellte sie auf den Tisch. Schließlich blieb ihm nichts anderes übrig, als zu warten. Als sie mit den Tellern beladen durch die Tür kam, setzte er ein hoffnungsfrohes Lächeln auf. Welches einen leichten Knacks bekam, als er einen Blick auf die Teller warf. Er musste eine Weile überlegen, was sie hatte kochen wollen, denn als Shepherds Pie konnte man das Gericht unmöglich erkennen. Tatsächlich sah es aus wie eine undefinierbare Masse aus Gemüse und Fleisch. Er sagte sich, dass auch die inneren Werte zählten, obwohl er viel Wert auf Äußerlichkeiten legte.

Sie setzte sich zu ihm und sah ihn für einen Moment mit einem solch kampfbereiten Blick an, als erwarte sie, dass er sich jeden Moment über das Essen lustig machen würde. Was er auch liebend gern getan hätte, wüsste er nicht, wie viel Kraft sie darin investiert hatte.

„Ein Familienrezept?", fragte er beiläufig.

„So ähnlich", erwiderte sie in defensivem Ton.

„Ich freu mich drauf", sagte er, griff beherzt nach dem Besteck und machte sich daran, etwas von dem Essen auf die Gabel zu schieben, ehe ihn der Mut verließ.

Starley kam ihm zuvor. Ihr Gesichtsausdruck sprach Bände. Und noch mehr die Geste, in der sie sich die Serviette griff, um den Bissen wieder hineinzuspucken. „Verdammte Scheiße! Essen Sie das bloß nicht!"

Er brach in schallendes Gelächter aus und konnte trotz ihres Tobens nicht mehr damit aufhören. Sei es der Erleichterung, die undefinierbare Masse nicht essen zu müssen oder ihrer überraschend angenehmen Gesellschaft geschuldet – er lachte, wie er es schon viel zu lange nicht mehr getan hatte.

„Ich warne Sie! Hören Sie sofort auf oder ich werfe einen Teller nach Ihnen!"

Natürlich brachte ihn die Vorstellung nur noch mehr zum Lachen. Da stand sie überstürzt auf und rauschte an ihm vorbei aus dem Raum. Augenblicklich verstummte er.

Irritiert ging er ihr nach und fand sie in der Küche, wie sie sich, herzerweichend schluchzend, an die Anrichte klammerte. Ihr ganzer Körper zitterte. „Hey, kommen Sie. Es tut mir leid, okay?“

„Es ist nicht wegen Ihnen!“, stieß sie hervor. „Ich bin so verdammt wütend auf mich selbst. Und auf meine Eltern, weil sie mal wieder Recht hatten. Wie immer!“

Er lächelte. „Das ist ja das Nervige an Eltern. Jetzt würde ich aber gern wissen, womit sie recht hatten?“

„Dass ich nicht fähig bin, allein klarzukommen; davon einen Haushalt zu führen, ganz zu schweigen. Ich werde dieses verdammte Kaff nie verlassen!“

„Jetzt beruhigen Sie sich erst einmal“, sagte er entschlossen, fasste sie an den Schultern und drehte sie sanft zu sich um. Ihre Wangen waren gerötet und ihre Augen schwammen in Tränen. Zwei tiefblaue Bergseen. Himmel, war sie schön! „Ich kenne Sie nicht, Ms Hennessy. Aber so wie ich das einschätze, bekommen Sie so gut wie alles allein hin. Vielleicht ist das auch das Problem. Sie sind zu unabhängig und können nicht um Hilfe bitten. Zudem haben Sie ein gutes Herz, weil Sie Ihr Verhalten von gestern mit dem Essen wieder gut machen wollten. Ich gebe zu, Sie sind nicht die beste Hausfrau, aber wenn ich mich recht erinnere, ist das auch nicht Ihr Traum für die Zukunft. Und mir müssen Sie gar nichts beweisen.“

Sie schniefte theatralisch. Er hatte wirklich eine Schwäche für Dramaqueens, obwohl er wusste, welche Schwierigkeiten sie machten. „Dass ich eine gute Sängerin bin, glauben Sie ja auch nicht.“

„Das habe ich nie gesagt", erwiderte er verblüfft. Sie sah ihn irritiert an. „Starley, ich habe über Ihre naive Vorstellung gelacht, dass man ohne Erfahrung einfach nach L.A. gehen und dort auf einen Plattenvertrag hoffen kann. Das Leben ist kein Film."

Beschämt sah sie zu Boden. „Ich fürchte, das ist mir auch gerade klar geworden."

„Und das bereits am ersten Tag. Die Erziehungsmaßnahmen Ihrer Eltern scheinen schnell Früchte zu tragen. Hören Sie zu, Starley. Jeder macht Fehler. Niemand ist perfekt. Sie müssen mich nicht mit einem besonderen Menü beeindrucken. Konzentrieren Sie sich einfach auf die Aufgaben, die Sie zu bewältigen haben, ohne sich noch mehr Arbeit zu machen."

„I-ich wollte Sie ganz bestimmt nicht beeindrucken", stritt sie entrüstet ab.

Da nahm er ihr Kinn in seine Hand und zwang sie sanft, zu ihm aufzusehen. Sein Lächeln ließ alles in ihr wund und erschüttert zurück. „Und ob Sie das wollten."

Damit wandte er sich ab und verließ das Haus. Starley sah ihm atemlos nach. Erschüttert nahm sie wahr, wie ihre Knie zitterten.

Kein Junge war ihr je auf die Art nahegekommen wie dieser Mann. Natürlich hatte es heimliche Küsse auf dem Pausenhof gegeben, aber im Vergleich zu dieser Begegnung erschienen sie Starley wie eine kindische Spielerei. Seit ihrem sechzehnten Geburtstag hatte sie steif und fest behauptet, nun eine Frau zu sein. Doch Aidan hatte etwas an sich, dass sie sich wie ein Mädchen im Körper einer Frau fühlen ließ.

Kapitel Fünf

Die kommenden Tage sah Starley nicht viel von Aidan und war froh darum. Sie bereitete ihm das Frühstück in aller Herrgottsfrühe zu und verließ seinen Teil des Hauses, so schnell sie konnte.

Sie kehrte erst zurück, als sein Wagen aus der Auffahrt verschwand, um die Handtücher zu wechseln und die Wohnung zu reinigen. Als sie feststellte, dass das Holz im Korb neben dem Kamin verbraucht war, zog sie Tamaras Notizbuch zurate und fand die Antwort auf ihre Frage auf Seite vier.

Eine gute Gastgeberin sorgt ständig für behagliche Wärme. Wenn das Holz zur Neige geht, findest du hinter dem Haus einen gestapelten Vorrat unter der grauen Plane. Denk daran, sie wieder anzubringen, damit der Regen dem Brennholz nicht schaden kann.

Dieses Mal dachte sie daran, Tamara nach dem Lesen der Anweisung für ihre Hilfe zu danken, indem sie ihr Handy zückte. Die Antwort kam sofort.

Hast du deine Mutter mal angerufen? – Tamara

Sie tippte eilig zurück.

Das ist nicht nötig, ich komme klar. – Starley

Das wissen wir, Star. Aber sie ist deine Mutter. Vielleicht möchte sie einfach nur deine Stimme hören. – Tamara

Starley sah gedankenverloren in die kalte Feuerstelle. Irgendwie ging der traurige Anblick mit dem Gefühl in ihrer Brust in Resonanz. Normalerweise sprach sie jeden Tag über all ihre Sorgen und Nöte mit ihrer Mutter. Noch nie hatte es so lange Schweigen zwischen ihnen gegeben. Starley hatte geglaubt, ein Wort von ihr wäre bereits wie ein Hilferuf und hatte darauf gewartet, dass ihre Mutter wie üblich den ersten Schritt unternahm. Doch das Telefon schwieg. Nicht einmal ihre Schwestern hatten sich bei ihr gemeldet und das, obwohl Starley darauf vertraut hatte, dass wenigstens Maureen sie bereits am ersten Tag schrecklich vermissen würde. Anscheinend ging das Leben in Dingle auch ohne sie weiter. Und diese Gewissheit tat lächerlich weh.

„So ist das", sagte sie zu Banshee, die tröstend um ihre Beine strich. „Aus den Augen, aus dem Sinn. Ich werde sie kontaktieren, wenn ich mich bereit dazu fühle. Sie brauchen nicht zu denken, dass ich ohne sie nicht zurechtkomme."

Entschlossen griff sie nach dem leeren Feuerholzkorb und ging nach draußen. Als sie ums Haus lief, nahm sie sich einen Moment Zeit, den Blick über die endlosen grünen Hügel schweifen zu lassen. Sie musste zugeben, dass Coumeenoole bezaubernd, wenn gleich sehr einsam war. Ein Ort, der mit nur einer Handvoll Häusern nicht einmal als Dorf bezeichnet werden konnte. Selbst das gut zwei Kilometer entfernte Dunquin war nicht einmal halb so groß wie Dingle. Ein Pub, ein Lebensmittelladen und ein Touristenzentrum für die Blasket Inseln. Kein Wunder, dass hier jeder jeden kannte. Was Starley früher ein Graus gewesen ist, verschaffte ihr nun in der Einsamkeit ein beruhigendes Gefühl. Die Sonne stand genau in der Mitte zwischen den beiden größten Erhebungen und tauchte die grünen Weiden in ein wunderschönes Licht. In einiger Entfernung konnte sie das Cottage der alten Molly ausmachen, das wie ein blauer Farbtupfer aus den Feldern hervorstach. Hier und dort grasten friedlich die Herden von Ruperts Schafen.

Das Holz fand Starley, wo es Tamara beschrieben hatte. Sie klappte die dunkelgrüne Plane zurück und schichtete so viele Holzscheite in den Korb, wie hineinpassten. Sie vergaß nicht, die Plane wieder sorgsam über das Holz zu decken, ehe sie hineinging und den Korb neben dem Kamin platzierte. Danach füllte sie die Kannen mit Kaffee, Tee und warmen Kakao auf.

Nachdem sie sich vergewissert hatte, nichts vergessen zu haben, gönnte sie sich eine kleine Pause und ging zusammen mit Banshee, die ihr auf den Fuß folgte, zurück in ihren Teil des Hauses. Sie ging die Treppe zum Schlafzimmer hinauf und warf sich auf das große weiche Bett mit der geblümten Tagesdecke.

Wenn sie schon hier feststeckte, konnte sie die Zeit wenigstens nutzen, sich auf ihren großen Traum vorzubereiten. Sie sollte endlich Nägel mit Köpfen machen. Da war eine Sache, die ihr seit geraumer Zeit nicht mehr aus dem Kopf ging. Gute zwei Minuten quälte sie sich mit ihrem schlechten Gewissen und den Worten ihres Vaters, dass sie den Zugriff auf ihre Finanzen unter der Bedingung schon erhalten hatte, weil er darauf vertraute, dass sie nur Sinnvolles damit anfing. Aber was war dagegen einzuwenden, eine Investition in ihre Zukunft zu tätigen? Wenn sie große Freude dabei empfand, war das zwar eine nette Dreingabe, aber der Grund für ihren Kauf war eindeutig, dass sie die Ware benötigte.

Als echte Überredungskünstlerin, hatte Starley bei sich selbst genauso viel Erfolg wie bei anderen. Bald schon saß sie mit einem breiten Grinsen vor dem Tablet und scrollte durch das große Angebot an Westerngitarren. Sie wusste, wie stets genau, was sie wollte. Als sie die Yamaha aus warmer Fichte sah, begann ihr Herz zu rasen. Sie hatte noch nie auf einer so schönen Gitarre gespielt. Und nie zuvor hatte sie so viel Geld für sich selbst ausgegeben. Fast zweitausend Euro waren kein Pappenstiel und sie wusste genau, dass ihr Argument von ihrer Investition in die Zukunft vor ihrem Vater keinen Bestand haben würde. Zum Glück war Sean Hennessy nicht hier und sie begann jetzt, ihr eigenes Leben zu führen. Ihre eigenen Fehler zu machen. Als sie auf den Kaufen-Button drückte, schwor sie sich, schon bald einen Auftritt in einem der kleinen Pubs zu geben, der das verlorene Geld mit Sicherheit wieder einspielen würde.

Es war noch genau wie damals, der Algen gespickte Strand von Furbogh und die mit Seetang geschwängerte Luft. Die einzigen Geräusche weit und breit schienen das Rauschen des Meeres und das Kreischen der Möwen zu sein. Gott, wie hatte er diese Einsamkeit gehasst. Und wie liebte er sie heute.

Es schmerzte mehr als er erwartet hatte, zurück zu Hause zu sein. Er war kein Feigling, die meiste Zeit des Lebens war er ein Draufgänger. Nur hier – auf dem rotbraunen Sand seiner Heimat – fühlte er sich wie der kleine Junge von damals, der mit dem Fußball von Jim Murton die Fensterscheiben der alten Miss Tonsund eingeschlagen hatte. Und genau wie damals fürchtete er sich mit Leib und Seele davor, nach Hause zurückzukehren, während er wusste, dass es unumgänglich war.

Langsam verließ er den Strand, feuchter Sand klebte unter den Sohlen seiner Sneaker und verursachte ein sanftes Knirschen bei jedem seiner Schritte. Es war mitten am Tag, dennoch war kein Mensch auf den Straßen. Als wäre er die letzte lebendige Seele nach einem Meteoriteneinschlag. Früher hatte ihm diese Vorstellung Freude vermittelt, heute fühlte er dabei nichts als Unbehagen.

Wie unabhängig er sich schon als Kind gefühlt hatte mit seinem viel zu großen Talent und seinen haltlosen Träumen. Er hatte nie zu schätzen gewusst, was es bedeutete, ein Zuhause zu haben. Bis er es im Alter von neunzehn so achtlos fortgeworfen hatte, weil ihm alles da draußen erstrebenswerter erschienen war als das kleine weiße Cottage am Meer.

Heute kam es ihm kleiner vor. Sein Herz zog sich vor Schmerz zusammen, als er direkt davorstand. Ein verfallenes Puppenhaus, in dem keiner mehr spielte. Er konnte das Lachen seiner Geschwister in seinem Kopf hören. In Wahrheit war es nur der kalte Wind, der aufzog und dunkle Wolken über das Meer trieb.

Er berührte das alte, verwitterte Holz des Gartentores, das dringend einen Abschliff und einen neuen Anstrich gebraucht hätte. Wie er sich wünschte, noch einmal durch dieses Tor treten und seine Mutter in die Arme schließen zu können. Er hätte alles dafür gegeben.

Er sah zu dem Pick-up in der Auffahrt. Der Lack war in einem so furchtbaren Zustand, dass man das strahlende Orange, das er einmal gehabt hatte, nur noch erahnen konnte. Hatte er dieses Haus, diese Familie auf dem Gewissen? Er wollte etwas tun, sich entschuldigen, doch er fürchtete – nun, da er hier stand – dass der Schaden viel zu groß war, als dass ihn irgendein Mensch hätte reparieren können. Und besonders nicht er.

Er hatte wirklich vorgehabt, zu ihnen zu gehen. Er wollte wissen, wie es um seinen Vater stand, aber er fürchtete sich davor, dass er sich so abwenden würde wie sich Aidan abgewandt hatte. Aidan wusste, dass er daran zerbrechen würde. Was war aus seinen Geschwistern geworden? Wo waren sie jetzt und warum hatte sich keiner von ihnen je auf seine Briefe hin gemeldet? Gaben auch sie ihm die Schuld für den Tod seiner Mutter? Nach den ersten Monaten des Schweigens auf seine Briefe hin, hatte er nie den Mut für einen Anruf gefunden. Denn dann hätte er schließlich auch mit ihren Vorwürfen umgehen müssen. Irgendwann hatte er sich eingeredet, damit klarzukommen, dass sie ihr Leben ohne ihn weiter lebten.

Er straffte die Schultern und wandte sich schnell ab. Auch dieses Gefühl war ihm vertraut – gehen zu müssen, ehe er für immer blieb. Und er konnte nirgends bleiben, dafür war er nicht gemacht. Er konnte Menschen, die er liebte, immer nur verletzen. Genau aus diesem Grund hatte er sich vor so vielen Jahren geschworen, es nie wieder so weit kommen zu lassen.

Die Fahrt zurück zum Fishermans Farmhouse war zu kurz für Aidan, um zur Ruhe zu finden. Und so fühlte er sich aufgewühlt und gereizt, als er seinen schwarzen Jeep vor dem lieblichen Cottage aus grobem Naturstein abstellte. Er sah über die endlos grünen Hügel und spürte das altbekannte Bedürfnis in sich aufsteigen, so schnell es ging, die Flucht zu ergreifen. In L. A. war es nie schwer, schnell eine geeignete Ablenkung zu finden. In der vermeintlichen Stadt der Engel war es unmöglich, zur Ruhe zu kommen. Deswegen hatte er sie ja erst zu seiner Wahlheimat gemacht.

Genauso hatte es einen Grund gegeben zurückzukommen. Er wusste, dass er an einem Punkt in seinem Leben angekommen war, an dem er feststeckte. Sein Zusammenbruch in aller Öffentlichkeit hatte ihm das mehr als deutlich gemacht. Es war gut, dass er sein eigener Chef war und ihm niemand sagen konnte, was er zu tun und zu lassen hatte. Als sein bester Freund und Psychologe ihm gesagt hatte, dass er sich jetzt eine Auszeit nehmen musste, ehe ihn sein Körper dazu zwang, hatte er die Diagnose gewusst, ohne sie auf dem Blatt Papier sehen zu müssen – Burnout.

Ja, er war wirklich kein Mann der Ruhe. Er liebte seine Arbeit und in nahezu keiner Sekunde bedeutete sie Anstrengung für ihn. Und so war es für Jordan ebenfalls nicht schwer gewesen, auszusprechen, was sie beide wussten – Aidan musste sich mit den Dämonen seiner Vergangenheit auseinandersetzen, ehe sie ihn zerfetzten.

Er wünschte, Jordan wäre bei ihm. Der ruhige, bodenständige Mann war das genaue Gegenteil von Aidan – selbstlos, freundlich, abgrundtief ehrlich. Für einen Moment spielte Aidan mit dem Gedanken, seinen Freund anzurufen, doch es gab Augenblicke, da peitschte Jordans Ruhe ihn noch mehr auf und machte ihn aggressiv. Das hier war so ein Augenblick.

Er stieg aus und warf die Tür des Wagens so heftig zu, dass das Geräusch nur so über die Felder hallte. Er betrat das Farmhouse und ärgerte sich über die leere Feuerstelle, obwohl es ein milder Sommertag war. Er brauchte nicht die Wärme, sondern die Behaglichkeit. Verdammt, bei seiner Mutter hatte ihn immer ein Feuer begrüßt. Als er das die viel zu großen Holzscheite im Korb neben dem Kamin sah, erreichte seine Laune einen neuen Tiefpunkt. „Was zur Hölle treibt sie den ganzen Tag?"

Wütend und zugleich erleichtert, ein Ventil für seine Wut gefunden zu haben, ging er mit dem Holz zurück nach draußen, wo es langsam zu dämmern begann. Er musste nicht lange suchen, bis er das Holzlager und den Hackklotz fand. Dort steckte auch deutlich sichtbar die scharfe, gute Axt. In diesem Moment schien sie ihm wie ein Rettungsring auf stürmischer See.

Es war der erste Feierabend, bei dem sie glaubte, einen guten Tag hinter sich zu haben und das würde sie gebührend feiern. Laut singend ließ sich Starley ein Bad mit extra viel Schaum in die klauenfüßige Badewanne mit den goldenen Armaturen ein. Während der Rest des Cottages – typisch irisch – rustikal und zweckmäßig war, liebte sie den Umbruch aus Luxus und Verschwendung im Badezimmer. Kein Wunder, dass Tamara diesen Mann geheiratet hatte!

Weil Starley alles, was sie tat, zelebrierte, zündete sie sich ein halbes Dutzend Kerzen an, welche sie perfekt sichtbar im Raum platzierte. Das Sektglas stand auf dem kleinen Tischchen neben der Badewanne bereit.

„Jetzt noch Musik." Sie betätigte den Knopf an ihrem Smartphone und seufzte wohlig auf, als sie die sanfte und zugleich starke Stimme von Ava Max hörte. Wer weiß, wenn sie sich anstrengte, würde Ava in nicht allzu ferner Zukunft vielleicht ein Bad nehmen und Starley Hennessys Stimme lauschen. Vergnügt lächelnd steckte sie sich die blonden Locken auf.

Sie hatte sich gerade das Sweatshirt über den Kopf gezogen, als sie das dumpfe und durchdringende Geräusch hörte. Zuerst dachte sie sich nichts dabei und wollte ihren BH öffnen, doch beim dritten Mal hielt sie inne. Sofort begann es in ihr zu brodeln. Es gab nur einen Menschen, der sie in dieser Einöde nerven konnte. Sie eilte zum Fenster und traute ihren Augen kaum. Aidan stand im Sonnenuntergang und hackte wie ein Besessener Holz. Sie riss das Fenster auf und brüllte: „Was zur Hölle tun Sie da?"

„Wonach sieht es denn aus?"

Er machte sich weder die Mühe, die nervtötende Arbeit zu unterbrechen, noch zu ihr aufzusehen. „Es sieht danach aus, als wollten Sie mir meinen Feierabend verderben!"

„Lassen Sie sich von mir nicht stören!"

„Zu spät! Hören Sie mit dem Lärm auf."

„Einer von uns muss sich der Pflichten in diesem Haus annehmen. Mach das Fenster zu, Dornröschen."

Seine beleidigende Unfreundlichkeit schockierte sie. Es war genau wie an ihrem ersten Abend und Starley wusste, wenn sie diesem Mann jetzt keine Manieren beibrächte, hätte sie die kommenden Wochen die Hölle auf Erden. Sie war so wütend, dass sie vergaß, sich das Shirt wieder überzuziehen und so rannte sie in Jeans und schwarzem Spitzen-BH nach draußen.

Als sie das Cottage umrundet hatte, hieb er gerade auf einem neuen Holzscheit ein. Splitter flogen in alle Himmelsrichtungen. Über ihm türmten sich Gewitterwolken auf. Wäre sie selbst nicht derart wütend gewesen, hätte sie es sich angesichts seines erschreckenden Anblicks sicher noch einmal überlegt, ob sie sich wirklich mit ihm anlegen wollte. „Ich habe Feierabend und es gibt auch hier so etwas wie eine Ruhezeit. Ich hatte Ihnen genügend Holz für heute hingestellt!"

Der erste Regentropfen fiel auf ihre Nase. Wenn sie wegen diesem Widerling nass würde, konnte er sein blaues Wunder erleben. Noch immer tat er, als wäre sie gar nicht da. Sie umrundete ihn und baute sich auf der anderen Seite des Hackklotzes auf. Die Arme in die Seiten gestemmt, fragte sie zornig: „Hat Ihre Mutter Ihnen kein bisschen Anstand beigebracht?"

Er sah auf, jetzt schlug Panik in ihr hoch. Seine Augen waren ein Sturm. So tief und dunkel. Starley hatte keine Angst um sich selbst, sondern um ihn. Irgendetwas hatte seine Seele entzweigerissen. Sie wollte sich ihm nähern, ihm helfen, aber er ließ ihr keine Chance.

Wütend versenkte er die Axt im Hackklotz, dann war er in zwei Schritten so nah bei ihr, dass es ihr den Atem raubt. Er roch nach Schweiß und Regen. Es schockierte sie, wie sehr ihr sein Geruch gefiel. „Du stehst hier halb nackt vor mir und redest von Anstand!"

Für einen Moment nahm sein Anblick sie so gefangen, dass sie nicht verstand. Als sie begriff, war es zu spät. Er packte sie. Eine Hand auf ihrem Rücken reichte, sie an seine Brust zu pressen. Sie schrie überrascht auf, dann senkte sich sein Mund auf sie herab und der Himmel öffnete seine Schleusen.

Starley war erschüttert. Sie fühlte sich, als würde er sie bei lebendigem Leibe verschlingen. Sein Griff war locker genug, dass sie sich jederzeit hätte befreien können, stattdessen ging sie selbst zum Angriff über. Bereits nach wenigen Sekunden waren sie nass bis auf die Haut. Es wunderte sie, dass die Regentropfen beim Aufprall auf ihre erhitzte Haut kein zischendes Geräusch von sich gaben. Noch nie im Leben hatte sie jemand auf diese Weise geküsst und nie hätte sie es für möglich gehalten, so etwas zu erleben. Es war ein Kampf, bei dem niemand gewinnen konnte und sie wollte immer weiterkämpfen.

Ein ohrenbetäubender Donnerknall ließ sie schließlich auseinanderfahren. Schweratmend standen sie einander gegenüber. Er war völlig durchnässt. Sein weißes Shirt klebte auf seiner Haut und umrandete jeden so definierten Muskel seiner Brust. Sein blondes Haar fiel ihm in nassen Wellen auf die Schultern und seine Augen waren etwas klarer geworden. Jetzt trat eine neue Qual in sie, als er sie ansah. „Verdammt noch mal. Entschuldige."

Sie trat näher, legte ihm eine Hand auf den Oberarm. Sie wollte ihm sagen, dass es nichts zu entschuldigen gab. Dass sie seinen Schmerz geschmeckt hatte. Er trat eilig einige Schritte zurück. „Bitte halte dich heute fern von mir. Ich bin nicht mehr Herr meiner Sinne. Und verdammt, du bist schön wie eine Sirene!"

Damit nahm er den Korb mit dem gehackten Holz mit sich und verschwand schnellen Schrittes ums Haus. Starley blieb im strömenden Regen stehen, den Blick auf die verwaschenen Felder gerichtet und spürte dem nach, was gerade in ihr geschah. Sie fühlte sich schwach und stark zugleich. Er hatte ihr eine Macht gegeben, der sie sich bis dahin nicht bewusst gewesen war. Und sie wusste mit all ihrem Sein, dass sie wieder in seine Arme wollte. Sie brauchte noch mehr Teile dieses neuen Selbst. Sie wollte es so sehr erforschen wie alles andere, was noch vor ihr lag.

Viel mehr wollte sie wissen, was ihn so erschüttert hatte. Bisher hatte er auf sie beinahe unmöglich selbstbewusst gewirkt. Wie ein Fels, den niemand brechen konnte. Sie hatte ihn in seiner schwächsten Stunde gesehen und wusste nur zu gut, was das mit einem Menschen machte, der glaubte, alles allein bewältigen zu können.

Kapitel Sechs

Aidans Nacht war furchtbar. Und das nicht nur wegen der Dämonen seiner Vergangenheit, die ihn unablässig heimsuchten. Die Erinnerung an Starley ließ ihn nicht zur Ruhe kommen. Der Gedanke an ihre weiche, seidige Haut und die schwarze Spitze über ihren Brüsten, ihr nasses blondes Haar, ihren Geschmack. Das Verlangen schnürte ihm die Kehle zu.

Am liebsten wäre er hinüber gegangen und hätte beendet, was sie hinter dem Haus begonnen hatten. Und dass sie es beide angefangen hatten, daran hatte er nicht den Hauch eines Zweifels. Zwar hatte er sie geküsst, doch sie hatte diesen Kuss der Frustration erwidert und zu etwas so Verruchten gemacht hatte, dass sie zu einer der schönsten Fantasien seines Lebens geworden war.

Aber sie war noch jung. Zu jung. Es waren nicht nur die zehn Jahre Altersunterschied, sondern besonders ihre fehlende Lebenserfahrung und Naivität, die ihn warnten, tunlichst seine Hände von ihr zu lassen. Weil er wusste, dass er genau wegen dieser Eigenschaften ein leichtes Spiel mit ihr hätte. Und weil er ahnte, dass sie nicht die geringste Vergleichsmöglichkeit besaß.

Dennoch hoffte er, als er sich am Morgen unausgeruht aus dem Bett rollte, dass sie eine ebenso grauenvolle Nacht hinter sich hatte wie er. Obwohl ihn der Gedanke, dass sie sich vor Sehnsucht nach ihm verzehrte, alles andere als beruhigend auf ihn wirkte. Er wusste, dass er für Schadensbegrenzung sorgen musste. Dafür brauchte er selbst erst einmal wieder einen klaren Kopf.

Als er es nebenan leise rascheln hörte, wusste er, dass sie das Frühstück vorbereitete. Schon allein der Gedanke an sie reichte aus, um das Verlangen zurückzubringen. Mit einem leisen Fluch zog er sich ins angrenzende Badezimmer zurück und stellte sich unter den eiskalten Duschstrahl.

Nach dem Duschen ging er sicher, dass sie bereits verschwunden war, ehe er nach nebenan ging und sich Kaffee einschenkte, den er zur Abwechslung tiefschwarz trank. Danach fühlte er sich wenigstens etwas wacher. Wenn ihn nicht alles täuschte, hatte sie heute das Frühstück im Schnelldurchgang vorbereitet. Dennoch fehlte nichts. Sie wurde immer besser. Nun stand sogar eine Vase mit frischen Blumen auf dem Tisch. Das Besteck lag auf einer schönen, bestickten Stoffserviette.

Er sollte sie ihren Job machen lassen und im Gegenzug das tun, wofür er hierhergekommen war – zur Ruhe kommen. Also arbeitete er sich für die nächsten Tage einen Trainingsplan aus. Nach den Einheiten würde er es sich gönnen, sich die Aussichtspunkte der Gegend wie ein Tourist anzusehen. Und vielleicht fand er sogar die Muße, den kompletten Wild Atlantik Way abzufahren. Es war befremdlich, sich sein Zuhause mit den Augen eines Touristen anzusehen. Er hatte vergessen, was sich hinter dem Wort Zuhause verbarg. Er wollte das Gefühl wieder entdecken, das er noch immer nur mit seiner Mutter verband. In den Erinnerungen an sie flackerte es stets ganz schwach in seiner Brust auf, nur um genauso schnell wieder zu verschwinden.

Nach dem Frühstück stieg er in seine Trainingssachen. Als er das Haus verließ, wehte ihm ein heftiger, beißender Wind entgegen, der nach salziger Meeresluft und Regen roch. Da schlug das Heimweh ihm das erste Mal in die Magengrube.

Kaum zu fassen, dass sich der Sommer ankündigte. Am Himmel türmten sich schwarze Wolken wie der Turm zu Babel über ihm auf. Verbissen schlug er den einzigen Weg zum Dorf ein. Er war noch nicht weit gekommen, als die ersten Regentropfen auf seiner Nase landeten.

Im Laufen band er sich das Haar zurück, das ihm im scharfen Wind die Sicht verwehrte und ließ seine Gedanken schweifen. Er war nicht überrascht, dass sie bei Starley, anstatt seiner Familie landeten, wegen der er hergekommen war. Über die Jahre war er Meister darin geworden, die unbequemen Dinge des Lebens zu verdrängen und sie durch das Schöne zu ersetzen.

Und schön war Starley Hennessy auf alle Fälle. Zuerst war sie eine seelenlose Schönheit gewesen, die rohes körperliches Verlangen in ihm ausgelöst hatte. Jetzt, da er einen Teil ihrer Geschichte und ihren Traum kannte, war auf jeden Fall sein Interesse geweckt. Sie konnte hart arbeiten und machte zeitgleich deutlich, dass sie sich die Luxusseiten des Lebens herbeisehnte. Er war sich ziemlich sicher, dass sie nicht den Hauch einer Ahnung davon hatte, wie viel Menschen aus diesen Kreisen tatsächlich dafür arbeiten mussten, ihren hohen Lebensstandard beizubehalten.

Als er am Coumeenoole Beach ankam, ließ er es sich nicht nehmen, die gewundene Straße zum völlig verlassenen Strand hinunter zu joggen. Die Wellen türmten sich so sehr in die Höhe, als wollten sie in die Wolken hinaufsteigen, um sich anschließend zusammen mit dem sich anbahnenden Regenguss erneut ins Meer hinabzustürzen.

Da er die Bewegung brauchte, joggte er den kleinen Strand entlang, kümmerte sich nicht darum, als das Salzwasser seine Turnschuhe durchnässte, und setzte seinen Weg ohne einen Blick zurück fort. So hatte er es schon immer gehalten und geglaubt, damit Stärke und Unabhängigkeit zu zeigen. Heute gestand er sich zum ersten Mal ein, wie feige er gewesen war und ließ den Schmerz zu, während er immer schneller die Küstenstraße entlang rannte. Den Schmerz, den es mit sich brachte, seine Wurzeln mit beiden Händen zu packen und aus dem nahrhaftesten Boden zu reißen, den sie bekommen konnten. Noch immer hielt er sie in den Händen und erst jetzt erkannte er mit Schrecken, dass es sie wieder an denselben Ort wie damals zurückzog.

Einem Impuls folgend verließ er kurz vor Dunquin den Slea Head Drive und bog rechts Richtung Pier ab. Er brauchte jetzt das Meer. In Irland wie Amerika war es seine einzige Konstante in einer Welt gewesen, in der auf nichts und niemanden Verlass war. Er wusste, wie zynisch er für einen Mann war, der selbst nicht die geringsten Sicherheiten bot und all seine Beziehungen möglichst oberflächlich hielt. Er konnte nicht bereuen, seinen Traum erfüllt zu haben. Der Ruf und der damit einhergehende innere Konflikt hatten ihn damals beinahe zerfetzt. Er hatte eine Entscheidung treffen müssen. Doch hätte sie wirklich so dramatisch und abrupt fallen müssen?

Als der Himmel endlich seine Schleusen öffnete, war er bereits in Waymont am Clogher Head. Auf dem kleinen verlassenen Sandstreifen fiel er mit brennenden Lungen auf die Knie und grub seine Hände in den Sand. Er schämte sich seiner Tränen nicht, schämte sich nur seiner Demut einem Gott gegenüber, den er verachtete, weil er glaubte, dass er nie auch nur die geringste Zuwendung von ihm erfahren hatte. Oder war auch hier Aidan derjenige gewesen, der sich abgewandt hatte?

In Amerika, als umschwärmter und bejubelter Star, war es so leicht, alles zu vergessen. Hier holte ihn seine Vergangenheit mit aller Macht ein und er war nicht mehr als ein vollkommen einsamer Mann, der glaubte, völlig versagt zu haben.

Die nächsten Tage bekam Starley Aidan nur zu Gesicht, wenn sie zufällig aus dem Fenster sah, und ihn dabei beobachtete, wie er im Morgengrauen das Haus verließ. Mal ging er zu Fuß, mal nahm er seinen Wagen. Jeden Tag kehrte er erst spät nach der Dämmerung zurück und strahlte deutlich die Abwehr eines Menschen aus, der gerade mit seinen Dämonen kämpfte und diesen Kampf unbedingt allein ausfechten wollte.

Sie verstand das nur zu gut und sie kannte ihn – Kuss hin oder her – viel zu wenig, als dass sie es sich angemaßt hätte, ihm ihre Gesellschaft aufzuzwingen. Aber sein Verhalten warf unweigerlich Fragen in ihr auf, besonders in Anbetracht des Kusses.

Trotz ihrer mangelnden Erfahrung mit dem anderen Geschlecht war sich Starley durchaus bewusst, dass sie an jenem Nachmittag hinter dem Haus nicht mehr und nicht weniger als ein Katalysator für Aidan gewesen war. Genauso war sie sich allerdings auch des überraschend heftigen Verlangens bewusst, dass zweifelsohne dabei nicht nur in ihr aufgestiegen war. Sie wusste, dass sie nichts mit Tamaras und Henriks Gast anfangen sollte, und sie hätte den Gedanken daran in Anbetracht an Aidans zuweilen arrogante Art liebend gern fallen gelassen – wenn sie es nur gekonnt hätte.

Seit dem Kuss – und wenn sie ehrlich war, schon davor – geisterte er ihr ständig durch den Kopf und hielt sie davon ab, ihre Pflichten zu erledigen. Sie sollte einfach eine gute Gastgeberin sein und sich auf ihre bevorstehende Zeit in Los Angeles vorbereiten.

Also nutzte sie seine Abwesenheit, ihre Fühler auszustrecken. Sie wusste natürlich, wo sie leben wollte. Aber die Wohnungen waren unbezahlbar. Zuerst musste sie sich Gedanken darüber machen, wovon sie die erste Zeit leben konnte, ehe sie jemand entdeckte.

Da sie nicht den Hauch einer Ahnung hatte, was bis auf die Musik zu ihren Stärken gehörte, fing sie mit dem an, worüber nachzudenken ihr Freude bereitete. Also krempelte sie sich die Ärmel hoch, legte sich eine Exceltabelle an und benannte sie in „Musikbars L.A." Danach begann sie eine ausufernde Recherche der kleinen und großen Szeneclubs der Stadt der Engel, in denen Liveauftritte, Karaokeabende und Singer-Songwriter-Wettbewerbe stattfanden. Umsichtig trug sie die

Namen, Adressen und Kontaktdaten der Ansprechpartner der Bars in die Tabelle ein und machte sich auch Zusatzvermerke, in welchen Stadtbezirken sie zu finden waren. Dazu druckte sie sich eine Karte der Stadt aus und zeichnete jede Bar mit einem Punkt und einer zugehörigen Nummer ein. Es dauerte nicht lange, bis sich herauskristallisierte, wo der Puls der Musikszene tobte. Und genau dort wollte sie leben – im Herzen des Taktes, in Hollywood.

Weil sie wusste, dass das ein unbezahlbares Pflaster war, sah sich Starley nach alternativen Wohnmöglichkeiten um und wurde bald fündig. Co-Living hieß der neue angesagte WG-Trend in Hollywood. Es handelte sich um voll möblierte Wohngemeinschaften. Sicher konnte es nur von Vorteil sein, bereits zu Anfang gute Kontakte zu knüpfen. Ehe sie sich versah, hatte sie sich bei einem entsprechenden Portal angemeldet, das passende WGs zusammenstellte. Sie gab ihre Daten und Parameter ein, die für sie wichtig waren und wanderte damit auf eine Warteliste.

Als sie das Tablet fortlegte, befand sich die Sonne bereits im Landeanflug. Ein Blick aus ihrem Schlafzimmerfenster sagte ihr, dass Aidan noch immer nicht zurück war, somit gab es auch keine Kannen zu befüllen oder Handtücher zu tauschen. Sie wünschte, ihre Gitarre wäre schon angekommen. Obwohl sie sich die ganze Woche nach Zeit für sich selbst gesehnt hatte, fühlte sie sich jetzt seltsam nutzlos und gelangweilt. Überrascht stellte Starley fest, dass ihr die Arbeit anfing, Freude zu bereiten. Kurz spielte sie mit dem Gedanken, hinunter ins Dorf zu fahren und Kontakte im Pub zu knüpfen, vertagte die Idee aber auf den nächsten Tag und kuschelte sich stattdessen mit einem Buch ins Bett. Doch immer wieder flogen ihre Gedanken zu Aidan und ihrem Kuss, der genauso gewesen war wie in dem Liebesroman beschrieben, den sie gerade in den Händen hielt.

Die Fahrt nach Ballyferriter war durchaus angenehmer als jene nach Waymont. Zwar wusste Aidan auch hier nicht, wie man ihn in Empfang nehmen würde, jedoch verband er mit dem kleinen Ort nahe des wunderschönen Fearann-Bay-Beach durchweg positive Erinnerungen. Die Familie seines besten Freundes hatte ihm stets Zuflucht geboten, während sein eigenes Zuhause immer ein Ort gewesen war, wo man um jedes bisschen Liebe und Anerkennung hatte kämpfen müssen. Er konnte nicht mehr zählen, wie oft er in seiner Jugend aus seinem Elternhaus geflohen und hierher getrampt war.

Der große Hof aus blauen, unebenen Pflastersteinen und dem gelben Fachwerkhaus sah genau wie damals aus. Als befände es sich unter einer Schutzblase, welche der Zahn der Zeit nicht durchdringen konnte. Das große doppelflügelige Tor aus schwarz-braunem Holz stand weit offen wie eh und je, als wäre es seine einzige Funktion, dem Gast freudig entgegenzurufen, dass er willkommen war. Seltsam, dass er die positive offene Ausstrahlung des Gehöftes sofort mit seiner Schwester verband, schließlich war es schon so gewesen, ehe sie seinen besten Freund aus Kindertagen geheiratet hatte.

Er hatte es durch einen Zufall erfahren, da er es sich irgendwann angewöhnt hatte, sich über die Aktivitäten seiner Geschwister über die einschlägigen sozialen Medien auf dem Laufenden zu halten. Sein großzügiges

Geldgeschenk sowie die zugehörige Glückwunschkarte waren postwendend zu ihm zurückgekommen, ohne Antwort. Er sah auf das vergilbte Papier der Karte in seiner Hand, auf die zerknitterten Scheine darin, die seit fünf Jahren darauf warteten, ihrem rechtmäßigen Besitzer übergeben zu werden und spielte mit dem Gedanken, sie einfach in den Briefschlitz zu stecken und so unbeschadet verschwinden zu können.

Leah war ihm nach seiner Mutter immer der wichtigste Mensch gewesen. Sie war die sanfte warme Sommerbrise zwischen den rauen Stürmen seines Zuhauses. Bei ihr hatte Aidan immer ein offenes Ohr und den Halt gefunden, den weder sein ständig abwesender Vater und noch weniger die psychisch angeknackste Mutter hatten bieten können. Er wusste nicht, was mit seiner angeknacksten Psyche geschehen würde, wenn sie ihn heute abwies.

Einzig ein Gedanke hielt ihn von der Flucht ab – es passte nicht zu seiner Schwester, ihm so kalt und kommentarlos seine Geschenke zurückzuschicken. Leah hätte ihm die Leviten gelesen.

Er hatte nie den Mut gefunden, sie anzurufen. Er hätte es nicht ertragen, wenn sie aufgelegt hätte. Jetzt wusste er, wie dumm das gewesen war. Nun hatte er Angst vor ihrer Güte, weil diese ihm all die verpassten Jahre vor Augen halten würde.

So stand er einfach in dem offenen Tor, einen Schritt davon entfernt, den Hof zu betreten. Er konnte nicht fassen, wie schwer es war.

Da ging die Haustür auf und nahm ihm die Entscheidung ab. Lautes Kinderlachen schwappte über die Schwelle und es traf ihn mitten ins Herz als ein kleines

Mädchen mit schwarzen Locken und rosa Feenflügeln auf dem Rücken mit ausgebreiteten Armen auf den Hof rannte. Als es ihn sah, blieb es abrupt stehen und fragte neugierig: „Wer bist du denn?"

Sie hatte den typisch irischen Sing-Sang in der Stimme, der dieser Gegend so zu eigen war und den Starley mit aller Macht zu unterdrücken versuchte.

„Aidrian? Habe ich dir nicht gesagt, du sollst nicht mit Fremden sprechen?" Die Stimme wie auch der Name, den Leah ihrer Tochter gegeben hatte und der so ähnlich dem seinen war, ließen gefährliche Hoffnung in Aidan aufkeimen.

Die sofort an der Wand zerschellte als sich ihre Blicke trafen. Zuerst wirkte seine Schwester wie jemand, der einem Geist gegenüberstand. Und dann konnte er förmlich sehen, wie sie Stein um Stein die massive Schutzmauer vor sich errichtete, ehe sie sich an ihre Tochter wandte: „Geh schon mal hinter, mein Schatz. Ich komme gleich nach, wird nicht lange dauern."

Autsch, das war deutlich. Missmutig sah er seiner Nichte nach, die durch den alten Stein-Zauberbogen im hinteren Teil des Gartens verschwand, wo sich – wie er wusste – ein Hain aus wunderschönen Apfelbäumen befand. Leah hatte es geliebt, dort von der Zauberinsel Avalon zu träumen, mit sich selbst als Herrin vom See in deren Mittelpunkt.

Genauso erhaben und unantastbar trat sie nun vor ihren jüngsten Bruder. Er fragte sich, wie eine Frau auf ihn herabsehen konnte, die gut zwei Köpfe kleiner war als er. Sie schrie nicht, im Gegenteil. Sie sprach ganz leise. „Wie kannst du es wagen, nach all den Jahren einfach so hier aufzutauchen?"

„Früher war ich hier immer willkommen“, sagte er ruhig, aber mit staubtrockener Kehle.

„Das ist lange her. Inzwischen hat Logan beide Elternteile verloren. Und obwohl sie dich stets willkommen geheißen haben wie einen Sohn, hast du dir in den Staaten eine gute Zeit gemacht, anstatt zurückzukommen, um sie zu betrauern und der Freund zu sein, der du geschworen hattest zu sein. Oder der Bruder.“

Ihre Worte und die darin verpackte, so beiläufig vorgetragene Information, trafen ihn so tief, dass er beinahe den Boden unter den Füßen verlor. „Richie und Magdalene sind tot?“

Ihre Züge spiegelten seinen Schmerz, seine ganze Fassungslosigkeit. Für einige kurze Sekunden verschwanden die Jahre der Trennung, als sie fassungslos vor Schock hauchte: „Du hast es nicht gewusst?“

„Nein.“ Er schüttelte den Kopf und schämte sich der Tränen nicht, die ihm über die Wangen liefen, als er zu dem großen Haus blickte. Plötzlich sah es völlig anders aus. Ungeduldig wischte er sich die Tränen ab. „Was ist denn passiert, du liebe Güte?“

„Krebs. Kurz hintereinander“, sagte sie. An der Art wie ihre Stimme brach, spürte er, dass es sie noch immer packte.

„Wann?“ Er brachte das Wort gerade so über seine Lippen.

„Vor fünf Jahren. Kurz nach unserer Hochzeit.“

Zu diesem Zeitpunkt musste sie seine Glückwünsche zu ihrer Hochzeit erhalten haben. Er hielt ihr die Karte hin. „Dann ist es kein Wunder, dass du die kommentarlos zurückgeschickt hast.“

Sie nahm die Karte mit bleichem Gesicht. „Aidan, ich habe nie eine Karte von dir bekommen. Ich dachte, du hast uns alle mit deinem alten Leben hinter dir gelassen. Du meine Güte, ich dachte ich höre nie wieder etwas von dir.“

Es war zu viel für den Moment. Er verstand die Welt nicht mehr. All die Jahre, in denen er geglaubt hatte, sie schwiege aus Groll – waren sie das Ergebnis des Eingreifens einer dritten Person gewesen? Doch die Nachricht über den Tod der Eltern seines besten Freundes überlagerte alles. „Leah, ich kann gerade nicht klar denken. Darf ich wiederkommen?“

Sie schaute ihn an und die Mauer schwand mit den Tränen in ihren Augen. „Wirst du denn wiederkommen, wenn du einmal zurück in Amerika bist?“

„Ich lebe im Fishermans Farmhouse in Coumeenoole Beach. Ich gehe nicht eher, bis wir miteinander wieder im Reinen sind“, versprach er.

Sie atmete schluchzend ein. Er hätte sie gern in seine Arme gezogen, doch er hatte Angst, dass sie ihn von sich stieß. Und er hatte, nach allem, was er gerade erfahren hatte, keine Kraft, jemanden zu halten, wo er selbst kaum mehr aufrecht stehen konnte. „Logan ist ohnehin auf den Feldern. Er wird dich auch sehen wollen.“

„Bist du sicher?“, fragte er ernst.

Sie nickte und ihre Augen liefen über. „Er wird dir eine reinhauen und dann wird er dich in seine Arme ziehen.“

„Das hoffe ich aus tiefsten Herzen, Leah“, sagte er.

„Mama!“ Die glockenhelle Stimme ertönte aus dem Hinterhof und passte nicht in die traurige Szenerie, die sie sich geschaffen hatten. Er sah den Zwiespalt auf Leahs Gesicht und nickte. „Dieses Mal komme ich wieder. Ich schwöre es.“

Sie nickte, tausend Zweifel auf dem Gesicht, dann wandte sie sich ab und ging schnellen Schrittes durch den Zauber-Steinbogen.

Kapitel Sieben

Am Montag nach seiner ersten Woche im Fishermans Farmhouse kam Aidan das erste Mal seit dem Kuss mit Starley und dem Aufeinandertreffen mit Leah zur Ruhe. Sein Körper wehrte sich dagegen, weiter an seine Grenzen zu gehen. Aidan wusste, er musste sich entschleunigen und konnte weder vor seinen Erinnerungen noch vor dem Verlangen nach seiner jungen Gastgeberin langfristig davonlaufen, wenn er in Irland bleiben und sich seinen Dämonen stellen wollte.

Er musste klar Schiff machen. Mit der Vergangenheit und mit der Gegenwart, damit seine Zukunft aus mehr bestünde als einem Chaos seiner Fehler. Wie funktionierte das Bleiben, wenn keiner ihn haben wollte und er niemanden brauchen konnte?

Während des Frühstücks dachte er darüber nach, Starley zum Mittagessen einzuladen. Das tat er für gewöhnlich nicht. Ein Abendessen bedeutete Sex. Ein Mittagessen bedeutete Probleme. Aber so wie es aussah, hatten sie die ohnehin schon. Über Starley nachzudenken half, nicht über den Tod von Richie und Magdalene nachdenken zu müssen. Er wusste, dass er sich in einer gefährlichen Stimmung befand. Etwas zwischen Wut, dem Bedürfnis zu halten und selbst gehalten zu werden. Konnte er Starley in dieser Stimmung vermitteln, dass er nur auf Sex aus war?

Das Geräusch eines Wagens ließ ihn aus seinen Gedanken aufschrecken. Neugierig ging er zu einem der Fenster, welches so flach in die Wand eingelassen war, dass er halb in die Knie gehen musste, um hinaussehen zu können. Er blinzelte gegen den hellen Sonnenschein an und stellte überrascht fest, dass es sich um einen Paketservice handelte.

Nachdem der junge Postbote geklingelt hatte und Starley frisch wie der neue Morgen in weißen Shorts und einem knallpinken, bauchfreien Top in der Tür erschienen war, schien es dem Mann kurz die Sprache zu verschlagen. Sie sagte etwas und dann lachten beide. Aidan konnte deutlich sehen, wie der junge Mann Starley mit den Augen auszog. Immer wieder glitt sein Blick zu ihren endlos langen Beinen. Aidan musste sich zügeln, nicht das Haus zu verlassen, um Besitzansprüche auf etwas anzumelden, auf das er absolut keine Ansprüche hatte.

Das Paket war riesig. Der Paketbote sagte etwas, das Starley so sehr zum Lachen brachte, dass ihre Stimme durch das geschlossene Fenster zu ihm drang. Dann wandte der Mann sich ab und stieg wieder in sein Auto.

Aidan wartete nicht, bis der Wagen um die Ecke bog, ehe er das Haus verließ. Starley, die gerade wieder nach drinnen gehen wollte, entdeckte ihn und er sah voller Befriedigung die Erinnerung an ihren Kuss in ihren Augen aufblitzen. Sie verschränkte die Arme vor der Brust und lehnte sich in den Türrahmen. Es sollte wohl lässig erscheinen, gleichzeitig wirkte sie wie jemand, der sich mit allen Mitteln schützen wollte.

„Ganz schön große Lieferung", begrüßte er sie.

„Du bist ziemlich neugierig für einen Ami."

„Ich bin Ire, liegt mir wohl im Blut."

„Dublin?", riet sie.

„Das ist nicht einmal dicht dran", erwiderte er.

„Wie lange willst du mich raten lassen, bis du es mir sagst?"

Der leichte Frust stand ihr am besten, dieses kleine Schmollen. Er nickte Richtung des Paketes, das in ihrem Korridor an der Wand lehnte. „Ich mache dir einen Vorschlag: Ich sage dir, woher ich komme, wenn du mir sagst, was da drin ist."

Sie sah über ihre Schulter zu dem Paket und dann wieder in sein Gesicht. Ihr Lächeln war umwerfend. „Dann sterbe ich lieber unwissend."

Okay, das hatte er nicht kommen sehen. Anscheinend war sie nicht halb so neugierig auf ihn wie umgekehrt. Was ihn reizte, es zu ändern. „Meinetwegen. Wann isst du für gewöhnlich zu Mittag?"

Sie zuckte die Schultern. „Wenn ich Hunger habe."

„Okay, ich hole dich um zwölf Uhr ab." Damit wandte er sich um und ging.

Sie sah ihm sprachlos nach. Er hatte ihr nicht einmal die Zeit für eine Antwort gelassen. Etwas an dem dunklen Unterton in seiner Stimme hatte sie davon abgehalten, einen Streit zu beginnen. Offensichtlich suchte er nach Gesellschaft und sie würde versuchen, eine gute und erwachsene Gastgeberin zu sein, damit er sich aufgefangen fühlte. Ihre Mutter hatte ihr stets vermittelt, die ungesagte Traurigkeit des Gegenübers zu spüren und Tränen zu trocknen, ehe sie flossen. Starley hatte nie Talent dafür gehabt, das hielt sie aber nicht davon ab, es immer wieder zu versuchen.

Aber es warf ihre ganzen Pläne über den Haufen. Sie hatte vorgehabt, sich noch einmal an einem Rezept zu versuchen, schließlich konnte sie nicht ewig von Henriks Vorräten leben. Spätestens in Amerika musste sie gelernt haben, sich etwas Essbares zuzubereiten. Dann würde sie es wohl gleich tun müssen.

Als sie die Tür hinter sich geschlossen hatte, warf sie einen sehnsüchtigen Blick auf das Paket im Flur, aber die Gitarre konnte warten. Jetzt galt es, den Verpflichtungen nachzukommen, wegen denen sie hier war.

„Auf ein Neues!" Sie krempelte sich die Ärmel hoch und suchte alle Zutaten zusammen. Dann las sie das Rezept dreimal gründlich durch, ehe sie begann. Die ersten Schritte klappten gut, doch schon bei der Hälfte hatte sie sich das erste Mal verzettelt, weil sie einen Schritt übersprungen hatte. Dadurch wurde die Soße klumpig. Das reichte aus, sie aus dem Gleichgewicht zu bringen.

Hektisch nahm sie sich vor, von nun an alles richtig zu machen und vergaß, dass eine der Herdplatten noch an war, wo langsam das Plastiksieb zu einem unförmigen Ball zusammenschmolz. Der seltsame Geruch machte sie darauf aufmerksam. Sie stieß einen spitzen Schrei aus, nahm das unförmige Gebilde von der heißen Platte und verbrannte sich prompt die Hand daran. Sie ließ es fallen und es landete auf ihrem nackten Fuß, was ihr zusätzlich einen hämmernden Zeh bescherte.

Heftig fluchend drehte sie den Herd ab und sah sich inmitten eines Chaos. Wieder hatte sie nichts Essbares zustande gebracht. Das zwang sie in die Knie. Außer sich vor Zorn warf sie einen Teller gegen die Wand, um ihrer Wut freien Lauf zu lassen – da klingelte es an der Tür.

„Du liebe Zeit, verschwinde!", knurrte sie und ignorierte den Gast, den sie für Aidan hielt, während sie begann, die Scherben vom Boden aufzuklauben.

„Du liebe Güte, Kind! Ist hier eine Bombe eingeschlagen? Hier riecht es wie in einem Chemielabor."

Starley fuhr hoch. Als sie Molly in der Tür sah, die sie stets mit Trost und Bonbons versorgt hatte, seit sie denken konnte, brach die junge Frau in Tränen aus und fiel der alten Dame hemmungslos schluchzend in die Arme.

„Ist ja schon gut!", sagte diese tröstend und tätschelte ihr aufmunternd den Rücken. „So schlimm kann es gar nicht sein."

„Du siehst ja, wie schlimm es ist!", schniefte Starley, als sie sich aus der Umarmung gelöst hatte.

Für jeden, den Starley auf Dingle kannte, war Molly so etwas wie die Lieblingsgroßmutter und das, obwohl sie nicht einmal selbst Kinder hatte. Ihre gutmütigen hellblauen Augen fixierten sie. „Ich kenne dich schon dein ganzes Leben und noch nie habe ich dich so aus der Fassung erlebt. Was ist denn passiert, Schatz?"

„Sie hatten Recht. Mum, Dad, alle! Ich kann das hier nicht! Ich bin nicht in der Lage, einen Haushalt zu führen!"

„Liebes, jetzt beruhige dich. Jeder hat seine Stärken und Schwächen. Niemand verlangt, dass du ein Fünf-Sterne-Menü zaubern kannst. Alles andere ist leicht zu lernen."

„Ich kann nicht einmal eine Shepherds Pie machen“, erwiderte Starley kläglich.

Um Mollys Mundwinkel zuckte es und sie hob kurz den prall gefüllten Korb an, der ihr jetzt erst auffiel. „Als hätte ich geahnt, dass du etwas Essbares brauchst.“

Starley riss die Augen auf. Der Korb war voller gefüllter Behälter mit den besten irischen Köstlichkeiten, die man sich nur denken konnte. Ganz unverkennbar stieg ihr der Duft von frischgebackenen Scones in die Nase. „Dich schickt der Himmel!“

„Dann ist es ja gut, dass ich hineingekommen bin, obwohl du mich nicht darum gebeten hast.“

„Bitte entschuldige“, sagte Starley peinlich berührt, die von ihren Eltern gelernt hatte, dass Gastfreundschaft oberste Priorität hatte. „Ich dachte, es ist der neue Feriengast.“

„Hättest du ihn dann nicht gerade hereinbitten sollen?“, fragte Molly verwundert, durchquerte die Küche und öffnete die Fenster, um den nebligen Dunst in den sonnigen Tag zu entlassen.

Starley seufzte. „Er ist nicht ganz so einfach.“

„Lass mich raten – das hier geht auf seine Kosten. Ich muss schon sagen, ich habe noch nie erlebt, dass du versucht hast, jemanden zu beeindrucken.“

Die Analyse war zu genau, als dass sie sich herausreden konnte. „Wie du siehst, bin ich kläglich gescheitert. Versteh mich nicht falsch, ich will ihm keine schönen Augen machen oder dergleichen. Er hat eine Art an sich mit mir zu sprechen, als wäre ich ein unmündiges Kind. Ich wollte ihm einfach zeigen, dass ich durchaus in der Lage bin, meine Aufgaben zu erledigen. Anscheinend habe ich mich dabei selbst widerlegt.“

„So ein Unsinn. Alles was du brauchst, ist etwas Start-
hilfe. Wie wäre es, wenn ich dir einige Rezepte bei-
bringe? Wir machen es zusammen, Schritt für Schritt!"

„Das würdest du für mich tun?", sagte Starley berührt.

Molly, die über einen Kopf kleiner war als sie, legte
eine ihrer faltigen Hände an Starleys Wange. Sie
schloss automatisch die Augen. Noch immer roch Mollys Haut so zart nach ihrer Lavendelseife. „Es gibt
nichts, was ich lieber täte, Starley."

„Haben Tamara und Henrik dich gebeten, nach mir
zu sehen?"

„Das mussten sie nicht. Ich wäre auch so gekommen.
Und zwar, weil wir alle dich lieben. Nicht weil wir glauben, dass du es nicht ohne uns schaffst. In Wirklichkeit
haben deine Eltern wohl Furcht davor, dass du es allzu
bald allein schaffen wirst."

Ein kleines Lächeln fuhr über ihr Gesicht. „Wie
machst du es nur, dass man sich immer besser fühlt,
keine fünf Minuten, nachdem du durch eine Tür getreten bist?"

„Daran habe ich lange gearbeitet, glaub mir", erwiderte Molly amüsiert. „Wollen wir anfangen?"

Da klingelte es abermals an der Tür. Starley warf einen Blick zur Uhr und zuckte zusammen. „O Gott! Es ist
ja schon so weit. Verdammt, ich bin von oben bis unten
bekleckert."

„Ganz ruhig. Sag mir, wer es ist und ich halte ihn so
lange hin, bis du dich hübsch gemacht hast."

Es gab keine Zeit für große Erklärungen. Sie atmete
tief durch. „Es ist der Gast von nebenan. Er will heute
mit mir Mittagessen gehen. Es wäre unhöflich gewesen, abzulehnen."

Ein wissendes Lächeln umspielte Mollys Mund, der überraschend jung geblieben war für ihre inzwischen dreiundachtzig Jahre. „Natürlich wäre es unhöflich gewesen. Nun geh schnell nach oben. Ich sage ihm, du kommst gleich und ich kümmere mich um das Chaos. Und nächste Woche komme ich vorbei, um dir das Kochen beizubringen!"

„Ich liebe dich!" Sie gab Molly einen schnellen Kuss auf die Wange und rannte polternd die Treppe nach oben.

Die alte Frau sah ihr lächelnd nach, ehe sie zur Tür ging und sie öffnete. Und sich Starley Hennessys Traummann gegenübersah. Sie traute ihren Augen nicht. Es war genau die Art von Mann, von der Starley, seit sie denken konnte, erzählte, dass sie ihn einmal heiraten würde.

Er starrte sie genauso überrascht an wie sie ihn, ehe ein charmantes Lächeln sein Gesicht noch etwas hübscher machte. „Entschuldigen Sie die Störung, Ma'am. Ich wollte Starley abholen."

„Sie müssen sich noch etwas gedulden, sie ist gleich so weit. Ich würde Sie ja hereinbitten, aber ich denke, hier plaudert es sich genauso gut. Die Sonne hat schon lange nicht mehr so schön geschienen. Ich bin übrigens Molly, die Nachbarin."

„Mein Name ist Aidan Collins. Der Gast. Freut mich, Sie kennenzulernen, Molly, die Nachbarin."

Sie lachte fröhlich auf. Er war wirklich charmant, obwohl sie ihm ansah, dass er eine Menge Ärger machen konnte. Sie wusste, es war genau die Art von Ärger, den eine junge Frau wie Starley dringend brauchte. „Was verschlägt einen Mann wie Sie in unsere verlassene Gegend?"

Ihre Neugier störte ihn keineswegs, was sie nach seiner Antwort nicht mehr überraschte. „Sie werden es nicht glauben, aber ein Mann wie ich stammt aus einer verlassenen Gegend wie dieser."

„Sie sind etwas zu jung, um zurück zu den Wurzeln auf Spurensuche zu gehen", überlegte sie laut und konnte deutlich sehen, dass seine gelassene Miene sich etwas anspannte, auch wenn er Meister darin war, das vor seinem Gegenüber zu verbergen. In ihrem Alter konnte man nahezu hinter alle Masken sehen. Und hinter seiner sah sie eine zutiefst erschütternde Geschichte. Sie lebte zu lange auf dieser Insel, als dass sie diese nicht bereits kannte.

„Ich bin alt genug, mich meiner Wurzeln erinnern zu wollen", sagte er ernst.

Sie legte mitfühlend den Kopf zur Seite. „Das ist schmerzhaft. Und mutig. Ich wünsche Ihnen alles Glück dieser Welt dabei."

Starleys geräuschvolles Erscheinen entband ihn von einer Antwort. Zufrieden stellte Molly fest, wie der Glanz der jungen Frau in seine Augen trat und sich dort festhielt. Es waren diese Art der Gefühle, die es schafften, dass sich selbst eine alte Frau wie sie wieder jung fühlte und an die Liebe erinnerte. „Ich lasse euch zwei allein. Starley, wenn es dir nichts ausmacht, bleibe ich noch kurz. Wenn du zurück bist, bin ich verschwunden, versprochen."

„Bleib solange du willst, Molly", sagte Starley aufrichtig, konnte aber den Blickkontakt kaum aufrechterhalten, so sehr zog es sie zu dem jungen Mann vor der Tür.

„Lasst es euch schmecken und sagt Keira liebe Grüße."

Als Molly die Tür hinter sich geschlossen hatte, hielt Aidan sich nicht mehr zurück, Starley von Kopf bis Fuß zu mustern. Sie trug ein hellrotes, eng anliegendes Kleid mit Wasserfallkragen. Nur die weißen Sneaker und die Jeansjacke, die leger über ihrer rechten Schulter hing, hielten die junge Frau davon ab, völlig overdressed zu sein. Sie sah gefährlich aus. Das war eine offensichtliche Kampfansage. Was hatte er mit diesem Kuss angefangen? Sein Blut kochte und er wusste, dass es nicht mehr aufzuhalten war.

„Ist das die Art wie du dich für ein Mittagessen kleidest?"

Das Lächeln, das sie ihm schenkte, war viel zu lasziv für ihr Alter. Jetzt zweifelte er keine Sekunde mehr daran, dass sie der geborene Star war. Und verstand, warum ihre Eltern sie um jeden Preis in der Welt beschützen wollten. „Ich ziehe an, worauf ich Lust habe."

„Ich hoffe, du kommst mit den Konsequenzen klar", erwiderte er.

Sie warf ihr blondes Haar zurück und sah ihn herausfordernd an. „Da bin ich mir ziemlich sicher."

„Gut, denn eine weitere Warnung wirst du von mir nicht bekommen."

Kapitel Acht

Als sie zusammen in seinen Wagen stiegen, erhöhte sich die Spannung zwischen ihnen auf 680 Volt. Sie war zu nah für ihren wunderbar weiblichen Geruch. Er konnte nicht widerstehen. Als sie sich in den Sitz sinken ließ, nutzte er die Gelegenheit, um sich über sie zu beugen und ihre Tür zu schließen. Er spürte, wie sie bei der Nähe erstarrte.

Als er sich wieder zurücklehnte, wartete er darauf, dass sie ihn rügte. Oder ihn ungestüm an sich zog. Nichts dergleichen geschah. Stattdessen schnallte sie sich wortlos an und wandte ihm diese unglaublich blauen Augen zu. „Worauf wartest du noch? Ich habe Hunger."

Du meine Güte, die Frau hatte Nerven. Es ärgerte ihn mehr als angemessen gewesen wäre, dass er sie mit seiner Nähe nicht genauso quälen konnte wie sie ihn. Hatte sie das Kleid einzig zu dem Zweck angezogen, ihn zu reizen? Nun, sie hatte ihr Ziel erreicht.

Mit einem frustrierten Ruck drehte er den Zündschlüssel um. Er genoss die Verlassenheit der engen irischen Straßen. Im Trubel L.A.s, wo man praktisch nur im stockenden Verkehr vor sich hin zuckelte, hatte er völlig vergessen, wie gern er Auto fuhr. Und wie beruhigend es sein konnte.

Als im Radio *Summer of 69* gespielt wurde, drehte er die Lautstärke voll auf. Starleys helle, klare Stimme verlieh dem Song eine völlig neue Note, Aidan überlief eine Gänsehaut. Das Lied wurde von Ava Max' *Diamonds and Dancefloors* abgelöst und sie sang ohne zu zögern einfach weiter. Und war grandios in dem, was sie tat. Nicht nur, dass sie jeden Ton traf – das war kein Ausnahmetalent, sondern lediglich das Ergebnis langer Übung – sie hatte dieses gewisse Etwas in der Stimme. Diese Mischung aus Sanftheit und Schmutz, die er auch in ihrem Lachen, ihrem Wesen wahrnahm. Sein Verlangen raubte ihm beinahe den Verstand. Sie war anders, während sie sang. Die unzufriedene Unruhe, die sie sonst umgab, verschwand und machte einer attraktiven Selbstsicherheit Platz.

Er war froh, als sie den Pub erreichten. Noch immer fröhlich vor sich hin summend stieg sie aus und offenbarte ihm dabei ihre ansehnliche Rückseite in dem engen roten Kleid. Verdammt, es war ein Wunder, wenn er den Tag über die Bühne brachte, ohne über sie herzufallen.

Sie schlenderte vor ihm her und betrat den Pub, ohne sich noch einmal nach ihm umzusehen. Er war es gewöhnt, dass die Frauen, die er datete, voll und ganz auf ihn fixiert waren. Das hier ist kein Date, erinnerte er sich. Also sollte er tunlichst damit aufhören, sich vorzustellen, dieses Treffen wie ein Date zu beenden.

Der Pub war genau, wie er es in Erinnerung hatte – winzig klein und brechend voll mit alten Holzstühlen, kleinen Tischen und einem ausladenden Tresen. Nur das Gesicht hinter der Bar war ein anderes als das des alten Krugers damals. Es schmerzte abermals zu sehen, wie sehr der Zahn der Zeit an seiner alten Heimat genagt hatte, wie er Lebensbäume fällte.

Die hübsche Rothaarige, die jetzt gelangweilt hinter dem Tresen stand, sah hoffnungsvoll auf, als ihre neuen Gäste den Raum betraten. Offenbar war sie keine Kundschaft um diese Uhrzeit gewohnt.

Starley steuerte auf einen der Tische in der hintersten Ecke zu. Es war so eng, dass sich ihre Knie berührten, als sie einander gegenübersaßen. Endlich erwischte er dasselbe sehnsuchtsvolle Funkeln in ihren Augen, das auch er spürte. Sofort besserte sich seine Laune. Sie griff eine der Karten vom Nachbartisch und schob sie ihm hin, da kam die hübsche Bedienung schon.

Er warf ihr ein Lächeln zu, als er ihren wohlwollenden Blick auf sich spürte, ehe sie sich zuerst an Starley wandte. „Hey, was kann ich dir bringen?"

„Ich nehme ein Guinness und den Crispy Burger mit Fries. Ich denke, Aidan braucht noch einen Moment ..."

„Ich nehme den *O my Goat*, falls ihr den noch habt. Und ein Guinness, bitte."

Die Kellnerin warf ihm noch einen intensiven Blick zu, ehe sie sich mit einem Lächeln abwandte. „Kommt sofort!"

Starley starrte ihn an. „Du kommst von hier?!"

„Nicht direkt", erwiderte er lächelnd.

„Oh, verstehe. Du machst einen auf geheimnisvoll, damit ich dich ausfrage, wie einer deiner dämlichen Groupies." Schwungvoll warf sie ihr Haar zurück. „Das wird nicht passieren."

„Die Groupies reden in der Regel nicht so viel wie du. Aber offenbar hast du einige Erkundigungen über mich eingeholt. Ich fühle mich geschmeichelt“, erwiderte er vergnügt.

Sie sah ihn mit blitzenden Augen an. „Wie auch immer – vergleich mich nicht mit deinen Betthäschen.“

Er hob beide Hände. „Macht der Gewohnheit.“

Er sah ihr an, dass sie ernsthaft überlegte, ihn einfach sitzen zu lassen. Was ihn nur noch mehr faszinierte. „Sind eigentlich immer alle Blicke auf dich gerichtet, wenn du einen Raum betrittst?“

Statt verlegen zu werden, lächelte sie so selbstsicher wie es nur eine Frau konnte, die sich der Wirkung auf ihre Umgebung voll und ganz bewusst war. „Das ist eine Gabe. Und unerlässlich fürs Showbiz.“

„Sex sells“, sagte er zustimmend. „Damit kannst du auf jeden Fall punkten.“

„Es ist nicht das Einzige, was ich kann. Nur eine nette Dreingabe.“ Nun klang ihr Ton angriffslustig. Als müsste sie sich selbst von ihren Worten überzeugen.

„Wenn du einiges dazu lernst, kannst du gut werden.“

Das war definitiv nicht, was sie hatte hören wollen. Offenbar hatte sie geglaubt, ihn mit ihrer Gesangseinlage im Wagen beeindrucken zu können. Was sie tatsächlich geschafft hatte, doch er spürte deutlich, dass es ein Fehler gewesen wäre, ihr in diesem Stadium ihrer Karriere noch mehr Zuspruch zu geben. Nicht, wenn sie ohnehin schon mehr Selbstvertrauen hatte als ihr guttat.

Bis die schöne Kellnerin das Guinness brachte, verharrten sie in Schweigen. Er überließ sie dem Gedanken daran, noch nicht perfekt zu sein und spürte, wie schwer er für sie zu ertragen war. Sie hatte genauso einen langen, steinigen Weg vor sich wie er damals. Was ihn weiter darin bestätigte, sie nicht mit Samthandschuhen anzufassen. Außerdem half es ihm, sein Verlangen zu bekämpfen, wenn er sich auf ihre Fehler konzentrierte. Auch wenn selbst diese wunderbar hübsch verpackt waren.

„Die meisten Sängerinnen in deinem Alter, die zu mir kommen, haben schon einiges an Erfahrung hinter sich. Eine professionelle Ausbildung auf einer Musikschule, ein entsprechendes Studium, erste Banderfahrungen, Tanzunterricht ...“

Geräuschvoll stellte sie ihr Guinness ab und wischte sich mit einer Geste ihres Daumens den Schaum vom Mund, die ihn sofort wieder an den Rand der Selbstbeherrschung trieb. „Entschuldige bitte, dass uns immer das nötige Kleingeld dafür gefehlt hat. Ich weiß, was ich kann. Seit ich stehen kann, bin ich in Pubs aufgetreten. Ich glaube, keine deiner hochstudierten Möchtegern-Sternchen hat auch nur ansatzweise so viel Bühnenerfahrung wie ich, wenn sie zu dir kommen. Außerdem habe ich dich nicht nach deiner Meinung gefragt.“

„Und ob du das hast“, erwiderte er amüsiert. „Meine Antwort ist nur nicht so ausgefallen, wie du es dir gewünscht hast. Du wirst lernen müssen, mit Kritik umzugehen, wenn du deinen Traum verwirklichen willst.“

„Was weißt du schon?“, zischte sie.

Er lüftete eine Braue und kostete von dem herrlich kühlen Guinness. Es war genauso würzig und erfrischend wie die Diskussion mit ihr. „Eine ganze Menge mehr als du. Ich habe den Weg, den du betrittst, bereits hinter mir und helfe seit einigen Jahren anderen, die ihn betreten wollen. Ich könnte dir auch helfen, wenn du etwas netter zu mir bist."

Ihre Blicke durchbohrten ihn. „Egal, was du glaubst, bei unserem Kuss erlebt zu haben – ich bin nicht dazu bereit, mit dir ins Bett zu steigen, um meiner Karriere auf die Sprünge zu helfen."

Er nickte zufrieden. „Gut zu wissen, denn ich steige nicht mit Frauen ins Bett, die ich coache."

Der leichte Hauch von Rosa auf ihren Wangen war wunderschön. „Ich ... es tut mir leid. Es klang so, als ob du ..."

Er unterbrach sie mit seinem Lachen. „Ich gebe zu, das war ein kleiner Test. Ich wollte einfach wissen, wie weit du für deinen Traum zu gehen bereit bist. Du wirkst sehr entschlossen und ich musste mir sicher sein."

Wieder dieses wütende Funkeln. „Willst du damit sagen, du dachtest, dass ich mich hochschlafen würde?"

Er zuckte die Schultern. „Das ist nichts Ungewöhnliches, Starley."

„Das ist widerlich", sagte sie angeekelt und sah ihn an wie jemanden, der gerade aus Sodom und Gomorra geflohen war. Seltsamerweise empfand er einen Anflug von Scham angesichts ihrer Unschuld, dicht gefolgt von Sorge.

„Du hast gesagt, du würdest mir helfen", sagte sie nach einer Weile.

Aidan bedankte sich bei der Kellnerin, die ihnen mit einem strahlenden Lächeln das Essen brachte. „Wenn du etwas netter zu mir bist."

„Was soll das heißen?", fragte sie ungeduldig.

Er biss beherzt in seinen Burger, kaute in aller Seelenruhe herunter, während sie mit den Fingern abwartend auf die Tischplatte trommelte und erwiderte schließlich: „Als dein Coach möchte ich, dass du meine musikalische Erfahrung anerkennst, dein übergroßes Ego zurückstellst und mich dort anfangen lässt zu arbeiten, wo du gerade stehst – bei null."

„Ich stehe nicht bei null!", fiel sie ihm entrüstet ins Wort.

Er hob eine Hand, um sie zum Schweigen zu bringen. „Zudem möchte ich Respekt. Das heißt, dass du mich ausreden lässt und mir zuhörst. Wenn du lernen willst, musst du bereit sein zu erkennen, was du noch nicht weißt. Und – verzeih mir das zu sagen – für eine Frau mit einem so großen Selbstbewusstsein, weißt du noch erschreckend wenig von der Welt, in die du Zutritt verlangst."

„Du kennst mich nicht! Du hast keine Ahnung, was ich leisten kann!", knurrte sie wütend. Der Drang, sich ihm zu beweisen, erregte sein tiefes Mitgefühl.

Er versuchte es anders. „Bist du schon einmal mit einer Band aufgetreten?"

„Bei meinen Auftritten in den Pubs waren immer Musiker dabei. Meine Stimme harmoniert zu Gitarrenklängen genauso gut wie zum Akkordeon."

Das hatte er befürchtet. Und nun konnte er sich ein Bild von den Pubs machen, in denen sie ihre vermeintlich große Erfahrung gesammelt hatte. Er wollte ihr gerade etwas dazu sagen, da sah er, dass ihre Aufmerksamkeit dem Gespräch am Nachbartisch gehörte. Sie hatte sich in ihrem Stuhl zurückgelehnt und die Augen vor Aufregung weit aufgerissen.

Die Kellnerin stand am Tisch nebenan und unterhielt sich mit einem Pärchen. Sie klang verzweifelt. „... sagt der mir in letzter Sekunde ab. Der Laden ist für Samstag völlig ausgebucht! Woher soll ich denn auf die Schnelle einen neuen Sänger bekommen?"

Aidan ahnte es den Bruchteil einer Sekunde, ehe es geschah. Schon hatte Starley sich schwungvoll auf ihrem Stuhl umgedreht und ein strahlendes Lächeln aufgesetzt, als sie laut und deutlich sagte: „Hier bin ich!"

Sofort gehörte ihr die Aufmerksamkeit der Leute am Nachbartisch. Aidan konnte deutlich sehen, wie Starley ihren Auftritt genoss.

Die Kellnerin hatte sich zu ihr umgewandt. In ihren Augen sah Aidan eine Mischung aus Hoffnung und Skepsis. „Du bist Musikerin?"

Unverfroren wie sie war, nickte Starley strahlend. „Ich bin schon in unzähligen Pubs aufgetreten und mache hier einen kleinen Zwischenstopp, ehe ich meine Karriere in L.A. fortsetze."

Diese Worte verfehlten ihre zweifelsohne beabsichtigte Wirkung nicht.

„Gott segne dich!", sagte die Kellnerin erleichtert und ergriff Starleys Hände. „Ich bin Keira! Du rettest mir das Leben. Ich kann volles Haus gerade wirklich gut gebrauchen, hab den Schuppen erst übernommen. Wie ist dein Name?"

Starley erhob sich. „Starley Hennessy. Das hier ist dein Pub?"

Keira nickte stolz, ehe sie Starley losließ, um sich das lange rote Haar zurückzustreichen. „Ist alles etwas mehr Arbeit als ich mir vorgestellt hatte, aber ich liebe es. Du würdest mir mit Samstag wirklich helfen. Ich kann dir aber wahrscheinlich nicht so viel bezahlen, wie du bisher gewohnt bist."

Aidan, der in Starleys Augen förmlich die Dollarzeichen aufblitzen sah, mischte sich ins Gespräch ein. „Du zahlst erst nach dem Auftritt. Und zwar das, was du zu geben bereit bist. Aidan Collins. Ich bin Starleys Coach und Manager."

Es war ein Segen, dass ihn in diesem Land kaum jemand kannte, das hätte die Situation unnötig aufgebauscht. Keira wandte sich zu ihm um und bedachte ihn mit einem schwärmerischen Blick. „Das ist unglaublich nett! Vielen Dank, Mr Collins."

„Jemanden, der seine Träume leben will, helfe ich immer gern", sagt er mit einem Lächeln und nahm es mit Genugtuung in ihren Augen wahr – diese reine pure Anziehungskraft zwischen Mann und Frau. Sie könnte ein wunderbarer Katalysator für sein Verlangen nach Starley sein.

Diese machte ihm mit ihren nächsten Worten einen Strich durch die Rechnung. „Wir müssen gehen. Aidan und ich haben noch einen wichtigen Termin. Wann soll ich Samstag da sein?"

Keira riss ihren Blick von Aidan los und sah Starley an, als erinnere sie sich jetzt erst daran, dass sie da war. „Der Auftritt ist für acht Uhr abends geplant."

„Ich werde da sein!", sagte Starley und sah Aidan abwartend an.

Als dieser bezahlen wollte, kam Keira ihm zuvor. „O bitte nicht, Mr Collins. Ich schulde Ihnen einen Gefallen. Das Essen geht auf mich. Vielleicht kann ich Sie bald auf ein gemeinsames Pint einladen?"

Aidan lächelte gewinnend, umso mehr, da er Starleys wachsendes Unbehagen bemerkte. „Das klingt sehr verführerisch. Wir sehen uns Samstag, Keira."

Die Tür des Pubs war kaum hinter ihnen zugefallen, da hielt sie ihm einen Vortrag, der jede eifersüchtige Ehefrau grün vor Neid gemacht hätte. „Ich fasse es nicht! Wie kommst du darauf, dich in meinem Beisein so an diese Frau heranzumachen? Schon vergessen – du warst mit mir verabredet! Und dann hat deine Aufmerksamkeit auch mir zu gelten!"

„Warst nicht du diejenige, die unser Gespräch unterbrochen hat, um sich dem Nachbartisch als große Musikerin vorzustellen?"

„Das eine hat mit dem anderen nichts zu tun! Und ganz sicher werde ich dich Samstag nicht mitnehmen, nur damit du dieser Frau schöne Augen machen kannst."

„Diese Frau hat dir gerade eine sehr große Chance geboten, auch wenn du es erfolgreich danach hast aussehen lassen, als wäre es umgekehrt", erwiderte er mit einem Anflug von Ärger. „Und du nimmst mich nirgendwohin mit, sondern ich begleite dich großzügigerweise, ohne es dir in Rechnung zu stellen."

Sie war sprachlos vor Wut, leider nicht für lange. „Ich verzichte dankend darauf! Das schaffe ich locker ohne dich."

„Starley, jetzt sei vernünftig. Du hast noch nie in einem Pub dieser Größe gesungen."

„Ich habe eine Gitarre und werde mich selbst dazu begleiten", erwiderte sie würdevoll.

„Darum geht es nicht“, sagte er verärgert. „Eine Bühne muss gefüllt werden. Es braucht einiges an Erfahrung, bis man das als Einzelperson schafft.“

Sie hob in einer erhabenen Geste die Hand. „Spar dir das, großer Musikexperte. Und lass dir eins gesagt sein – ich manage und coache mich selbst. Ich brauche niemanden, dem ich die Schuhe lecken oder dem ich mich unterordnen muss.“

„Nichts davon wäre der Fall gewesen!“ Langsam verlor er die Geduld mit ihr. Bei einem so sturen Talent half nichts anderes als eine bittere Erfahrung, die sie auf den Boden der Realität ankommen ließ. „Aber tu es meinetwegen allein. Mein Angebot steht nach wie vor, aber ich werde kein weiteres Mal auf dich zukommen. Wenn du auf die Nase gefallen bist, wirst du diejenige sein, die an meine Tür klopft. Und wir beide wissen, was dich das kosten wird.“

„So weit kommt es garantiert nicht“, sagte sie überheblich und wandte ihm ihre schöne Rückseite zu.

„Was ist jetzt?“, rief er ihr nach.

„Ich laufe nach Hause. In deinem Auto hat neben deinem riesigen Ego nichts anderes mehr Platz.“

Sprachlos sah er ihr nach. Genau diesen Vorschlag hatte er ihr auch gerade machen wollen. Und zwar mit derselben Begründung.

Kapitel Neun

Starley legte den Rückweg in Rekordzeit zurück. Eigentlich hatte sie erwartet, dass Aidan sie mit dem Auto einholen und dazu überreden würde, einzusteigen, doch er war nicht erschienen. Vermutlich wälzte er sich inzwischen mit Keira zwischen den Laken.

Das sollte ihr völlig egal sein! Ihre Karriere nahm gerade ihren Anfang, da konnte sie keine Ablenkung gebrauchen. Auch nicht, wenn diese aus großen blonden Supermännern bestand, die derart gut küssten, dass einem Hören und Sehen verging.

Es ärgerte sie, dass alles derart schiefgelaufen war. Noch mehr, weil sie genau wusste, dass dies zum großen Teil an ihr selbst gelegen hatte. Natürlich hatte er sie mit seinen Worten provoziert und das Flirten mit Keira hatte sein Übriges getan. Es war wie stets Starleys übles Temperament, das ihr im Weg gestanden hatte.

Im Flur erwartete sie sehnsuchtsvoll ihre neue Gitarre, doch sie erinnerte sich an das Chaos in der Küche, das es zuvor zu beseitigen galt. Missmutig machte sie sich daran, ihre lästigen Pflichten als Hausfrau zu erfüllen. Als sie in den Raum trat, fand sie ihn blitzsauber vor. Obendrein stand auf dem Herd ein abgedeckter Topf, aus dem es herrlich duftete. Sie ging zur Anrichte, wo sie einen Zettel vorfand.

Meine liebe Starley,

das sollte euch beiden die nächsten Abendessen sichern. Ich hoffe, ihr hattet eine tolle Zeit zusammen. Ich muss sagen, dein Gast macht einen netten Eindruck auf mich. Ich komme nächste Woche zu unserem besprochenen Kochunterricht zu dir. Komm jederzeit vorbei, wenn du etwas brauchst.
In Liebe,
Molly

Starley strahlte. Das kam ihr gerade recht. Dadurch hatte sie die nächsten Tage genug Zeit, um ihren Auftritt vorzubereiten. So schwer konnte es nicht sein, schließlich hatte sie das unzählige Male gemacht. Zwar hatte es sich bisher immer um zwei bis drei Lieder gehandelt, doch sie nahm Herausforderungen liebend gern an.

Voller Vorfreude bog sie zurück in den Korridor, packte das Paket und trug es hinauf in ihr Schlafzimmer. Als sie den Deckel des Kartons abgenommen hatte, ließ sie sich einige Minuten Zeit, die schöne Gitarre aus hellem Holz ausgiebig zu bestaunen. Steg und Körper waren glatt geschliffen und glänzten herrlich im Tageslicht, das durch das großzügige Fenster fiel.

Bedächtig zupfte sie einer der goldenen Stahlsaiten, deren Klang sie an Engelsgesänge denken ließ. Seufzend wie ein verliebtes Schulmädchen nahm sie die

Gitarre und positionierte sie an ihrem Körper. Das Gefühl war ihr vertraut, sie brachte ihren Arm automatisch in die richtige Position, ihre Finger waren bereit für die Akkorde.

Sie stimmte das Instrument genau, ließ sich alle Zeit der Welt dafür und spürte den Klängen nach, bis sie sich daran erinnerte, dass die Zeit drängte und sie viel vorzubereiten hatte. Unwillig legte sie die Gitarre aufs Bett zurück und dachte darüber nach, wie viele Songs sie brauchte, um einen Abend zu füllen. Definitiv mehr, als sie jemals auf einer Gitarre zu spielen gelernt hatte. Geschäftig griff sie Zettel und Stift und schrieb sich alle Lieder auf, die sie sicher spielen konnte. Das reichte gerade mal für das Füllen einer guten Stunde, wenn sie das Publikum einband und etwas Konversation betrieb. Die andere Hälfte musste sie sich bis Samstag auftrittssicher beibringen.

Starley wusste tief in sich, dass sie sich damit übernommen hatte und die Aufgabe nicht zu schaffen war. Doch das hätte sie sich niemals eingestanden. Eher hätte sie die nagelneue Gitarre zertrümmert, als den Auftritt abzusagen oder Aidan um Hilfe zu bitten. Sie wusste, sie hatte sich im Pub danebenbenommen. Und sie hasste es, sich das einzugestehen oder zu entschuldigen. Also musste sie grandios sein. Denn wenn man gut war, konnte man es sich leisten, dass einen die Dinge ab und an zu Kopf stiegen.

Sie suchte sich ihre Lieblingslieder aus, die sie sicher mit ihrer Stimme beherrschte. Während sie im Internet nach den Akkorden googelte, wurde ihr bewusst, wie schwer sie teilweise zu spielen waren. *Galway Girl* und *Castle on the Hill* von Ed Sheeran waren beinahe unmöglich für einen Laien. Während sie verzweifelt versuchte, alle Akkorde aneinanderzureihen, wurde sie das Gefühl nicht los, dass ihre Hände zu klein für das große Instrument waren.

Nach zwei Stunden krampften ihre Finger so sehr, dass sie sich gezwungen sah, eine Pause einzulegen. Danach pochte der Schmerz noch schlimmer. Die ungewohnten Bewegungen und Überdehnungen waren zu viel für ihre Handgelenke. Bald schon vergriff sie sich vor Schmerz misstönend in den Saiten, aber sie übte verbissen weiter.

Sie brauchte für die ersten beiden Songs bis tief in die Nacht und erschrak, als sie auf die Uhr sah. Schon zwei! Und es lag noch so viel Arbeit vor ihr, um das Level zu erreichen, unter welchem sie es sich nicht erlaubte, aufzutreten. Sie beschloss, die Nacht durchzuarbeiten. Wenn das der Preis für ihren Erfolg war, würde sie ihn zahlen. Sie würde es ihnen allen beweisen.

Als Aidan spät in der Nacht zurückkehrte, sah er noch Licht bei Starley im Fenster und hörte die gedämpfte Musik, die an die nasskalte Nachtluft drang. Er hatte sich den Tag damit vertrieben, mit offenen Fenstern und lauter Musik ein Stück des Wild-Atlantik-Ways abzufahren. Dabei hatte er sich wie ein Hardcore-Tourist gefühlt. Bei jedem Aussichtspunkt hatte er angehalten und staunend die Schönheit des Landes bewundert, in dem er geboren worden war.

Hatte er es damals nicht sehen können? Sah Starley es jetzt? Ihre unbeugsame, stolze Art hatte sich den ganzen Tag in seine Gedanken geschlichen. Somit hatte der Ausflug sein Ziel verfehlt, auch wenn er ihn durchaus genossen hatte.

Es half nicht, jetzt das einsame Licht zu sehen, welches aus einem der oberen Fenster auf den nachtschwarzen Hof fiel. Gedämpft hörte er ihren wehmütigen Gesang, der erschöpft klang. Sie spielte grauenvoll Gitarre, was – so schätzte er – weniger an ihren mangelnden Fähigkeiten als an der mangelnden Routine lag. Sie war wie ein ICE, der von null auf einhundert Sachen beschleunigte, ohne zu bemerken, wie sich der Motor überhitzte. Er wusste, es hatte keinen Sinn, ihr erneut seine Hilfe anzubieten.

Kopfschüttelnd betrat er das Cottage. Es überraschte ihn, dass alles perfekt vorbereitet war. Die Kannen waren gefüllt mit frischen heißen Getränken, es lagen einige Knabbereien bereit und der Tisch war bereits für das Frühstück eingedeckt. Himmel, sie wollte es sich und der ganzen Welt wirklich beweisen. Er hatte ernsthaft Sorge darum, dass sie es zu weit trieb. So wenig sie die Grenzen anderer Menschen achtete, so wenig achtete sie ihre eigenen. Es sollte ihn nicht kümmern, nachdem sie ihn so hochnäsig stehen gelassen hatte. Gleichzeitig war es genau diese selbstbewusste Art, die ihn derart in ihren Bann schlug.

Hier war die Musik lauter. Sie spielte einige Popsongs aus Amerika, die er schon zu oft gehört hatte und wünschte sich, sie würde sich bei ihrer Musik an ihre Wurzeln erinnern. Ihre Stimme hatte etwas Besonderes, doch die Beliebigkeit der Lieder ließ dies kaum erkennen. *Sie muss selbst ihre Fehler machen*, sagte er sich.

Dennoch gelang es ihm die ganze Nacht nicht, zur Ruhe zu kommen. Dabei empfand er ihr Gitarrenspiel nicht einmal als störend. Es waren seine Gedanken und die vielen Ratschläge, die ihn nicht schlafen ließen. Er hörte, wenn sie sich vergriff und korrigierte in Gedanken ihre Handstellung. Er wünschte, sie würde sich eine Pause gönnen, damit sich ihre Stimmbänder und Finger erholen konnten, aber sie spielte weiter. Stunde um Stunde, bis der Morgen graute.

Als die Musik verstummte, war es unnatürlich still im Haus. Dann ertönten im Nachbarraum ihre leisen Schritte. Sie bereitete ihm das Frühstück zu. Er wünschte, er hätte ihr helfen können, doch er wusste, dass sie sich wie eine Raubkatze mit ausgefahrenen Krallen dagegen zur Wehr gesetzt hätte. Also wartete er, bis er hörte, wie sie das Haus verließ. Kurz darauf setzte die Musik wieder ein. Kopfschüttelnd stand er auf.

***

Am Vorabend ihres Auftrittes war Starley fix und fertig. Zwar beherrschte sie nun alle ausgewählten Songs so auf der Gitarre, sodass sie ihren Gesang musikalisch begleiten konnte. Von Perfektion und Professionalität war sie weit entfernt. Sie setzte darauf, dass sich in einem kleinen Ort wie Dunquin niemand darum scherte, ob sie alle Akkorde richtig griff und es spätestens nach der zweiten Runde Pint keinem mehr auffiel, dass Sie die Gitarre weitaus weniger sicher beherrschte als ihre Stimme. Es war etwas völlig anderes, einen Song für sich zu spielen, als gleichzeitig noch das Instrument der eigenen Stimme bedienen zu müssen. Äußere Faktoren wie Aufregung und Versagensängste nicht mit einbezogen.

Sie wusste, dass sie dringend schlafen musste, damit sie diese Chance nicht völlig an die Wand fuhr. Zuvor musste sie ihren Aufgaben als gute Gastgeberin nachkommen. Ihre Hände schmerzten und wiesen zahlreiche offene Stellen von aufgeplatzten Blasen auf, die sie dick mit einer Kräuterpaste bestrich und verband. Nie im Leben hätte sie es für möglich gehalten, welch harte Arbeit Musik machen sein könnte.

Sie schleppte sich hinüber in die angrenzende Wohnung, um stöhnend festzustellen, dass das Feuerholz aus war. Innerlich aufheulend, griff sie nach dem Korb und ging ums Haus herum. Dieses Mal wusste sie, was sie tun musste, auch wenn sich alles in ihr – besonders ihre geschundenen Hände – davor sträubte. Die kleine Axt lag gut in der Hand. Die Zunge zwischen die Zähne geklemmt, platzierte Starley einen Holzklotz auf dem Hackblock und holte aus. Um dann festzustellen, dass die Axt nicht einmal bis zur Hälfte im Holz versenkt war. Wütend hackte sie darauf ein, bis das sture Material nachgab, während ihre Hände brannten. Bei Aidan hatte es so leicht ausgesehen. Der Gedanke an ihn machte sie sofort wütend, weil genau das eingetreten war, was er vorausgesehen hatte. Also hieb sie noch kräftiger auf das Holz ein, bis es schließlich barst. Schon beim dritten Stück schrien ihre Muskeln protestierend auf und beim vierten rann ihr der Schweiß in Strömen über den Körper.

Als sie eine halbe Stunde später den prall gefüllten Holzkorb zurück ins Haus brachte, kroch sie bereits auf dem Zahnfleisch. Die schlaflosen Nächte und die ungesunden Mahlzeiten der letzten Tage, forderten ihren Tribut.

Müde füllte sie die Kannen auf, die sie kaum noch tragen konnte, und deckte den Tisch fürs Frühstück. Danach sah sie vor ihren Augen weiße Punkte tanzen. Geistesgegenwärtig ließ sie sich auf die Couch vor dem Feuer fallen. Banshee kam sofort besorgt schnurrend herbeigeeilt und machte es sich auf ihrem Schoß bequem.

Nur eine Minute, sagte sie sich. *Ich brauche nur eine Minute.* Ehe auch nur die Hälfte davon verstrichen war, fiel sie bereits in einen tiefen Schlaf.

Als Aidan am Abend von einer Wanderung zum Strand und ein anschließendes, ausgiebiges kühles Bad im Meer zurückkam, fand er Starley tief und fest auf der Couch im Wohnzimmer schlafend vor. Ihr Anblick brachte sein Blut sofort in Wallung. Er trat näher, wie im Bann einer schönen Sirene und streckte eine Hand nach ihr aus, um sie zu berühren, da hob die schwarze Katze, die auf ihrem Bauch geschlafen hatte, den Kopf und sah ihn aus ihren bernsteinfarbenen Augen vorwurfsvoll an. Verdammte Verräterin.

Schuldbewusst zog er seine Hand zurück und blieb unschlüssig vor ihr stehen. Im Kamin brannte ein behagliches Feuer, das seinen goldenen Schein über Starleys weiße Haut tanzen ließ. Der Korb mit dem Feuerholz war prall gefüllt. Das Holz war ordnungsmäßig zerkleinert, wenn auch hier und da ein Scheit etwas zu dünn oder zu dick war.

Automatisch fiel sein Blick auf ihre notdürftig bandagierten Hände. Er schüttelte seinen Kopf. So konnte sie morgen Abend auf keinen Fall einen zweistündigen Auftritt vor vollem Haus überstehen. Es war an der Zeit, dass sie beide über ihren Schatten sprangen.

Er ließ sie schlafen und machte sich auf den Weg in ihren Teil des Hauses. Die Tür war offen, da sie zweifelsohne vorgehabt hatte, sofort nach der Erledigung ihrer Pflichten zurückzukehren, um ihre Hände weiter zu schinden. Er sah sich um. Rechts vom Flur führte ein Durchgang in eine großzügige, überraschend moderne Küche. Links ging eine Tür zu einem behaglichen Wohnzimmer ab. An der unbenutzten Feuerstelle sah er, dass Starley seit ihrer Ankunft kaum einen Abend hier verbracht hatte, um sich zu erholen.

Als nächstes nahm er die enge steile Treppe in Angriff. Oben gingen drei Türen ab, zwei davon waren mit bunten Schildern der Kinder beschriftet, welche die Räume dahinter bewohnten. Die Tür zum Schlafzimmer stand weit offen. Das breite Himmelbett war übersät mit Notenblättern und Notizen. Inmitten dieses Chaos lag eine wunderschöne hellbraune Konzertgitarre. Neben dem Bett lag zerrissen und verwaist der große, rätselhafte Karton. Das also war sein geheimnisvoller Inhalt gewesen.

Begleitet von einem erneuten Kopfschütteln, sammelte er die Notenblätter zusammen und zog sich schließlich den Notizzettel zurate, auf dem er den Songablauf für den kommenden Abend erkannte. Wie er befürchtet hatte, hatte sie ausschließlich angesagte Popsongs gewählt, die meisten davon von jungen Künstlerinnen aus Amerika. Eine Handvoll davon hatte Aidan bereits persönlich getroffen. Allesamt waren mit ihrer Attitude und ihrem Auftreten Lichtjahre entfernt von der Ursprünglichkeit und Authentizität, die Irland ausmachte.

Ihre schlechte Songauswahl war sein Vorteil, die meisten Lieder konnte er im Schlaf spielen. Den Rest vorzubereiten war kein Hexenwerk. Also nahm er den Stoß an beschriebenen Zetteln mit sich und verließ Starleys Zuhause.

Sie erwachte vom Klang eines Gitarrenspiels, das so schön und perfekt war, dass sie zuerst glaubte, sie träume noch immer. Und zwar von einem Engelschor, der im Nachbarzimmer seine Harfen ausgepackt hatte. Dann setzte Aidans Stimme ein und es durchfuhr sie wie ein Blitz.

Hellwach richtete sie sich auf. Fauchend krallte sich Banshee in ihren Oberschenkel, um nicht von der Couch zu rutschen. Starley hielt die Katze geistesgegenwärtig fest. Und dann konnte sie für Minuten nichts anderes tun, als dazusitzen und den wunderbaren Klängen zu lauschen. Er war wirklich gut. Mehr als das. Die Töne reihten sich nahtlos aneinander. Es gab keine Unstimmigkeiten, keine Misstöne. Seine Stimme war wie ein Sog. Vielleicht bemerkte sie es darum erst jetzt. Er sang ihre Lieder.

Für einen Moment war sie völlig verwirrt. Als ihr dämmerte, war ihre Wut allumfassend und schrecklich. Sie setzte die Katze auf dem Sofa ab, erhob sich mit zitternden Knien und riss die Tür zum Schlafzimmer auf.

Er sah sie aus ruhigen blauen Augen an und sang einfach weiter *Wrecking Ball* von Miley Cyrus. Die Zeilen passten so sehr zu ihrem Auftritt, dass es sie noch wütender machte. Als sie ihre Notizen auf seinem Bett sah, verlor sie völlig die Fassung. „Wie konntest du es wagen, in meine Wohnung einzubrechen?"

Da verklang die Musik. „Ich bin nicht eingebrochen, Liebling. Die Tür stand offen.“

„Das ist kein Grund, einfach hindurchzutreten!“, tobte sie. „Und nenn mich nicht Liebling! Was machst du mit meinen Songs?“

„Ich rette dir für morgen Abend den Arsch“, erwiderte er schlicht.

Sie sah rot vor Zorn. Noch nie hatte sie einen so dreisten, ungehobelten Kerl kennengelernt. „Darum hat dich aber keiner gebeten. Anscheinend ist dir der Erfolg zu Kopf gestiegen und du glaubst deshalb, du kannst dir alles erlauben. Lass mich dir sagen – das machst du nicht mit mir. Du stiehlst mir nicht die Show. Das ist mein Auftritt!“

Sein mitleidiger Blick machte sie noch wütender. „Ich will dir keineswegs die Show stehlen, sondern dich vor einer Blamage bewahren, von der du dich – an diesem Punkt deiner Karriere – niemals erholen würdest.“

Entschieden trat sie zu ihm und schnappte sich ihre Notizen. „Wenn Sie es noch einmal wagen, heimlich mein Schlafzimmer zu durchsuchen, werde ich die Polizei einschalten, Mr Collins.“

„Keine Sorge, Ms Hennessy. Wenn ich das nächste Mal Ihr Schlafzimmer betrete, werde ich es nach Ihrer ausdrücklichen Einladung tun“, erwiderte er kühl.

„Darauf kannst du lange warten!“, spie sie und vergaß völlig, die falsche Förmlichkeit beizubehalten, die sie hatte zurückbringen wollen.

Er legte seine Gitarre beiseite, erhob sich und trat langsam auf sie zu. „Komm endlich zur Vernunft, Starley. Mit meiner Hilfe wäre es nicht nur leichter, du könntest auch noch einiges lernen. Und würdest vor allem mit einer positiven Erfahrung aus dieser ersten Feuerprobe gehen.“

„Ich bin keine von deinen hilflosen, unerfahrenen Schützlingen. Ich bin viel mehr als du in mir siehst.“

„Keine meiner Schützlinge ist am Anfang derart unerfahren wie du gerade. Tu dir das nicht an, um mir etwas zu beweisen“, sagte er wütend. „Ich biete dir jetzt zum letzten Mal meine Hilfe an.“

„Und ich sage dir jetzt zum letzten Mal – scher dich zum Teufel!“

Die Stimmung im Raum änderte sich sofort. Sie sah es in seinen Augen. „Schön, aber ich werde nicht da sein und mir diese Blamage ansehen.“

„Du kannst es nur nicht ertragen zu sehen, dass du Unrecht hattest“, gab sie spitz zurück, ehe sie aus dem Raum rauschte.

Kapitel Zehn

Sie nutzte den ganzen Tag zum Üben, aber so richtig wollte es ihr nicht gelingen. Sie war derart wütend auf Aidan, dass ihr schon bei dem Gedanken an seine Unverfrorenheit die Finger zitterten. Das sorgte dafür, dass sie sich ständig in den Saiten vergriff. Je verbissener sie es versuchte, desto schlimmer wurde es.

„Zum Teufel mit diesem Mann!", schrie sie frustriert auf und legte die Gitarre auf dem Bett ab. Ein Blick zur Uhr verriet ihr, dass ihr keine zwei Stunden bis zum Auftritt blieben.

Als sie mit der Gitarre und ihren Notizen zu ihrem Auto rannte, goss es wie aus Kübeln. Fluchend warf sie das Instrument auf den Rücksitz und schlüpfte, so schnell sie konnte ins behagliche Innere des Wagens. Im Trockenen rief sie sich zur Ruhe. „Alles klar, nur Mut, Star. Du weißt, was du tust. Du bist gut und wirst das rocken."

Zuversichtlicher steckte sie den Schlüssel ins Zündschloss. Als der Motor daraufhin nur ein entsetzliches Gurgeln von sich gab, riss Starley entsetzt die Augen auf. Sie versuchte es noch einmal, mit demselben

Ergebnis. „Nein. Nein, das tust du mir jetzt nicht an, du Dreckskarre!"

Sie versuchte es wieder und wieder und wieder. Der Wagen weigerte sich schlichtweg, seinen Dienst zu tun. „Was hast du mir denn hier für eine Schrottkarre gekauft, Dad!", rief sie mit Tränen in den Augen.

Mittlerweile regnete es so stark, dass sich auf dem Parkplatz des Cottages kleine Seen bildeten. Der dunkle Himmel war erbarmungslos. Starley musste sich der unbequemen Wahrheit stellen - sie würde die Strecke nach Dunquin zu Fuß mit Gitarre auf dem Rücken im strömenden Regen zurücklegen müssen. So viel zu ihrer Hochsteckfrisur und den eleganten Pumps.

Schlechtgelaunt zog sie sich die Kapuze ihrer Regenjacke über den Kopf und warf einen Blick auf Aidans Jeep. Wenn sie die Fähigkeiten dazu besessen hätte, hätte sie nun ein Schloss geknackt. Eher käme sie nass wie ein begossener Pudel bei ihrem Auftritt an, als vor ihm zu Kreuze zu kriechen. Also stieg sie aus und zerrte die Gitarrentasche vom Rücksitz.

Als sie das Instrument auf ihren Rücken lud, stellte sie überrascht fest, wie schwer es war. Weiter vor sich hin fluchend, zog sie ihre Schuhe aus, stopfte sie in die Tasche, die über ihren Schultern baumelte und ging barfuß durch den Regen. Es wäre ein Wunder, wenn sie noch genügend Zeit für einen kurzen Soundcheck hätte.

Verbissen kämpfte sie sich Meter um Meter durch den Regen. Vom Meer wehte ihr ein beißender Wind ins Gesicht und zerstörte das, was von ihrer Hochsteckfrisur übrig war. Voller Dramatik und Selbstmitleid haderte sie mit dem lieben Gott, dass er es ihr so schwer machte. „Ich weiß, ich war lange nicht mehr in der Kirche. Okay, ich komme morgen. Aber etwas Hilfe heute Abend wäre nicht schlecht, mein Lieber."

Sie hatte es kaum ausgesprochen, da näherte sich von hinten ein Auto. Starley trat zur Seite und hätte vor Erleichterung beinahe geweint, als sie Molly hinter dem Steuer erkannte. Als der Wagen neben ihr hielt, lud Starley auf Mollys Wink hin die Gitarre auf die Rückbank, ehe sie sich auf den Beifahrersitz fallen ließ. „Dich schickt der Himmel! Was machst du denn um diese Zeit hier?"

„Ich fahre zu deinem Auftritt, was denn sonst? Ich dachte, du wärst schon längst da."

Starley lehnte ihren Kopf an und schloss kurz die Augen. „Frag nicht. Ich glaube, ich bin grade dabei, auf ganzer Linie zu versagen."

„So etwas will ich nicht noch einmal hören. Das passt ganz und gar nicht zu dir. Wenn du bei jeder Widrigkeit gleich aufgibst, wirst du es nie zu etwas bringen", sagte Molly streng und fuhr überraschend schnell über die enge Küstenstraße.

Als sie ankamen, war fast jeder Parkplatz besetzt. Sie fanden eine kleine Lücke und beeilten sich, ins Innere des Pubs zu kommen. „Ich danke dir, Molly."

„Nicht dafür. Und jetzt schnell. Keira sieht aus, als bekäme sie gleich einen Nervenzusammenbruch."

Da stieß die Genannte völlig außer Atem zu ihnen. „Na endlich! Wo warst du denn solange? Ich habe mich schon dem versammelten Pub erklären sehen, dass es heute keine Livemusik geben wird. So volles Haus hatte ich schon lange nicht mehr."

Tatsächlich war jeder Platz besetzt. Das erste Mal in ihrem Leben verspürte Starley Lampenfieber. Es dauerte eine Weile, bis sie herausgefunden hatte, woran das lag – sie hatte noch nie einen Auftritt ohne ihre Familie gehabt.

Keira führte sie in einen heruntergekommenen Raum hinter der Bar. „Wenn du willst, kannst du meine Sachen anziehen, dann bist du wenigstens trocken. Ich bringe dir noch ein Handtuch für deine Haare. Der Sound müsste stimmen. Ich fürchte, du musst ohne Soundcheck loslegen."

„Kein Problem", sagte Starley mit einem tapferen Lächeln. Kaum hatte Keira den Raum verlassen, vergrub sie das Gesicht in den Händen. Plötzlich fühlte sie sich allein und überfordert. Sie spürte die Panik in Wellen über ihren Körper rinnen und griff wie automatisch nach ihrem Handy.

„Starley, wie schön, dass du dich meldest!"

Als sie die Stimme ihrer Mutter hörte, war sie wieder zehn. „Mama, ich kann das nicht!", schluchzte sie ins Telefon.

„Oh, ganz ruhig, Mo stór. Shhh, schon gut. Weine nicht. Ich bin ja da. Sag mir, was passiert ist und dann denk daran, dass es nichts auf der Welt gibt, das Starley Hennessy nicht kann", ertönten die Worte, die sie von ihrer Mutter stets in den schwersten Phasen ihres Lebens zu hören bekommen hatte.

„Ich bin im Krugers. Ich habe heute einen Auftritt. Ich weiß, du magst das nicht, darum habe ich nichts gesagt."

„Liebling, wie kommst du auf den Blödsinn?", tadelte die Mutter sanft. „Wir waren bei all deinen Auftritten!

Solange du deine Pflichten im Cottage nicht vernachlässigst, sollst du das unbedingt weiter machen. Wir wären gekommen, hätten wir davon gewusst!“

Starleys Herz schmerzte vor Liebe. Da erst erkannte sie, dass ihre Angst vor Ablehnung der Grund dafür gewesen war, dass sie den Kontakt zu ihrer Familie in den letzten Tagen gemieden hatte.

„Weißt du was? Wir kommen dich morgen besuchen, gehen zusammen in die Kirche und dann erzählst du uns mit glühenden Augen davon, wie großartig du heute Abend gewesen bist. Ich glaube an dich, Star.“

Da kehrte ihr ganzes Selbstbewusstsein samt ihrer Furchtlosigkeit zurück. Keira kam durch die Tür, sah Starleys Tränen und reichte ihr diskret das Handtuch, ehe sie sich wieder zurückzog.

Starley trocknete sich die Tränen. „Danke, Mum! Ich muss mich jetzt vorbereiten. Ich freu mich darauf, euch morgen alle zu sehen!“

Als sie aufgelegt hatte, fühlte Starley sich wie neugeboren. Mit Feuereifer trocknete sie ihr Haar und steckte es neu auf, ehe sie Keiras Sachen anzog, die aus einer schlichten schwarzen Leggings und einem tief ausgeschnittenen schwarzen Spitzenoberteil bestanden. Sie legte gerade neues Make-up auf, als Keira sanft von der Tür aus fragte: „Brauchst du noch einen Moment?“

Starley straffte die Schultern und lächelte sie strahlend an. „Ich bin soweit.“

Als sie unter Jubelrufen und Applaus auf die Bühne ging, schwand auch das letzte bisschen Angst. Sie umklammerte die Gitarre wie einen Rettungsring auf hoher See und hörte, wie das Mikrofon leise, aber deutlich nach ihr rief. Als sie ihren Platz auf der Bühne einnahm, legte sich der Sturm in ihrem Inneren.

Wie immer ließ sie ihren Blick über die Gesichter im Publikum schweifen und geriet ins Straucheln, als sie Aidan am Tresen entdeckte, der sie ernst und intensiv musterte. Niemals hätte sie vor sich selbst zugegeben, wie sehr es sie erleichterte, ihn zu sehen. Sie sammelte sich und erhob die Stimme.

„Guten Abend, Dunquin." Laute, gut gelaunte Grüße waren die Antwort. „Ich bin Starley Hennessy aus Dingle und praktisch auf der Durchreise hier gestrandet. Als ich Anfang der Woche erfuhr, dass heute Stille im Krugers herrschen soll, wollte ich euch vor dem Untergang retten, denn jeder weiß, dass wir Iren Stille mit Alkohol übertünchen."

Lachen und laute Zustimmung waren die Antwort. Aidan schüttelte lächelnd den Kopf, sie grinste ihn an, ehe sie fortfuhr: „Ich bin sicher nicht einmal ansatzweise vergleichbar mit dem, was ihr sonst gewöhnt seid, denn einen Seebären wie Luke Murphy mit seinen tragischen irischen Balladen kann ich einfach nicht ersetzen. Aber vielleicht kann ich euch neue Sehnsüchte beibringen, indem ich euch etwas von meiner Welt erzähle."

„Jetzt aber los, Mädel!", rief ein alter Mann in der ersten Reihe.

Starley schirmte die Augen gegen das grelle Scheinwerferlicht ab und entdeckte einen beleibten Mann, dessen polierte Glatze von einem Kranz roter Haare umrandet wurde. „Wer ist denn hier so vorlaut?"

„Ian, Miss. Und nach einundsiebzig Jahren auf dieser Insel habe ich alles Recht dazu", erwiderte er grinsend.

„Nun, Ian. Dann wird es Zeit, dass du nach einundsiebzig Jahren von den Liedern wegkommst, die du mitsingen kannst. Das hier kennst du bestimmt noch nicht."

Sie war nervös, als sie die ersten Akkorde spielte, doch es funktionierte und von Anschlag zu Anschlag wurde Starley sicherer in dem, was sie tat. Als sie zu singen begann, war sie vollkommen in ihrem Element.

Sie machte ihre Sache wirklich gut. Nicht nur die Musik, sondern auch die Art und Weise, in der sie das Publikum einbezog. Als Profi in der Musikbranche wusste Aidan, wie viele gute Musiker es da draußen gab. Nicht einmal die Hälfte davon konnte das Publikum mitreißen und die intime Atmosphäre schaffen, die es brauchte, um einen guten Auftritt zustande zu bringen.

Sie entschied sich für *Footprints in the Sand* von Leona Lewis als ersten Song. Ein wirklich kluger Schachzug, denn obwohl die wenigsten der alteingesessenen Iren diesen amerikanischen Popsong kannten, waren die Gottesfürchtigen unter ihnen hin und weg von dem tiefen, aussagekräftigen Text. Dieser wurde von Starleys glockenheller Stimme perfekt transportiert. Sie schloss die Augen an den genau richtigen Stellen, ihr Gesicht hatte den perfekten Ausdruck von Leid, um das Gefühl des Songs zu transportieren. Es überraschte Aidan, dass er ihr nicht nur gern zuhörte, sondern auch jedes Wort glaubte. Bei Gott war sie gut!

Er sah sich im Raum um und seine Gefühle wurden durch den Gesichtsausdruck der anderen Pub-Besucher bestätigt: Überraschung, Anerkennung, Wohlwollen. Nicht wenige schaukelten schon jetzt rhythmisch zur Melodie auf ihren Stühlen hin und her. Alle im Pub lauschten gebannt der Stimme dieser jungen Frau. Als das Lied endete, brandete tosender Applaus auf.

Starleys feuriger Blick fand ihn und schien zu sagen: *Siehst du? Ich bin besser als du gedacht hast.*

Er machte eine abwiegelnde Handbewegung. *Der Abend hat erst angefangen, werde nicht gleich übermütig.*

Die erste Stunde sah es so aus, als könnte Starley Aidan beweisen, dass er Unrecht gehabt hatte. Er gönnte ihr diesen Erfolg. Es war schwer, länger wütend zu sein, denn der Coach in ihm bemerkte den aufgehenden Stern am Musikhimmel.

Ab der Mitte des Abends passierte jedoch ein stummer Bruch. Er wusste nicht genau, wie es geschah. Diese Dinge entzogen sich manchmal der eigenen Kontrolle. Plötzlich wurden die Unterhaltungen lauter, bis Starleys Gesang nur noch ein Hintergrundrauschen war. Alarmiert beobachtete er, wie sie es wahrnahm und versuchte, durch besonders heikle Gesangseinlagen die Aufmerksamkeit wieder an sich zu reißen.

Es dauerte nicht lange, bis ihm das Problem bewusstwurde – das Instrument auf ihrem Schoß fesselte sie und die Leute waren es allmählich leid, auf eine junge Frau zu schauen, die unbewegt auf einem Hocker sang, während spürbar war, dass sie so viel mehr zu geben hätte. Zudem wurden ihre Patzer auf der Gitarre häufiger. Er war sicher, dass es keiner außer ihm im Raum bemerkte. Starley verunsicherten ihre Fehler sichtlich.

Er ließ seinen Blick zu Keira schweifen, die hinter der Bar besorgt zur Bühne sah und bang auf ihrer Unterlippe herumkaute, und traf die Entscheidung im Bruchteil weniger Sekunden. Er wartete den richtigen

Augenblick ab und dankte dem Himmel, dass sie als nächstes das Lied anspielte, auf das er gewartet hatte – *We've got tonight* von Ronan Keating. Elegant schob er sich durch die Menge, während sie das Intro spielte.

Sie starrte ihn mit offenem Mund an, als er das Mikrofon an sich nahm und die erste Strophe sang. Danach nahm er ihr elegant das Instrument ab und sah ihr fest in die Augen, hoffte, dass sie verstand.

Das Gewicht der Gitarre war kaum von ihr genommen, da glitt sie, während er die Saiten anschlug von dem Hocker und sang wie eine Sirene, während sie die Bühne abschritt. Die Gespräche wurden leiser und erstarben. Verzückt beobachteten die Zuschauer das vermeintliche Liebespaar, welches das Lied aus ihnen machte. Sie spielte perfekt mit, schritt um ihn herum, spielte mit ihm, berührte ihn wie zufällig an der Schulter. Und während er mit ihr sang, war keiner seiner Blicke gespielt.

Wir haben heute Nacht. Wer braucht das Morgen? Mach das Licht aus. Nimm meine Hand, jetzt!

Sie brachten den Rest des Auftritts nicht einfach nur gemeinsam über die Bühne, sie lieferten den Zuschauern ein Schauspiel, das seines Gleichen suchte. Bei jedem Lied verlor sie sich mehr in den Tönen, verlor sie sich mehr in dem Mann. Sie hatte nur Augen für ihn und sein intensiver, tiefer Blick ließ sie nicht einmal los.

Die Texte der Lieder, die sie ausgesucht hatte, passten viel zu gut zu dem, was sie fühlte. Sie fühlte sich nackt und verletzlich, gleichzeitig spürte sie eine unbekannte Macht in sich aufsteigen. Sie umschritten einander, kurze Berührungen unterstrichen die Dramatik und

Sehnsucht der Lieder. Das Publikum hing an ihren Lippen wie sie an seinen. Himmel, sie wollte diesen Mann. Egal, wie sehr er sie auch auf die Palme brachte – oder gerade deswegen – sie musste ihn haben.

Die Bühne stand in Flammen, bei jedem neuen Ton gipfelten Starleys Gefühle in einem neuen Höhepunkt. Seine Augen waren wild und dunkel. Ihr Herz hämmerte in ihrer Brust, in Erwartung dessen, was da in der aufgeladenen Luft zwischen ihnen schwebte.

Als sie um dreiundzwanzig Uhr Schluss machten, badeten sie in Applaus und bekamen Standing Ovations. Starley fühlte sich trunken vor Glück, als Keira auf die Bühne eilte und ihr mit Tränen in den Augen dankte. Dennoch entging ihr der glühende Blick nicht, den sie Aidan auch dieses Mal zuwarf. Doch heute hatte er nur Augen für Starley.

Keira drückte ihr einen Schein in die Hand und Starley sog zischend die Luft ein, als sie die lila Farbe erkannte. „Das ist …"

„Wirklich großzügig, vielen Dank!", fiel ihr Aidan mit einem charmanten Lächeln ins Wort und legte den Arm um Starleys Hüfte. „Ich denke, wir beide könnten jetzt etwas Ruhe vertragen."

„Oh!" Keiras Augen weiteten sich vor Überraschung, dann lächelte sie verschmitzt. „So ist das also. Na, das habt ihr euch mehr als verdient."

Als sie den Pub an Aidans Seite verließ, rauschte Starley das Blut in den Ohren. Draußen goss es noch immer wie aus Kübeln, sie waren sofort nass bis auf die Haut. Dennoch spürte Starley nur Hitze, als er sie packte und an die raue Steinwand des Pubs presste, ehe er seine fiebrigen Lippen auf sie senkte. Sie antwortete ihm mit derselben rohen Leidenschaft. *Süße Sünde* war alles, was sie voller Wonne denken konnte. Sie zerfloss in dem Moment, in dem Kuss, in der Berührung. Für jemanden, der die Ekstase so sehr liebte wie sie, war diese Begegnung der Himmel auf Erden.

Als seine Hände sanft von ihrem Hals über ihre Schultern bis zu ihrer Brust fuhren, gab sie einen Laut zwischen Qual und Wonne von sich.

„Komm mit", flüsterte er und sie folgte ihm wie automatisch durch den dichten Regenschleier zu seinem Wagen. Er öffnete die Tür, stellte den Sitz zurück und zog sie dann in einer fließenden Bewegung auf seinen Schoß, ehe er die Tür geräuschvoll hinter ihnen schloss.

Für Starley schloss er damit die Tür zwischen dem Mädchen, das sie einmal gewesen war und der Frau, die sie in seinem Beisein wurde. Ohne Bedauern winkte sie der Kleinen zum Abschied und begrüßte die andere in seinen Armen. Als sich seine Hände um ihren Po schlossen, begann sie hektisch und wie von Sinnen an seinem Shirt zu ziehen. Sie wollte seine nackte Haut an ihrer spüren. Wollte mehr und immer mehr.

Er stieß ein warmes Lachen aus, ob ihrer Ungeduld und murmelte, während er ihren Hals weiter mit Küssen bedeckte: „Hast du es schon mal in einem Auto getan?"

Sie beugte sich herab und bedeckte seine Brust mit Küssen. Er war so wunderschön. „Im Grunde habe ich es noch nirgendwo getan."

Sein Griff um ihre Hüfte wurde fester, ehe er sie abrupt losließ. „Was heißt, du hast es noch nirgendwo getan?"

Sie hob ihren Kopf und sah ihn mit funkelnden Augen an. „Ist mein erstes Mal."

„Himmel, geh sofort runter von mir!"

Ihr Grinsen verlosch und weil sie sich in dieser Position schrecklich verletzlich fühlte, kam sie seiner Aufforderung sofort nach und ließ sich auf den Beifahrersitz gleiten. „Gott, Starley! Was hast du dir dabei gedacht?"

Sie verstand die Welt nicht mehr und empfand eine heftige, verletzte Art der Wut. „Bin ich jetzt in deinen Augen ein Freak, oder was?"

„So ein Unsinn. Im Gegenteil, du ..." Er fuhr sich verzweifelt durchs Haar. „Das kannst du nicht irgendjemandem einfach so schenken, nachdem du es dir so lange bewahrt hast."

Als sie verstand, worauf er hinauswollte, wich ihre Verletztheit und sie rückte lächelnd wieder an ihn heran. „Keine Sorge, ich weiß genau, was ich tue."

Er hielt sie auf Abstand und blieb kühl. Jetzt sprach er genauso nachsichtig und tadelnd mit ihr, wie wenn er ihr erklärte, wie man richtig Musik machte. „Ich bin nicht der Märchenprinz, auf den du gewartet hast, Süße."

Sie fuhr zurück, als hätte er sie geschlagen. Dann schlug die Wut ihre heißen Krallen in ihr Fleisch. „Wie kannst du es nur wagen, dein arrogantes Schubladendenken auf mich zu übertragen! Nur weil ich nicht gleich mit jedem ins Bett springe, heißt das noch lange nicht, dass ich jemanden zum Heiraten suche oder einen Stall voller Kinder will. Wirke ich wie jemand, dessen Traum so aussieht? Du bist wirklich widerlich kleingeistig."

„Aber – warum gerade ich?“, fragte er, völlig verwirrt.

„Weil ich dich will, du Idiot. Himmel!“ Sie griff nach dem Türgriff und wollte in den Regen fliehen. Frustriert stellte sie fest, dass die Tür verschlossen war. „Mach sofort auf.“

„Glaubst du allen Ernstes, ich lasse dich in der Dunkelheit durch den Regen zurücklaufen?“

„Du musst nicht den edlen Ritter spielen. Ich will allein sein, also lass mich!“, rief sie und verging dabei fast vor Scham wegen seiner Zurückweisung. Warum war sie nur so lächerlich offen zu ihm gewesen? Warum hatte sie geglaubt, es sein zu können?

„Es tut mir leid, dass es sich für dich jetzt so anfühlt, als würde ich dich deiner Freiheit berauben“, erwiderte er ernst und startete den Motor. „Also bringen wir es so schnell wie möglich hinter uns.“

Während der ganzen Fahrt starrte Starley stur aus dem Fenster auf das dunkle Meer und krallte sich in den Sachen fest, die nicht ihr gehörten. Sie war so blind vor Verlangen gewesen, dass sie sogar ihre Gitarre im Pub vergessen hatte. Sie musste sich nicht darum sorgen, dass sie ihr abhandenkam. Nicht hier, an diesem kleinen Fleckchen Erde, wo jeder jeden kannte. Trotzdem hatte sie das Gefühl, ohne das Instrument einen wichtigen Teil von sich selbst zurückgelassen zu haben, doch sie war zu stur, ihn jetzt zur Umkehr zu bewegen. Sie fröstelte, was nur zum Teil daran lag, dass ihre Kleidung vom Regen feucht war und die Kälte trotz Heizung durch die Fenster drang. Noch nie im Leben hatte sie sich derart erniedrigt und hilflos gefühlt wie in diesem Moment. Es war nicht so, dass sie sich bewusst für einen Mann aufgespart hätte, aber sie verschenkte sich nicht leichtfertig. Ihre Eltern hatten ihr diese Werte gelehrt.

Aidan kam aus einer Welt jenseits von Irland, auch wenn seine Wurzeln hier lagen. In seinen Augen war sie nun ein verklemmter Freak. Es entsetzte Starley, dass ihre Wut mehr sich selbst als ihm galt.

Das hatte sie jetzt von ihren Werten. Wahrscheinlich würde sie kein Mann, der von ihrer Jungfräulichkeit erfuhr, jemals anfassen und sie würde als alte Jungfer sterben. Ihr Hang zur Dramatik verdarb ihr den gesamten Abend und malte solch schreckliche Szenen in ihr Hirn, dass sie – kaum, dass der Wagen hielt – die Tür aufriss und in ihren Teil des Hauses flüchtete, ohne sich noch einmal nach ihm umzudrehen.

Sie zog sich aus, warf ihre Sachen in die nächste Ecke, ohne auch nur das Licht einzuschalten und legte sich in der Hoffnung auf einen schnellen Schlaf sofort ins Bett. Doch ihr Hirn spulte die letzten Ereignisse des Abends wieder und wieder vor ihrem geistigen Auge ab und quälte sie – nicht nur mit Aidans Worten, sondern vor allem mit der Erinnerung an seine Berührungen.

Kapitel Elf

Als Aidan am nächsten Morgen zeitig erwachte, stand das Frühstück schon bereit. Ihm war klar, dass Starley wahrscheinlich in der letzten Nacht genauso schlecht geschlafen hatte wie er. Das machte die Sache nicht einfacher. Er wusste, er hatte sie verletzt, was ihm aufrichtig leidtat. Normalerweise packte er seine Sachen und zog weiter, wenn eine Beziehung drohte, ernsthaft zu werden. Doch er war hier noch nicht fertig. Er musste die Sache mit seiner Familie bereinigen. Es war Zeit zu lernen, sich den schwierigen Dingen im Leben zu stellen.

Anscheinend bot sich ihm eine weitere Übungsfläche dafür an. Sie mussten dringend Klartext reden, wenn sie die nächsten Wochen weiter Tür an Tür wohnten. Er hoffte, dass Starley dazu bereit war, denn sie war ihm viel zu ähnlich und Aidan ahnte, dass sie den gestrigen Abend lieber aus ihrem Gedächtnis streichen würde.

Und bei Gott – das hatte auch er versucht. Die ganze Nacht hatte ihn die Erinnerung an ihren Duft, ihre weiche Haut, ihre Seufzer gequält. Er wusste nicht, ob er damit leben könnte, niemals zu wissen, wie es sein könnte, denn dass es phänomenal sein würde, stand außer Frage. Zudem wollte sie ihn – das hatte sie ihm klar und deutlich gemacht. Vielleicht gab es einen Weg, dieses süße Vergnügen zu genießen, sobald sie alle Missverständnisse aus der Welt geschafft hatten. Das war für Aidan definitiv genügend Anreiz, sein Vorhaben einer Aussprache in die Tat umzusetzen.

Als er aus dem Haus trat, begrüßte ihn nicht nur strahlender Sonnenschein, sondern auch eine missmutig verlegene Starley, die eine große schwarze Mülltüte in den Händen hielt. Sie blieb wie eingefroren stehen und er ging auf sie zu, wobei er sich lächerlich nervös fühlte.

„Wie war deine Nacht?", fragte er sanft.

„Hervorragend", erwiderte sie kühl. Er ärgerte sich, dass sie nicht einfach zugeben konnte, dass auch sie sich nach ihm verzehrt hatte. Umso schwieriger war es für ihn, offen zu sein.

„Meine war scheußlich. Ich musste die ganze Zeit an dich denken."

Sie riss überrascht die Augen auf, ehe ein argwöhnischer Zug um ihren Mund trat. „Nun, du hättest mich haben können, aber nach meiner Offenbarung warst du offensichtlich zu angewidert von mir."

„Verdammt, hör auf damit!", fuhr er sie lauter als beabsichtigt an. „Willst du, dass ich vor dir zu Kreuze krieche?"

„Ich will gar nichts mehr von dir, Aidan Collins", sagte sie überheblich und drehte sich einfach um.

Da riss ihm der Geduldsfaden. Er griff nach ihrer Hand und zog Starley so abrupt an sich, dass die

Mülltüte zu Boden segelte. Sie wehrte sich wie eine Katze, die ihre Krallen ausfuhr. „Lass mich los, du Flegel! Lass mich sofort los!“

„Erst, wenn wir geredet haben, und das werden wir tun, Starley. Wie zwei erwachsene Menschen!“, sagte er wütend und gab sie frei.

„Dann hör auf, mich wie ein Kind zu behandeln!“, zischte sie ungehalten.

„Hör du auf, dich wie eins zu verhalten!“, konterte er und ärgerte sich sekündlich über sich selbst. Er sollte wissen, dass er so nicht weiterkäme. Inzwischen war sie ihm wichtiger, als ihm lieb war. „Ich will mit dir schlafen.“

Sie erstarrte und sah mit einer Mischung aus Verlangen und Verwirrung zu ihm auf.

„Deine Offenbarung war das Mutigste, was ich jemals erlebt habe. Und sie hat mich völlig überrascht. Was stimmt mit den Jungs hier nicht?“

Ihre Lippen ergaben sich zu einem kleinen, überheblichen Lächeln. „Oh, es gab genügend Anwärter, keine Sorge. Sie haben mich einfach nur zu Tode gelangweilt. Ich habe es mir eigentlich für Amerika aufgehoben.“

„Du bist einfach unglaublich.“ Sie grinste. „Starley, ich bin an keiner festen Beziehung interessiert.“

Sie zuckte die Schultern. „Ich auch nicht.“

„Ich werde wieder gehen. In einigen Wochen kehre ich Irland den Rücken zu“, machte er ihr weiter klar. „Ein für alle Mal.“

„Ich auch, schon vergessen? Ich habe keine Zeit, die Frau am Herd zu spielen. Für welchen Mann auch immer. Ich möchte mich auf mich und meinen Traum fokussieren. Alles, was ich jetzt will, ist, meinen Bedürfnissen zu folgen."

Das waren so ziemlich die präzisesten Worte für das, was auch er wollte. Er studierte ihr Gesicht. „Bist du dir sicher?"

Sie rollte mit den Augen, dann legte sie einen Arm um seinen Nacken und zog seinen Mund kurzerhand auf ihren. Darauf war er nicht vorbereitet gewesen. Weder auf den Kuss noch auf die offensichtliche Einladung und das Chaos, das dieser in seinem Inneren auslöste.

Sie war wie ein Orkan, der jeden klaren Gedanken einfach mit sich riss. Er packte sie um die Hüfte und zog sie an sich. *Näher, näher!*, war alles, was er denken konnte. Es war wie ein Krieg. Sie küsste überhaupt nicht wie eine Jungfrau und die Art, in der sie ihren Körper an seinem bewegte, war beinahe frivol. Er stieß ein warnendes Knurren aus, dann murmelte er an ihrem Mund: „Treib es nicht auf die Spitze, sonst werde ich es hier und jetzt beenden."

„Tu's, wenn du dich traust", erwiderte sie mit diesem machtvollen Lächeln, als wäre sie die Göttin dieses Landes höchstpersönlich.

Da brannten bei ihm die Sicherungen durch. Er wirbelte sie herum, presste sie gegen die Wand des Cottages und küsste sie endlich so, wie er es sich die letzten Tage in seinen wildesten Träumen ausgemalt hatte. Sie schmeckte genauso verheißungsvoll und sinnlich wie erwartet, was seinen Hunger nur noch befeuerte. Er konnte nicht mehr denken und ihre wilde Gier zeigte ihm, dass dieses Gefühl auf Gegenseitigkeit beruhte.

Er war kurz davor, seinen Verstand zu verlieren, als hinter ihm geräuschvoll eine Autotür ins Schloss fiel.

Sie stoben auseinander wie zwei Kinder, die bei etwas Verbotenem erwischt worden waren.

Als er sich umdrehte, sah sich Aidan einer fünfköpfigen Familie gegenüber. Dass sie zusammengehörten, war unbestreitbar, denn alle waren das genaue Ebenbild ihrer Mutter – einer blonden schönen Frau mit mandelförmigen Augen und einem besorgten Zug um den Mund. Die beiden Mädchen im Teenageralter sahen aus wie zwei jüngere Ausgaben von Starley, während der Junge Aidan auf erschreckende Art an sich selbst erinnerte. Mit dem blonden, zerzausten Haar, den blauen Augen und diesem wilden Grinsen. Er war der Einzige der Anwesenden, der völlig ungerührt von dem Geschehen wirkte und Aidan freundlich lächelnd zuwinkte.

Dieser hatte nur Zeit für ein kurzes Kopfnicken, schon sah er sich dem geballten Zorn des rothaarigen Mannes gegenüber, der in seiner Größe und Statur wirkte wie ein Bär. Sein Gesicht war wutverzerrt und rot vor Zorn und bildete einen unangenehmen Kontrast zu seinem zerzausten Haar. „Was glauben Sie eigentlich, was Sie mit meiner Tochter tun?"

„Dad ...", setzte Starley mit einer ängstlichen Kleinmädchenstimme hinter Aidan an, die er bei ihr noch nie gehört hatte. Der Mann unterbrach sie laut: „Ich will vorerst keinen Ton von dir hören Starley Antonia Hennessy! Ich sehe dich das erste Mal seit fast zwei Wochen und schon knutschst du mit einem Wildfremden herum!"

Und auf wundersame Weise blieb Starley tatsächlich still. Aidan wusste, dass er in einer Klemme steckte, in die er nie hatte geraten wollen. Zum ersten Mal in seinem Leben hatte er keine Ahnung, was er tun oder sagen sollte. Er hielt es für das Vernünftigste, sich erst einmal vorzustellen. „Guten Morgen, Mr Hennessy. Ich weiß, das macht sicher keinen guten Eindruck, aber ich bin kein Fremder. Mein Name ist Aidan Collins und ich wohne für die nächsten Wochen in dem Cottage, das Ihre Tochter …"

„Du hast etwas mit Tamaras und Henriks Gast angefangen?", fuhr der rote Riese – wie Aidan ihn im Stillen nannte – Starley an, die sichtlich in sich zusammenschrumpfte.

Da trat die blonde Elfe, die offensichtlich Starleys Mutter war, nach vorn und legte ihrem Mann beschwichtigend eine Hand auf den Arm. Dieser sah zu ihr herunter und sie tat nichts anderes als ernst den Kopf zu schütteln. Die Wirkung der Geste war verblüffend. Der blinde Zorn des Mannes fiel in sich zusammen und machte einer hilflosen, menschlichen Wut Platz, die Aidan als den Beschützerdrang eines besorgten Vaters identifizierte.

„Ich schlage vor, wir gehen schon mal nach drinnen, während euer Vater und Starley ihren Streit hier draußen beilegen. Ich denke, Mr Collins hat eine Tasse Kakao für uns alle übrig", sagte Starleys Mutter und sah ihn bedeutungsvoll an.

Aidan, der froh darüber war, dem drohenden Massaker zu entkommen, nickte eifrig. Wie auf Kommando setzten sich Starleys Geschwister in Bewegung. Er ließ auch der Mutter den Vortritt und nutzte die Gelegenheit, sich noch einmal zu Starley umzuwenden, die eine hektische Geste machte, dass er ihrer Familie ins Haus folgen sollte. Himmel, die Frau hatte Mumm, dachte er mit flatternden Nerven und dem Gefühl, sie allein gegen einen Drachen kämpfen zu lassen.

Aber im Inneren des Cottages schien es auch nicht viel sicherer. Aidan hatte keine Ahnung, was er mit der Situation anfangen sollte. Anscheinend musste er das auch nicht. Während die Kinder an die Fenster eilten und ungeniert dem Geschehen draußen lauschten, goss Starleys Mutter in aller Seelenruhe jedem von ihnen eine Tasse Kakao ein.

Dann drangen die aufgeladenen Stimmen ins Innere des Cottages. „Wie konntest du es nur wagen, mich so bloßzustellen?“, brüllte Starley.

Sean, der offenbar eine ganz andere Reaktion von seiner ältesten Tochter erwartet hatte, war für einen Moment sprachlos vor Zorn, ehe er explodierte: „Wie ich es wagen konnte, dich bloßzustellen? Die Frage kann ich ja nur zurückgeben! Was denkst du dir dabei, dich auf diese Art und Weise von einem Mann küssen zu lassen, der nicht nur um einiges älter ist als du, sondern obendrein der Gast ist, um den du dich kümmern solltest, um uns zu beweisen, dass du so etwas wie Verantwortungsgefühl besitzt.“

„Ich muss dir gar nichts beweisen! Ich bin eine erwachsene Frau und kann tun und lassen, was und mit wem ich will. Ich werde es nicht zulassen, dass du das, was du gesehen hast als etwas Schmutziges hinstellst.“

„Was soll ich bitte denken, wenn ich nichtsahnend hier auftauche und dich in den Armen eines Mannes sehe, den ich noch nicht einmal kenne?“

„Ich bin nicht in der Pflicht, dir jeden meiner Liebhaber persönlich vorzustellen, Dad!“, feuerte Starley zurück.

„Jeden deiner ... du wirst nicht ... ich erlaube nicht, dass du ...", stammelte er, bemüht, die richtigen Worte zu finden.

„Du bist mein Vater und ich liebe dich, aber ich bin inzwischen eine erwachsene Frau und mein Liebesleben geht dich nichts an. Es tut mir leid, dass du das sehen musstest, aber du wirst dich bei Aidan für deinen Auftritt entschuldigen!" „Ich werde mich nicht bei dem Mann entschuldigen, der Hand an meine Tochter gelegt hat."

Starley lachte freudlos auf. „Wir haben uns nur geküsst. Und wir leben nicht mehr im zwölften Jahrhundert, Dad."

Aidan zuckte zusammen, als Starleys Mutter eine Tasse mit dampfendem Kakao vor ihm auf der Fensterbank abstellte. „Ich muss mich für meinen Mann entschuldigen. Er ist etwas übereifrig, wenn es um Starley geht. Wir haben uns einander noch gar nicht vorgestellt. Ich bin Daisy."

Er hätte es niemals zugegeben, doch der Anblick ihres freundlichen Lächelns zwang ihn vor Erleichterung beinahe in die Knie, ehe er die ihm angebotene Hand nahm. „Aidan."

„Sehr erfreut. Das sind meine Töchter Finnja und Maureen." Sie deutete auf die jüngeren Ausgaben von Starley. Die Ältere der beiden grinste ihn verlegen an, während die Jüngere in einen erhabenen Knicks verfiel.

„Und das ist unser Nachzügler und Stammhalter Davin." Sie zeigte auf den hübschen blonden Jungen, der etwas zu groß für sein Alter geraten war und mit der lässigen Coolness eines früh Pubertierenden die Hand hob. Sie sahen alle wie Filmstars aus, die Mutter miteingeschlossen. Jetzt war klar, woher Starley ihre guten Gene hatte. Das Temperament hatte sie offensichtlich von ihrem Vater geerbt.

Erneut schwollen die Stimmen draußen an. „Das können wir gleich klären! Ich werde Henrik sofort anrufen und ihm erzählen, was du hier mit seinem Gast treibst."

„Wir treiben noch überhaupt nichts!"

„Und was soll *noch nichts* bedeuten?", brüllte der Vater fassungslos zurück.

„Tja, und dieser eloquente Mann da draußen ist mein Ehemann und Vater meiner Kinder – Sean. Ich kann mich nur noch einmal für ihn entschuldigen", sagte Daisy, nun mit leichtem Ärger in der Stimme.

Am liebsten hätte Aidan die Beine in die Hand genommen und wäre aus dieser unangenehmen Situation geflüchtet. Sehnsüchtig sah er auf die Tür zum Nebenzimmer. Das waren genau diese Situationen, die er normalerweise tunlichst mied. Das Drama bewies ihm wiederum, dass er mit seiner Meinung darüber recht hatte, dass man sich nur Ärger einhandelte, sobald Beziehungen begannen, in die Tiefe zu gehen.

„Wahrscheinlich würde ich an seiner Stelle genauso reagieren", erwiderte er mit einem Blick nach draußen. „Es war ... ein ungünstiger Moment."

„Also ich fand ihn klasse", sagte Maureen grinsend.

Die Mutter warf ihr einen strengen Blick zu und sofort war Ruhe. „Ich werde das Theater jetzt beenden."

„Sollten die beiden das nicht besser untereinander ausmachen?", fragte Aidan vorsichtig, der es als keine gute Idee empfand, sich zwischen diese aufgeladenen Fronten zu werfen.

Daisy lächelte ihn aufmunternd an und ging entschlossen zur Tür. „Sie werden nicht aufhören, wenn ich es nicht beende. Was meinen Sie, woher Starley ihren verdammten Sturkopf hat?"

Die Tür war kaum hinter der Mutter zugefallen, da rannten die drei Kinder erneut zum Fenster und drängelten um den besten Platz an der Scheibe. Aidan baute sich hinter ihnen auf und spähte an den drei Blondschöpfen vorbei. Tatsächlich standen sich Vater und Tochter noch immer kampfbereit gegenüber, die Beine weit auseinander gestellt und die Arme vor der Brust verschränkt – zwei Krieger, die bis zum Untergang kämpften.

Erst als Daisy die Szene betrat, wurde Aidan klar, wer das Oberhaupt der Familie war. Selbst die Kinder im Haus hielten den Atem an, als ihre Mutter mit einer ruhigen, unbezwingbaren Autorität zwischen die Streithähne ging. Sie schrie nicht, ja, sie erhob nicht einmal die Stimme, allein ihr Auftreten reichte aus, die Gemüter draußen zu beruhigen. Aidan klappte die Kinnlade herunter. Er hörte nicht, was Daisy sagte, aber es zeigte offenbar Wirkung.

Zwar fielen sich Vater und Tochter nicht in die Arme, doch sie musterten einander jetzt anders. Immer noch wütend zwar, doch auch mit einem veränderten Blick, als hätte ihnen jemand die Sicht auf den anderen scharf gestellt. Danach trotteten sie wie zwei gescholtene Kinder hinter Daisy her Richtung Haus.

„Zum Tisch!", wies Aidan an und er und die Kinder nahmen auf je einem Stuhl Platz. Er sehnte sich nach einem großen Schluck Whiskey.

Als Sean den Raum betrat, fiel sein Blick sofort auf Aidan. Jetzt sah er nicht mehr wie ein Verrückter aus. Wenn er nicht schrie, wirkte er wie der typische nette Mann von nebenan. Sein zerzaustes rotes Haar und die sturmgrauen Augen hatten etwas sehr Sympathisches an sich.

„Setzt euch", wies Daisy ihren Mann und ihre Älteste an. Sean nahm am Kopfende des Tisches Platz. Starley setzte sich Aidan gegenüber. Sie starrte stumm auf die Tischplatte und wirkte wie der unglücklichste Mensch der Welt. In diesem Moment hätte Aidan gern über den Tisch hinweg nach ihrer Hand gegriffen, wagte es aber nicht, den neu hergestellten Frieden zu gefährden.

„Kaffee?", fragte Daisy munter in die Runde. Nur einer wagte zu antworten, und zwar Davin, der strahlend „Ja, Ma'am" sagte und sich einen sanften Klaps auf den Hinterkopf von seiner Mutter einfing. Ohne eine weitere Antwort abzuwarten, schenkte sie zuerst Aidan, dann ihrem Mann, danach Starley und schließlich sich selbst eine Tasse duftenden Kaffees ein.

Aidan, der etwas zu tun brauchte, trank einen Schluck und fühlte sich sofort besser. Schweigend taten es ihm Tochter und Vater gleich, anscheinend mit demselben Ergebnis, ihre Mienen erhellten sich sichtlich.

„Wegen des kleinen Zwischenfalls haben wir keine Zeit mehr für ein gemeinsames Frühstück vor der Messe. Allerdings würde ich mich sehr freuen, wenn Sie uns heute Abend beim Abendessen Gesellschaft leisten würden, Aidan", sagte Daisy.

Starley und er sahen einander schockiert an, während Sean stur in seine Tasse starrte. „Oh, vielen Dank für die freundliche Einladung. Allerdings glaube ich nicht, dass ich heute Abend Zeit haben werde."

„Oh, wir halten Sie offenbar auf", sagte Daisy überrascht. Sofort kam er sich wie ein Feigling vor. Und er traute ihr durchaus zu, dass das beabsichtigt war.

Sie war vielleicht die Puppenspielerin der Familie Hennessy, aber er war sein eigener Chef. „Nein, überhaupt nicht. Ich bin heute Abend nur wahrscheinlich im Krugers."

Er sah genau, dass Starley unwillig den Mund verzog, weil sie seine Lüge genauso spielend durchschaute wie Daisy, die nun mit begeistert leuchtenden Augen in die Hände klatschte. „Fabelhaft! Dort bin ich schon ewig nicht gewesen. War es nicht das letzte Mal vor Davins Geburt, Sean?"

„Muss es wohl", murmelte ihr Mann, der sich offensichtlich genau wie Aidan fühlte, als würde ihn eine Dampfwalze überrollen. Plötzlich war Aidan sich nicht mehr sicher, von wem Starley ihren Sturkopf wirklich hatte.

In jedem Fall hatte er diesem Argument nichts mehr entgegenzusetzen, also machte Daisy Nägel mit Köpfen. „Dann ist es also abgemacht. Wir treffen uns um sieben zum gemeinsamen Abendessen im Krugers. Oh, ich freue mich darauf, von Keira zu hören, wie Starley sich gestern geschlagen hat."

Kapitel Zwölf

Während des gesamten Gottesdienstes kochte Starley noch immer vor Wut und Scham. Am wütendsten war sie auf sich selbst, schließlich war das Treffen mit ihren Eltern geplant gewesen. Beim Herrn im Himmel, wenn Aidan sie berührte, vergaß sie ihren gesunden Menschenverstand.

Sofort wanderten ihre Gedanken wieder zu dem Kuss, der viel mehr gewesen war als das. Wie seine Hände sie berührt hatten – als wisse er genau, was er tat. Wie weit wären sie gegangen, wenn ihre Familie nicht dazwischengefunkt hätte?

Die Orgeltöne ließen sie zusammenzucken. Voller Scham wurde sie sich bewusst, wo sie sich befand. Das war ganz sicher nicht der rechte Ort für Gedanken wie diese. Starley hatte sich nie wohl in der Kirche gefühlt. Schon als Kind hatte sie das Gefühl gehabt, Jesus Anforderungen nicht gerecht werden zu können. Was nicht hieß, dass sie den Glauben ablehnte – im Gegenteil. Anders als ihre Schwestern hatte sie immer gern und oft in der Bibel gelesen. Sie hatte etwas über Demut und Liebe erfahren wollen. Starley ahnte, dass sie weit von dem entfernt war, was man als einen christlichen Charakter bezeichnete. Besonders im Moment, wenn sie in der Kirche derart unzüchtige Gedanken hatte.

Das kleine Gotteshaus in Dunquin war alt, verfallen und besaß genau deshalb einen ganz besonderen Charme. Der winzige Raum bot gerade genug Platz für etwas mehr als zwei Dutzend Menschen und war zum Bersten gefüllt. Als das Lied begann, stimmte Starley automatisch in den Gesang ein und nicht wenige Blicke fuhren erstaunt zu ihr herum. Ihre laute klare Stimme transportierte die Botschaft eines Mannes, der seine Kinder über alle Maßen liebte – mit all ihren kleinen menschlichen Fehlern. Und dass er auf diese Welt gekommen war, um sie verstehen zu können; nicht um sie zu richten. Das erste Mal liefen ihr beim Singen Tränen über die Wangen.

Nach dem Gottesdienst fühlte sie sich herrlich befreit. Selbst ihre Wut auf ihren Vater war verraucht. Jetzt sah sie seine schuldbewussten und besorgten Blicke. Natürlich hatte er ihr keine Szene gemacht, weil er ihr etwas Böses wollte. Sie konnte nur ahnen, wie der Kuss in seinen Augen ausgesehen haben musste. Erschwerend hinzukam, dass ihre Eltern Aidan gar nicht kannten und das nicht die Art und Weise war, wie sie sich die erste Beziehung ihrer Tochter vorstellten. Als sich ihre Blicke diesmal trafen, lächelte Starley ihm vorsichtig zu. Er lächelte strahlend zu ihr zurück.

Dennoch – das Treffen am Abend, was ihre Mutter bestimmt hatte, bereitete Starley Sorgen. Weder Aidan und am aller wenigstens sie selbst hatte eine feste Beziehung im Sinn. Starley wusste, dass sie ihre Mutter nicht von dem Plan abbringen würde, also müsste sie das Abendessen auf andere Weise verhindern.

„Starley, wie schön, dich wiederzusehen!“ Sie schreckte aus ihren Gedanken hoch und erkannte überrascht eine der Frauen, die am Vorabend im Pub in der ersten Reihe gesessen hatten. Daneben stand breit grinsend der vorlaute ältere Mann. „Ich bin Barbara. Ian und ich wollten dir nur sagen, wie fabelhaft wir euren Auftritt gestern fanden!“

„Vielen Dank!“, erwiderte Starley strahlend. „Sie waren ein tolles Publikum.“

„Allein hast du deine Sache ja schon super gemacht, aber mit dem Jungen zusammen – das war, als müsste es so sein!“, sagte Ian mit seiner Reibeisenstimme.

„Starley, ich sehe, du hast schon die ersten Fans für dich gewinnen können“, begrüßte Keira sie. „Dein Auftritt schlug ein wie eine Bombe. Wärst du bereit, das noch mal zu machen?“

„Liebend gern. Ich habe meine Gitarre bei dir vergessen.“

Keira zwinkerte ihr zu. „Die steht sicher verwahrt in meiner Wohnung. Es war deutlich zu sehen, dass du und der heiße Ami nach dem Auftritt andere Sorgen hattet.“

„Meine Eltern und ich kommen heute Abend zum Essen in den Pub. Würdest du sie mir mitbringen?“, sagte Starley laut, damit Keira nicht noch mehr unangenehme Dinge äußerte „Ich habe auch noch deine Sachen.“

„Dann tauschen wir heute Abend! Es gibt Rinderragout, das dürft ihr euch nicht entgehen lassen.

Allerdings würde ich die Tage dennoch mal unter vier Augen mit dir sprechen wegen eines weiteren Auftritts."

„Ich komme sehr gern mal vorbei", erwiderte Starley positiv überrascht und freute sich, dass sie das gute Feedback vor ihren Eltern bekam, die einander freudig anstrahlten, während ihre Schwestern eher peinlich berührt wirkten. Davin stand am Eingang der Kirche und unterhielt sich lebhaft mit dem Pastor über seine Predigt. Nicht zu fassen, dieser Junge!

„Das sind meine Eltern Daisy und Sean. Und das sind meine Geschwister Maureen, Finnja und Davin", stellte Starley ihre Familie nach einem auffordernden Lächeln ihrer Mutter höflich vor.

Keira strahlte begeistert in die Runde. „So viele hübsche Gesichter! Ich freue mich, euch alle heute Abend in meinem Pub zu sehen."

Starley lächelte warm. „Wir sehen uns dann."

Als sich der Menschenauflauf langsam zerstreute, spazierte sie mit ihrer Familie den Weg zurück nach Coumeenoole, wobei ihre Eltern sie förmlich mit Fragen zu ihrem Auftritt löcherten.

„Ich wusste nicht, dass du nicht allein gesungen hast", sagte ihre Mutter erstaunt.

„Aidan ist eingesprungen, als mir einige Pannen mit der Gitarre passiert sind", gab sie unwillig zu.

„Gitarre?", fragte ihr Vater perplex. Starley verfluchte sich für ihre Unachtsamkeit. Das roch nach dem nächsten Streit. „Ich habe mir eine Gitarre gekauft, um meinen Gesang selbst begleiten zu können."

Er wirkte nicht begeistert, sagte aber nichts. Starley wusste, wie schwer ihm das fiel und war umso dankbarer.

„Dann hattest du nicht viel Zeit zum Üben", stellte Maureen ungläubig fest.

Schief lächelnd offenbarte Starley ihrer Familie die unzähligen Blasen und wunden Stellen an ihren Fingern. „Ich habe mein Bestes gegeben, aber nach einer Stunde waren die Schmerzen so groß, dass ich die Akkorde nicht mehr greifen konnte. Zum Glück ist Aidan spontan an der Gitarre eingesprungen. Danach lief es richtig gut."

„Wie nett von ihm", bemerkte ihre Mutter mit diesem Lächeln, das Starley sofort wieder ein unangenehmes Gefühl in den Bauch jagte. „Mum, wegen des Abendessens heute ..."

„Das wird richtig schön. Wir waren viel zu lange nicht mehr zusammen in einem Pub. Ich bin auf die Musik gespannt. Und freue mich auf die herrliche Hausmannskost", fiel Daisy ihr strahlend ins Wort.

Seufzend ergab Starley sich; sie würde einfach mit Aidan reden.

Sie nutzte die Zeit nach dem Nachmittagstee, da sich die ganze Familie für den Abend herausputzte. So, wie sie ihre Schwestern kannte, würde dies – alle Wutanfälle wegen Uneinigkeit in der Garderobe eingeschlossen – mindestens zwei Stunden dauern. Starley war sich sicher, dass sie nicht einmal den Bruchteil der Zeit benötigen würde, um Aidan davon zu überzeugen, dass er an diesem Abend Besseres zu tun hatte, als zusammen mit ihr und ihrer Familie essen zu gehen.

Obwohl sie vorhatte, ihn heute auf Distanz zu halten, hatte sie es sich nicht nehmen lassen können, eines ihrer engsten schwarzen Kleider anzuziehen. Ihre blonde Mähne wallte herausfordernd lasziv über ihren nackten Rücken. Ehe sie bei ihm anklopfte, dachte sie daran, die Kannen für Tee, Kaffee und Kakao neu zu befüllen und den Holzvorrat vor dem Kamin zu überprüfen. Erst als sie sicher war, dass alles seine Ordnung hatte, klopfte sie an seine Tür und warf sich in Pose.

Als er ihr öffnete, blieb ihr schlicht und ergreifend die Luft weg. Er trug eine verboten gut sitzende Bluejeans und darüber ein weißes Hemd. Sein blondes Haar fiel ihm romantisch ins Gesicht und betonte seine durchdringenden blauen Augen. Sie hatte ihn noch nie in einem so schicken Outfit gesehen und plötzlich schien ihr der Plan, ihn nicht zum Abendessen mitzunehmen, nicht mehr ganz so attraktiv. Umso wichtiger war es jedoch, ihn durchzuziehen.

Sie versuchte, sich nicht anmerken zu lassen, wie sehr er ihr gefiel und verzog spöttisch die Lippen. „Ist das nicht etwas overdressed für ein kleines Pub wie das Krugers?"

Er lehnte sich lässig in den Türrahmen, musterte sie von oben bis unten und erwiderte grinsend: „Dieselbe Frage könnte ich dir auch stellen."

Sie verfluchte sich, dass er sie durchschaut hatte. Warum nur hatte sie ständig das Bedürfnis, ihn mit irgendetwas beeindrucken zu müssen? Sie hielt es für das Beste, seinen Einwurf einfach zu übergehen. „Ich habe die perfekte Ausrede für dich, um uns heute Abend diese peinliche Familienzusammenkunft zu ersparen."

Er lüftete eine Braue. „Du hast also eine Ausrede für mich."

„Sie ist ziemlich brillant", erwiderte sie selbstzufrieden. „Einer deiner Schützlinge hat heute einen Auftritt in Dublin und braucht dabei dringend deine Unterstützung. Eigentlich sollte er den Auftritt alleine meistern, doch in letzter Sekunde ist der Gitarrist der Band ausgefallen und du springst ein."

Er grinste. „Du hältst eine Ausrede für brillant, die derart nah an den Geschehnissen des letzten Abends ist, von denen deine Familie obendrein weiß?"

Starleys Begeisterung verpuffte und wurde durch die altbekannte Wut auf ihn ersetzt. „Hast du einen besseren Vorschlag?"

„Ich wüsste nicht, warum ich mir eine Ausrede für das Treffen einfallen lassen sollte."

Sie atmete erleichtert auf. „Dann hast du tatsächlich schon etwas vor?"

„Ja, das habe ich", entgegnete er ruhig. „Und zwar mit deiner Familie und dir zu Abend zu essen."

„Das kann nicht dein Ernst sein!", rief sie aufgebracht und warf theatralisch die Arme in die Luft. „Du bist genauso wenig an einer Beziehung interessiert wie ich!"

„Ich wusste nicht, dass ein Pastor anwesend sein wird", erwiderte er, noch immer mit diesem nervtötenden Grinsen.

„Das tust du nur, um mir eins auszuwischen."

Sein Grinsen wurde breiter. „Ein bisschen."

Fassungslos sah sie ihn an. Am liebsten hätte sie ihn geschlagen. Und an sich gezogen. Beides zur selben Zeit. Wobei der Wunsch für Letzteres überwog, als sie das

Funkeln in seinen Augen sah. Eilig trat sie einen Schritt zurück. „Wenn du es unbedingt willst ...“

Er packte sie und zog sie mit einem heftigen Ruck an seine Brust. „Das Einzige, das ich unbedingt will, bist du Starley und das weißt du ganz genau. Gott, du treibst mich in den Wahnsinn.“

Damit presste er seine heißen Lippen auf ihren wartenden Mund. Unwillkürlich entfuhr ihr ein kleines Stöhnen. Sie versuchte, bei klarem Verstand zu bleiben und löste sich von ihm. Er hielt sie in seinen Armen gefangen. „Wenn meine Familie hereinkommt ...“

„Werden wir ihnen sagen, dass das Abendessen erst in zwei Stunden ist“, beendete er ihren Satz. „Warum bist du zu mir gekommen in einem aufreizenden Kleid wie diesem, wenn du nicht vorhast, das mit mir zu tun, Star? Wenn du Spielchen spielst, musst du deinen Gegner besser einschätzen lernen.“

Himmel, das sollte sie wirklich! Er küsste sie beinahe besinnungslos. Zum Teufel mit allen Vorsätzen und ihrer Familie im Nachbarhaus. Ungeduldig begann sie, an den Knöpfen seines Hemdes zu nesteln. Nun war er es, der sich von ihr löste.

„Was zum Teufel tust du da?“

„Wonach sieht es denn aus?“, stellte sie keuchend die Gegenfrage und lachte mit einem plötzlichen Gefühl der Macht auf, als er die Augen aufriss, ehe sie ihn zitierte. „Wenn du Spielchen spielst, musst du deinen Gegner besser einschätzen lernen.“

„Du bluffst“, sagte er roh und trat einen Schritt zurück. Sie ging zu ihm und presste lasziv ihren Körper an ihnen, ehe sie verheißungsvoll flüsterte: „Teste mich!“

Himmel, sie sollte es noch nicht getan haben? Sie redete nicht wie eine Jungfrau, sondern wie eine Professionelle. Und er wusste, wovon er sprach. Doch bei all den Frauen, die er bereits in seinem Bett – oder anderswo – gehabt hatte, war keine derart interessant gewesen wie dieses übermütige, arrogante Geschöpf. Vielleicht war sie die erste Frau in seinem Leben, die ihm das Wasser reichen konnte. Der Gedanke gefiel ihm ganz und gar nicht.

Vielleicht sollte er ihre Ausrede annehmen. Zumal er ohnehin vorgehabt hatte, sich selbst eine auszudenken. Als sie jedoch zu ihm gekommen war, mit demselben Vorschlag und ihm klar geworden ist, dass sie ebenso wenig eine feste Beziehung wollte wie er, hatte die Aussicht darauf, ihre Familie kennenzulernen, plötzlich an Reiz gewonnen. Er müsste lügen, wenn er leugnete, wie sehr es ihn interessierte, welche festen Wurzeln sie zu dem gemacht hatten, was sie heute war. Und vielleicht lernte er eine ganz neue Seite an ihr kennen, die weiche Starley hinter der Maske. Er konnte sich nicht helfen, aber er brannte darauf, ihr Geheimnis zu lüften. Er wollte sie lesen, sie Stück für Stück enthüllen – ihren Körper und ihr Herz.

Vorsichtig brachte er sie auf Abstand. Jetzt lächelte er nicht mehr. „Geh jetzt. Wir sehen uns später."

„Warum?"

Er wusste, dass diese Frage auf beides bezogen war – seinen plötzlichen Rückzug wie auch die Teilnahme am Familienessen. „Du bist mir nicht so egal, wie ich gerne hätte." Als sie die Augen aufriss, beeilte er sich hinzuzufügen: „Ich werde keine Beziehung mit dir anfangen, Starley."

Ihr abfälliges Grinsen war verlockend und wunderschön. „Dem Himmel sei Dank!"

„Hast du gewusst, dass er ein verdammter Rockstar ist?", fragte Sean außer sich, als er die große offene Küche seines besten Freundes betrat.

Daisy stand an der Arbeitsplatte, die Hände in einer hohen Schüssel vergraben, und knetete Teig für Scones. Auch wenn sie in zwei Stunden zum Abendessen verabredet waren, war dies noch lange kein Grund dafür, nicht gastfreundlich zu sein. Und ihrer Meinung nach waren sie zu Aidan bisher alles andere als das gewesen. Da Starley die stellvertretende Wirtin des jungen hübschen Mannes war, sah Daisy sich in nichts Geringerem als der Rolle ihrer Assistentin. Die Kinder waren nebenan und nutzten die Zeit vor dem Fernseher. „Beruhige dich."

„Was soll das heißen, ich soll mich beruhigen!", erwiderte Sean und pfefferte seine Mütze alles andere als ruhig auf einen der Stühle. „Hast du es etwa gewusst?"

„Nachdem ich unsere Tochter eng umschlungen mit einem Mann gesehen habe, den wir bisher noch nicht kennen, habe ich natürlich auch Nachforschungen angestellt"

„Und warum hast du mir nichts davon gesagt?", fragte Sean fassungslos.

„Dreimal darfst du raten."

„Das kann nicht ihr Ernst sein!" Unruhig tigerte Sean in der ausladenden Küche auf und ab. „Nicht nur, dass der Mann um einiges älter ist als sie, er ist auch noch ein Rockstar. Du weißt doch, was das bedeutet."

Daisy drehte sich mit kühlem Blick zu ihrem Mann um. Es war wichtig, dass wenigstens einer von ihnen bei klarem Verstand blieb, auch wenn sie sich ebenfalls ihre Gedanken machte. „Wahrscheinlich verdient er seinen Lebensunterhalt mit Musik."

„Und genau das ist der springende Punkt. Das ist genau, was sie auch machen will und nun wirft sie sich dafür schon irgendwelchen wildfremden älteren Männern an den Hals!"

„Er ist noch nicht einmal dreißig", erwiderte Daisy, belustigt über die Wortwahl ihres Mannes, ehe ihr Ton ernst und tadelnd wurde. „Und ich will sehr hoffen, dass du dich bald wieder unter Kontrolle bekommst. Sobald Starley mitbekommt, was du ihr da unterstellen willst, brennt nämlich die Luft. Und ich muss sagen, ich stehe voll auf ihrer Seite. Unsere Tochter verkauft sich nicht, Sean!"

Er fuhr sich erschöpft mit den Händen durch das Gesicht. „Das weiß ich, aber es kommt ihr sicher auch nicht ungelegen."

„Kann es sein, dass es dich stört, weil er sie schneller an ihr Ziel bringen könnte als dir lieb ist?", fragte Daisy sanft.

„So ein Unsinn!", erwiderte Sean. „Aber ... nun ja, du weißt schon. Diese berühmten Sänger haben nur Frauen im Kopf."

„Und das haben andere junge Männer nicht?", stellte Daisy mit erhobenen Brauen die Gegenfrage.

„Du drehst mir die Worte im Mund herum", murmelte Sean fassungslos.

„Nein, du drehst sie dir nur, wie du es gerade brauchst", tadelte seine Frau streng. „Sean, unsere Tochter ist erwachsen, oder wenigstens auf dem besten Weg dahin. Sie wird tun, wonach ihr ist. Mit oder ohne unsere Zustimmung. Wir müssen ihr ein Gefühl von Sicherheit und Freiheit vermitteln. Das geht allerdings nicht, wenn wir versuchen, sie in eine Richtung zu drängen, die vielleicht die unsere ist, aber auf keinen Fall ihre. Und wenn diese Beziehung ein Fehler ist, dann muss Starley ihn machen, um daran wachsen zu können. Diese Möglichkeiten können wir ihr nicht nehmen. Wir waren uns einig, dass wir ihr die Chance geben wollen, sich auszuprobieren und uns zu zeigen, dass sie gut für sich allein sorgen kann. Und ich muss sagen, das tut sie."

Seans ganze Wut und Abwehr fiel in sich zusammen. „Das sehe ich. Verdammt, ich bin hergekommen und sehe mit jeder Sekunde mehr, dass sie mich nicht mehr braucht."

Daisy ging zu ihrem Mann hinüber und legte ihm die Arme um den Nacken, ehe sie ihm verständnisvoll in die Augen sah. „Und das tut weh. Mir auch. Sie braucht uns noch immer, Liebster. Nur eben anders als früher. Das mussten wir neu lernen, als sie in den Kindergarten und dann in die Schule gekommen ist. Immer wieder mussten mir neu lernen, sie gehen zu lassen."

Er legte seine Stirn an ihre und seufzte: „Aber nie zuvor ist es derart schwer gewesen."

Mit einem wehmütigen Lächeln schloss sie die Augen. „Weil es dieses Mal das letzte Mal ist."

Kapitel Dreizehn

Auch am Tag des Herrn war das Krugers gerammelt voll. Die einzige Tatsache, an der man merkte, dass Sonntag war, war diejenige, dass das Pub eine Stunde früher schloss. Ansonsten war es laut und lebendig wie immer.

Da ihre Mutter nichts dem Zufall überließ, hatte sie einen großen Tisch vor der Bühne reservieren lassen, wo es – wenn Starley Glück hatte – viel zu laut sein würde, um längere Unterhaltungen zu führen. Aber die Wette hatte sie ohne ihre Familie gemacht. Kaum hatten sie sich gesetzt, ging es los. Dieses Mal war Maureen die Übeltäterin und treibende Kraft. Starley musterte sie mit zusammengekniffenen Augen, als sie Aidan ansprach und wurde das dumme Gefühl nicht los, dass dieses Gespräch von ihren Eltern inszeniert worden ist. „Und bringst du viele Mädchen mit hierher?"

„Überhaupt keine, schließlich bin ich erst seit zwei Wochen hier", erwiderte Aidan mit einem charmanten Grinsen.

„Ich hole uns etwas zu trinken", bot Starley an und war schon dabei, vom Tisch zu flüchten. Ihr Vater machte ihr einen Strich durch die Rechnung. „Das übernehme ich."

Als er verschwand, ließ sie sich mit ungutem Gefühl wieder auf ihren Stuhl nieder. Da lauerte schon die nächste Peinlichkeit. „Wusste meine Schwester schon, dass du ein Rockstar bist, als sie dich geküsst hat?"

Starley sah ihren Bruder entsetzt an. Auf Davin war bisher immer Verlass gewesen. Fassungslos wandte sie ihm ihr Gesicht zu, doch er quittierte ihren Blick nur mit einem Grinsen, gefolgt von einem Schulterzucken.

Aidan schien sich nicht an dem Verhör zu stören. „Ja, sie wusste es."

„Und glaubst du, sie hätte dich auch geküsst, wenn sie es nicht gewusst hätte?", fragte Finnja und hing an seinen Lippen.

Endlich kam ihr die Mutter zur Hilfe. „Jetzt genügt es aber. Schaut lieber mal in die Karte, anstatt Starleys Freund mit euren Fragen zu löchern."

„Mum, er ist nicht mein ..."

Daisy überging ihre älteste Tochter einfach, indem sie sich nun ihrerseits an Aidan wandte, der zu ihrer Linken saß. „Das muss ja ein aufregendes Leben sein in Amerika. Entschuldige, wenn wir etwas zu neugierig sind, aber unsere geliebte Starley möchte ja denselben Weg einschlagen und da stellt man sich die ein oder andere Frage."

„Das ist nur natürlich", erwidere Aidan lächelnd. „Sorge ist in diesem Business mehr als angebracht."

Entsetzt starrte Starley Aidan an, der seinen Satz in dem Augenblick beendet hatte, da ihr Vater mit einem Tablett voller Getränke zum Tisch zurückgekehrt war. „Wie darf ich das denn verstehen?"

Starley wäre Aidan am liebsten an die Gurgel gesprungen. Wie konnte er so etwas zu Eltern sagen, die offensichtlich sowieso schon viel zu überbesorgt waren? Wenn er so weiter machte, würde ihr Vater sie am Ende dieses Abends wieder zurück nach Dingle schleppen und dort bis zu ihrem Lebensende in ihrem Zimmer einsperren.

Der zuckte nur die Schultern und hegte offensichtlich keine Intention, das Thema zu wechseln. „Ist ein hartes Geschäft. Musiker kommen und gehen. Heute bist du ein gefeierter Star und morgen ein Niemand. Die Menschen werden oberflächlich und behandeln dich wie ein Ding, das kein Recht auf Privatsphäre hat. Die natürlichen Grenzen, die jeder Mensch hat, musst du dir hart zurück erkämpfen. Und damit giltst du als egozentrisch.“

„Ist es dir so ergangen?“, fragte ihre Mutter mitfühlend.

Aidan nickte. „Man lernt damit zu leben. Der Ruhm hat einen hohen Preis. Den kann nicht jeder bezahlen. Wenn man einmal in der Spirale drin ist, gibt es kein Zurück mehr. Das sollte jedem klar sein, der diesen Weg einschlagen will.“

„Hörst du?“, sagte Sean, der plötzlich gar nicht mehr so abgeneigt von Aidan schien wie zu Anfang, an Starley gewandt.

„Ich bin schließlich nicht taub!“, gab sie kratzbürstig zurück und warf ihr goldenes Haar in den Nacken. „Mir ist durchaus bewusst, was dieses Leben alles mit sich bringt.“

Aidan schnaubte. „Das bezweifle ich.“

Jetzt konnte sie sich nicht mehr zurückhalten. „Was hast du für ein Problem? Zuerst bietest du mir deine Hilfe an und seit ich sie ausgeschlagen habe, versuchst du mit aller Macht, mir Steine in den Weg zu legen! Steig mal über dein riesengroßes angekratztes Ego!"

„Starley!", sagte ihre Mutter warnend, Aidan hob beschwichtigend die Hand und sagte ruhig: „Lassen Sie. Das gehört dazu. Sie wird lernen müssen, dass sie Hilfe braucht."

„Jetzt rastet sie aus!", flüsterte Finnja, eine Sekunde, ehe es tatsächlich passierte.

Starley sprang so heftig vom Tisch auf, dass ihr Stuhl geräuschvoll nach hinten kippte. „Ich brauche keine Hilfe. Am allerwenigsten von dir. Ich glaube, du kannst es nicht ertragen zu sehen, dass es jemand ohne dich schafft! Dir fällt vielleicht alles in den Schoß, aber ich werde mir meinen Erfolg hart erarbeiten. Ich lasse mich nicht zu weniger machen, als ich bin!" Sie wandte sich mit blitzenden Augen an ihren Vater und sagte mit zuckersüßer Stimme: „Übrigens! Der Wagen, den du mir vor zwei Wochen geschenkt hast, hat den Geist aufgegeben." Sie nahm mit Genugtuung seinen Schock in sich auf, ehe sie wutentbrannt den Pub verließ.

Aidan stand auf und wollte ihr folgen. Sean hielt ihn am Arm fest und schüttelte den Kopf. „Lass sie."

„Aber sie kann doch nicht in dieser Laune allein da draußen herumirren!", entfuhr es Aidan.

Verwundert stellte er fest, dass Sean ihn das erste Mal anlächelte. „Dir liegt ja etwas an meiner Tochter."

„Natürlich tut es das. Siehst du nicht, wie ähnlich sie sich sind?", fragte Daisy lächelnd zu ihrem Mann mit einem Blick, der Aidan gar nicht gefallen wollte, ehe sie sich an ihn wandte. „Diese Abgänge sind wir inzwischen gewohnt. Starley braucht das Drama, um ihren Standpunkt klarzumachen. Unterstütze sie nicht darin, indem du ihr nachgehst.“

„Sie würde dich zu Kleinholz verarbeiten“, fügte Davin grinsend hinzu.

„Ihr ist nicht einmal ansatzweise klar, dass du sie mit deinen Worten und Ratschlägen beschützen willst“, fuhr Daisy fort und griff nach Aidans Hand. „Uns ist es klar. Und wir sind dir sehr dankbar dafür.“

Mit schlechtem Gewissen sah er auf Daisys Hand hinunter, die auf seiner lag. Es war eine gefühlte Ewigkeit her, doch die Wärme dieser Geste erinnerte ihn sofort an seine Mutter, und es schnürte ihm die Kehle zu. „Ich denke, ich muss ein Missverständnis beseitigen. Starley und ich haben nicht die Art von Beziehung, die ihr euch vielleicht wünschen würdet. Und wir sind auch nicht auf dem Weg dahin.“

Er wappnete sich für eine erneute Konfrontation. Starleys Eltern warfen sich einen Blick zu. Es war nur der Bruchteil einer Sekunde, in der es Aidan schien, als könnten sie sich in dieser kurzen Zeit alles mitteilen, was der andere wissen musste. Wieder musste er an seine Eltern denken. Auch sie hatten diese ganz besondere Verbindung zueinander gehabt. Ehe er gegangen war und diesem Leben ein Ende gesetzt hatte. Die Musik war ihm wichtiger gewesen als seine eigene Familie und jetzt hatte er nichts anderes mehr als das. Nie wieder würde er es so weit kommen lassen, dass der Verlust eines Menschen ihn derart angreifbar machen konnte. Die Musik konnte ihm keiner nehmen.

„Wie wäre es jetzt mit einer Runde Whiskey?", fragte Sean.

Aidan sah ihn verblüfft an. Ehe er etwas erwidern konnte, war Keira auf Seans Wink schon am Tisch erschienen. „Was darfs denn sein?"

„Dreimal Jamesons, bitte. Für die Kinder noch eine Cola."

„Sehr gern. Wo ist denn Starley? Ich habe ihre Gitarre hinter dem Tresen stehen."

„Die nehmen wir für sie mit", sagte Sean.

Und so saß Aidan bei Starleys Familie, trank Whiskey und lauschte der Musik, die wenig später einsetzte.

Als Starley zurück in der Stille des Fishermans Farmhouses war, begann sie routiniert, die Schlafplätze für ihre Familie vorzubereiten. Finnja und Maureen fanden in Margies Zimmer Platz, während sie Davins Gepäck in Finnleys Zimmer abstellte. Ihren Eltern überließ sie selbstverständlich das Schlafzimmer, während sie sich eine Decke und ein Kissen hinunter auf die Couch trug.

Um sich von ihrer Wut und dem Gefühl der Demütigung abzulenken, schaltete sie ihr Tablet ein und suchte nach einer Auftrittsmöglichkeit in Dublin. Sie würde es diesem überheblichen Idioten schon zeigen. Es wurde Zeit, dass er ihr Talent endlich anerkannte.

Sie wurde bald fündig. Für kommenden Samstag war eine Open Mic Night in der Tempel Bar ausgeschrieben. Mit dem befriedigenden Gedanken, Aidan endlich zeigen zu können, was sie konnte, hackte sie ihre Anmeldung in die Tasten, füllte die erforderlichen Formulare aus und lud zu guter Letzt noch ein aktuelles Foto von sich hoch, was sie in einer Bar in Dingle auf der Bühne zeigte. Erst als sie die E-Mail abgeschickt hatte, legte sich ein Teil des Sturms.

Im selben Moment hörte sie, wie sich lärmend die Haustür öffnete. Sofort war das Cottage voller Stimmen.

„... war echt witzig!", rief Maureen, lachte und wurde von ihrer Mutter sofort zurechtgestutzt. „Nicht so laut. Vielleicht schläft Starley schon."

Einen Moment dachte sie wirklich darüber nach, der Konfrontation aus dem Weg zu gehen, indem sie sich schlafend stellte. Sie wusste, dass das ihrer Familie gegenüber genauso unfair wäre wie der plötzliche Abgang. „Ich bin noch wach."

Sofort öffnete sich die Tür. Finnja steckte grinsend den Kopf herein und trällerte: „Du bist geliefert!"

„Gute Nacht, Finnja!", sagte ihr Vater mit Nachdruck. Murmelnd und kichernd gingen ihre Geschwister die Treppe hoch. In diesem Moment wünschte sie sich mit einer peinlichen Heftigkeit, noch einmal Kind sein und sich ihnen anschließen zu können.

Als ihre Eltern ins Zimmer traten, erwartete sie ein Donnerwetter und wurde positiv überrascht. Nicht nur, dass ihr Vater ihre Gitarre vorsichtig an die Wand lehnte, ohne auch nur mit einem Sterbenswörtchen die ungeplante Ausgabe zu erwähnen, danach ließen sich ihre Eltern links und rechts von ihr auf der Couch nieder und sahen auf das Tablet in ihrer Hand.

„Was machst du hier denn so spät?", fragte ihre Mutter sanft.

„Ich habe mich für einen Talentwettbewerb nächstes Wochenende in Dublin angemeldet", erwiderte sie angriffslustig.

„Oh! Da wäre ich zu gern dabei, aber da ist Davins Football-Spiel“, entgegnete Daisy und seufzte.

„Das ist schon in Ordnung“, erwiderte Starley, überrascht von der Reaktion. „Ich denke, ich möchte das für mich allein machen.“

„Starley, du musst nicht immer allein mit dem Kopf durch die Wand“, sagte ihr Vater vorsichtig. „Menschen bieten dir Hilfe an, weil sie dich lieben. Nicht, weil sie denken, dass du es ohne sie nicht schaffen kannst.“

„Das mag auf euch zutreffen, aber ganz sicher nicht auf Aidan!“, entgegnete Starley starrsinnig. „Er will mir immer nur zu spüren geben, dass er seiner Meinung nach mehr kann und weiß als ich.“

Nachsichtig schüttelte Daisy mit dem Kopf. „Das entspricht auch den Tatsachen, Star.“

„Ich weiß!“, zischte Starley. „Aber ich will es nicht hören!“

„Dennoch scheint dich ja irgendetwas an diesem Mann zu reizen. Und Reibung erzeugt in der Regel irgendwann Wärme“, sagte ihre Mutter lächelnd.

„Ich kann es dir nicht erklären. Genauso wenig wie mir selbst“, erwiderte Starley offen. „Ich wünsche ihn den halben Tag zum Teufel. Aber genauso oft zieht es mich in seine Arme.“

Lächelnd sah Daisy ihren Mann an, der das Gesicht in den Händen vergrub, wie jemand, der kapitulierte. Dann wandte sie sich wieder an Starley. „Es macht dir Angst, oder?“

„Mehr als irgendetwas, das ich je zuvor getan habe“, gab Starley zu und wunderte sich, dass ihre Mutter sie so gut verstand. Schließlich hatte sie immer nur Dad gehabt und Starley wusste, dass sie von Anfang an ineinander verliebt gewesen waren. Ohne Zweifel, ohne irgendwelche anderen großen Träume. Sie hatten einander gesehen und ihre gemeinsame Zukunft erkannt. Ein winziger Teil in ihr beneidete das zutiefst. Sie wusste, dass sie nie so sein konnte wie ihre Mutter. Dass sie immer ein klein wenig zu viel wollen würde.

„Mach dir nicht so viele Gedanken darüber, meine Kleine. Manche Dinge geschehen, ohne dass wir die geringste Kontrolle darüber haben."

Sie sah ihre schöne Mutter an. Natürlich konnte sie so etwas leicht sagen. Sie war eine gestandene Frau. Wahrscheinlich war sie schon als solche zur Welt gekommen. Starley, die sich vor so gut wie nichts in dieser Welt fürchtete, machte alles Angst, was sich ihrer Kontrolle entzog.

„Es ist spät und ich bin hundemüde", sagte ihr Vater und unterstrich seine Worte mit einem Gähnen. „Morgen vor unserer Abreise kümmere ich mich noch um deinen Wagen. Das ist sicher nichts Weltbewegendes. Gehst du auch zu Bett?"

„Gleich. Ich muss noch einmal rüber, das Frühstück soweit vorbereiten und noch einmal nach dem Holz schauen."

Wieder tauschten sie diesen wissenden Blick, ehe ihr Vater fragte: „Tust du das immer mitten in der Nacht?"

Sie seufzte gereizt. „Euch dürfte ja wohl bewusst sein, dass ich nach diesem Abend keinen Wert auf Aidans Gesellschaft lege."

Ihre Mutter lächelte leicht. „Ich denke nicht, dass ein Mann wie Aidan sich so leicht auf Distanz halten lässt."

„Kein Sorge", sagte Starley bitter. „Er scheut jegliche Komplikationen. Es würde mich sehr wundern, wenn er nach diesem Wochenende mehr als das Nötigste mit mir zu tun haben wollte. Somit hat sich dein Problem erledigt, Dad.“

„Ich wünschte, dem wäre so. Leider fürchte ich, ihm liegt mehr an dir, als dir oder ihm selbst in diesem Augenblick bewusst ist“, erwiderte ihr Vater düster.

Es schockierte Starley, wie sehr sie sich das wünschte. Und aus diesem Grund, unterdrückte sie die Hoffnung sofort. „Definitiv nicht. Und jetzt will ich es hinter mich bringen. Schlaft gut.“

Sie küsste beide Eltern auf die Wange, verweilte bei ihrem Vater etwas länger, der kurz tröstend ihre Hand drückte. Bevor sie den Raum verließ, drehte sie sich noch einmal zu den beiden um. Wie sie sie dort so auf der Couch sitzen sah, wallte heftige Liebe in ihr auf. „Bitte entschuldigt für die Probleme und Sorgen, die ich euch bereite.“

Beide sahen überrascht zu ihr auf. Und beide hatten dieselbe Wärme im Blick, als ihr Vater antwortete: „Jede Sorge ist die Freude wert, mit der du uns das Leben bereicherst, Star.“

Sie trug die Worte wie einen Mantel in der kalten Nacht als sie die wenigen Schritte zum Eingang der Ferienwohnung ging. Sie vergewisserte sich, dass kein Licht mehr durch die Fenster drang, legte sogar kurz das Ohr gegen das raue Holz der Tür. Offensichtlich schlief er bereits.

So leise wie möglich drückte sie die Klinke herunter. Es brauchte einen Moment, bis sich ihre Augen an die Dunkelheit gewöhnt hatten. Zuerst nahm sie das zufriedene Schnurren von Banshee wahr, die sich auf ihrem Lieblingsplatz auf der Couch vor dem Kamin zusammengerollt hatte, was hieß, dass Aidan sie gefüttert hatte. Eine Tatsache, die Starley rührte und lächeln ließ.

Als sie nach dem Feuerholz sah, kraulte sie der schwarzen Katze kurz über den Kopf, was sie noch lauter schnurren ließ. Der Korb war noch reich gefüllt mit Holz, was sie nicht verwunderte. Anscheinend war Aidan nach dem Abend im Pub direkt zu Bett gegangen. Obwohl sie wusste, wie dumm es war, konnte sie es doch nicht bleiben lassen. Mit angehaltenem Atem drückte sie ganz langsam die Klinke der Tür zum Schlafzimmer nach unten und unterdrückte einen Fluch als diese laut knarrte. Mit wild klopfendem Herzen fror sie mitten in der Bewegung ein und verharrte einen Moment, während sie atemlos in die Stille hinein lauschte.

Sie konnte nicht widerstehen und trat in das dunkle Zimmer. Der Mond erhellte es, sodass sie seine wunderschöne weiße Brust sah. Perfektion wie in Stein gemeißelt. Jeder Muskel war definiert. Am liebsten wäre sie zu ihm gegangen und hätte diese wunderbaren Konturen nachgezogen. Himmel, wie sehr sie ihn wollte! Selbst im Schlaf wirkte er so stark und unbezwingbar.

Von ihren Küssen wusste sie, wie wundervoll schwach sie sich in seinen Armen fühlen konnte. Eine völlig neue Erfahrung für eine Frau, die zeit ihres Lebens aller Welt immer nur ihre Stärke hatte demonstrieren wollen.

Sie unterdrückte ein sehnsuchtsvolles Seufzen und machte sich daran, sich leise aus dem Raum zurückzuziehen. Da stolperte sie in der Dunkelheit über seinen Koffer. Einen Moment ruderte sie – ganz ungraziös –

mit den Armen durch die Luft, um ihr Gleichgewicht zurückzugewinnen, dann fiel sie mit einem lauten Krachen über den Koffer und landete schmerzvoll auf ihrem Hintern.

Aidan fuhr aus dem Schlaf und setzte sich auf. Für einen Moment trafen sich ihre Blicke. Dann stand er aus dem Bett auf. Als die Decke von seinem Körper rutschte, sah sie, dass er nichts als Boxershorts trug und die Kehle wurde ihr eng. Sie war nicht in der Lage aufzustehen. Verlegenheit und Verlangen rangen in ihr um die Oberhand, als er auf sie zukam. Ihr fiel keine geistreiche Erklärung für diese Peinlichkeit ein. Auf wundersame Weise verlangte er auch nicht danach.

Stattdessen zog er sie mit einem kräftigen Ruck nach oben direkt in seine Arme, wo sie zu einer zähen Masse aus verruchten Träumen wurde. Er senkte seinen Mund auf sie herab und ließ sie seinen frustrierten Hunger spüren. Als seine Zunge in ihren Mund glitt, entfuhr ihr ein hilfloses Stöhnen. Es war, als machten sie dort weiter, wo sie in seinem Auto in Dunquin aufgehört hatten. Er verlor keine Zeit. Schon waren seine Hände unter ihrem Shirt und wieder entfuhr ihr ein Laut purer Wollust, ehe sie sich fordernd an ihn presste.

Er löste sich von ihr, sie spürte, wie seine Muskeln zitterten. „Wenn das hier kein Traum ist, solltest du so schnell es geht, das Weite suchen."

„Den Teufel werde ich tun!", erwiderte sie heißer und zog sich in einem plötzlichen Anflug ihrer Kühnheit das Kleid vom Körper, sodass sie nur noch in ihrer schwarzen Spitzenunterwäsche vor ihm stand.

„Du bist einfach unglaublich", murmelte er, hob sie kurzerhand auf seine Arme und trug sie zum Bett.

Starley hätte nie geglaubt, dass es so sein konnte. Die Art, wie er sie einfach hochhob, als wäre sie leicht wie eine Feder, raubte ihr den Atem. Er legte sie ganz behutsam in der Mitte des Bettes ab und blieb für einen Moment stehen, indem er sie betrachtete.

Jetzt würde es wirklich passieren. Entgegen ihrer Erwartung empfand sie höllische Aufregung. Sie wusste, er hatte schon viele Frauen gehabt, und Starley wollte sie alle übertrumpfen. Sie biss sich kurz auf die Lippen wie sie es in zahlreichen Filmen bereits gesehen hatte, woraufhin er eine Art warnendes Knurren ausstieß.

„Hör auf mit den Spielchen. Ich will, dass du dich einfach zurücklehnst und fühlst."

Sie setzte sich auf. „Du solltest wissen, dass das nicht meine Art ist."

„Das kriegen wir schon hin", sagte er mit einem selbstgefälligen Lächeln, ehe er zu ihr ins Bett stieg und begann, Dinge mit ihr zu tun, die sie ihren eigenen Namen vergessen ließen. Anfangs versuchte sie noch, die Kontrolle zu behalten, doch bald schon merkte sie, dass es unmöglich war. Am Ende war es ihr schlichtweg egal.

Noch nie hatte sie eine solche körperliche Wonne empfunden. Sie warf sich in den Laken hin und her und schrie hemmungslos seinen Namen, während er nichts anderes tat, als seine Hände zu benutzen. Es schien, als wäre sie in diesen Minuten sein Instrument und es war mehr als deutlich, dass er nicht nur das Gitarre spielen bis zur Perfektion beherrschte. Sie konnte sich nicht vorstellen, je wieder damit aufzuhören. Immer wenn sie glaubte, sie hätten die Grenzen der guten Gefühle erreicht, trieb er sie noch etwas weiter darüber hinaus.

Als er sich mit ihr vereinte, schluchzte sie seinen Namen. Danach war sie völlig erschüttert darüber, welche Macht er über sie ausgeübt und wie gut es sich angefühlt hatte. Sie spürte seinem Gewicht nach, während er auf ihr lag, sog seinen Geruch in sich auf und wusste, dass dieses erste Mal auf keinen Fall das Letzte gewesen war. „Ist es immer so heftig?"

Sein Körper erzitterte unter einem kurzen Lachen. „Himmel, nein!"

„Also sind wir einfach ein gutes Team?", schlussfolgerte sie. Er hob seinen Kopf, um sie amüsiert anzusehen. Wieder fiel ihr auf, wie übermenschlich schön er war.

„Auf der Bühne und im Bett."

Sie grinste. „Und jenseits von beidem eine Katastrophe."

„Das würde ich so nicht sagen", erwiderte er nachdenklich. „Ich genieße unserer Auseinandersetzungen durchaus. Es ist nur eine andere Form, miteinander Energie freizusetzen."

Weil es gerade so schön war und sie diese besondere Art der Nähe genoss, öffnete sie sich ihm. „Ich habe Samstag einen Auftritt in der Temple Bar."

Er rollte sich herum und zog sie mit sich, damit sie schließlich auf ihm lag. Sie fröstelte und er zog fürsorglich die Decke über ihren nackten Körper. „Warum nur habe ich das Gefühl, dass das eine Art Kampfansage an mich sein soll?"

Sie grinste. „Weil es so ist. Es wird Zeit, dass du endlich siehst, was ich alles draufhabe."

„Habe ich das nicht gerade?", erwiderte er grinsend, wurde aber schnell wieder ernst. „Starley, ich weiß, dass du eine sehr gute Sängerin bist. Dir fehlt es dennoch an Erfahrung. Es würde dir sehr guttun, auf jemanden zu hören, der diese hat. Ich würde dich immer noch gern coachen."

Eigentlich war das nicht ihr Ziel gewesen, aber in diesem Augenblick fühlte es sich gar nicht mehr so falsch an. „Und was ist mit deinen Prinzipien? Du weißt schon, dass du nichts mit deinen Talenten anfängst?"

„Bisher warst du noch nicht mein Talent, oder?"

„Sehr clever, Mr Collins" Sie grinste und fühlte sich plötzlich völlig im Reinen mit sich selbst. Dann begann sie, seine Brust mit Küssen zu übersehen. „Vielleicht wäre es möglich, dass Sie mich noch in dieser anderen Sache coachen."

Er sog scharf die Luft ein, ehe er hervorstieß: „Ich glaube, darin bist du schon ziemlich perfekt."

Kapitel Vierzehn

Sie verbrachte die ganze restliche Nacht bei ihm, wobei an Schlaf nicht zu denken war. Sie liebten sich und er erzählte ihr von seinem aufregenden Leben in Los Angeles, ehe sie sich abermals liebten. Vor Sonnenaufgang schlich sie sich genauso verstohlen über den Hof wie sie es vor Stunden getan hatte. Mit dem Unterschied, dass sie jetzt eine völlig andere war.

Bei der Erinnerung an Aidans Berührungen und seine Blicke huschte ein seliges Lächeln über ihr Gesicht. Sie fühlte sich herrlich leicht und verwegen. Gleichzeitig war es noch nie so wichtig gewesen, ein Geheimnis vor ihrer Familie zu bewahren. So leise wie möglich drückte sie die Klinke der Haustür herunter und schlüpfte in den dunklen Flur.

Dort prallte sie prompt mit jemanden zusammen und stieß einen gellenden Schrei aus, der auch den Rest des Hauses sofort auf den Plan rief. Eine Sekunde starrten ihr Vater und sie sich mit weit aufgerissenen Augen an, dann erschienen die müden Gesichter von ihren Geschwistern am oberen Treppenabsatz, dicht gefolgt von ihrer Mutter, die sich seelenruhig den Gürtel ihres weißen Morgenrocks zuband. Sie war die Einzige, die keineswegs überrascht wirkte.

Während Starley noch versuchte, sich von dem Schock zu erholen und die richtigen Worte zu finden, war ihr Vater bereits voll in Fahrt. „Warst du etwa die ganze Nacht bei dem Ami?“

„Er ist Ire, genau wie wir“, war ihre freche Erwiderung. Das war vielleicht nicht klug, doch etwas Besseres fiel ihr nicht ein und sie musste um jeden Preis versuchen, den letzten Rest ihrer Würde zu bewahren.

„Wie konntest du nur so weit gehen, nur um mich zu provozieren!“

Starley starrte ihn ungläubig an. „Ich habe ganz sicher nicht mit Aidan geschlafen, um dich zu provozieren!“

„Warum musste es dann genau in dieser Nacht sein, da wir hier schlafen?“, rief Sean wutentbrannt und Davin fügte wenig hilfreich hinzu: „Wusste ich doch, dass ich etwas gehört habe.“

Starley wäre am liebsten im Erdboden versunken. Sean nahm entschlossen seine Jacke vom Haken und warf sie sich über, ehe er Richtung Tür strebte. „Was hast du vor, Dad?“

„Ich werde diesem Möchtegern-Superstar mal etwas über Anstand beibringen, was er nie mehr vergessen wird. Dann überlegt er es sich das nächste Mal, ehe er sich an unschuldigen Mädchen vergreift.“

„Ich verstehe nicht ganz“, wisperte Finnja. „Hat er ihr etwas getan? Ich glaube, er mag sie wirklich.“

„Maureen, bring deine Geschwister ins Zimmer!“, sagte ihre Mutter gebieterisch und warf ihrem Mann einen warnenden Blick zu. Erst als die Geschwister fort waren, stieg sie die Treppe herunter, legte Starley lächelnd einen Arm um die Hüfte und sagte mit ernstem Blick an Sean gewandt: „Bitte geh dich abreagieren. Oder das Auto reparieren, das hattest du ohnehin gerade vor. Aber lass um Himmels Willen Aidan zufrieden!"

Sanft führte sie Starley in die Küche, schaltete das kleine Licht über der Spüle ein und begann damit, ihnen Kaffee zu machen. Argwöhnisch ließ Starley sich auf einen der Stühle plumpsen und zuckte zusammen, als von draußen ein dumpfer Laut ertönte, dicht gefolgt von einem zweiten.

„Sehr schön, er tut etwas Sinnvolles", kommentierte ihre Mutter vergnügt. „Ich nehme an, er repariert das Auto, sobald er sich beruhigt hat und wir nicht mehr Gefahr laufen müssen, dass er es zu Schrott verarbeitet."

Und wirklich! Als Starley aus dem Fenster sah, erblickte sie ihren Vater, der mit grimmigem Blick ein Holzscheit zerteilte. Sie konnte sich sehr gut vorstellen, dass dieses Holzscheit in Seans Augen Aidans Gesicht hatte.

Ihre Mutter stellte eine Tasse herrlich duftenden Kaffees vor ihr ab, nach der sie dankbar griff. Schweigend nahm sie den ersten Schluck und fühlte sich schrecklich befangen. Sie hatte keine Lust, mit ihrer Mutter ein Gespräch über Sex zu führen. Das erste und einzige dieser Art hatten sie hinter sich gebracht, als sie zwölf Jahre alt geworden war und Starley hatte es in äußerst unangenehmer Erinnerung.

„Es gibt absolut keinen Grund dafür, derart beschämt zu sein. Außer du schämst dich für deinen Vater und glaub mir, da bist du im Moment nicht die Einzige, Liebes“, begann Daisy sanft und nahm ebenfalls einen großen Schluck von ihrem Kaffee.

„Ich schäme mich nicht“, widersprach Starley und merkte im selben Moment, dass sie es doch tat. „Oder vielleicht ein bisschen. Verdammt, du bist schließlich meine Mutter. Können wir das Gespräch nicht einfach übergehen?“

Daisy lachte erheitert auf. „Bitte, ich möchte wirklich keine Details hören, Starley. Ich sehe es in deinen Augen – du bist glücklich. Ich möchte nur sichergehen, dass du weißt, ob ihr beide dasselbe wollt.“

Erleichtert nickte Starley. „Es ist sicher nicht das, was ihr wollt. Aber wir wollen keine feste Bindung. Wir wollen beide nicht hierbleiben und uns unserer Karriere widmen.“

Irgendetwas an dem Blick ihrer Mutter beunruhigte sie, weshalb sie genervt hinzusetzte: „Nicht hinter jeder Beziehung steckt eine große Liebesgeschichte wie es bei dir und Dad der Fall war.“

„Oh, und wir beide wissen, wie langweilig du das findest“, erwiderte Daisy ungerührt.

„Ich wollte nicht ...“

„Ich weiß, was du damit sagen wolltest. Ich werde dich deine Erfahrungen machen lassen, Starley. Die erste Liebe kann höllisch wehtun. Und ja – auch ich habe diese Erfahrung gemacht.“

Starley sah ihre Mutter mit großen Augen an. „Aber du hattest Dad.“

Wieder lachte Daisy auf und zeigte nach draußen. „Und du glaubst, dass es mit diesem Mann immer einfach für mich gewesen ist?“

Automatisch wandte Starley den Kopf. Noch immer drosch ihr Vater wütend auf das Holz ein. Ein Grinsen machte sich auf ihrem Gesicht breit. „Himmel, mit Sicherheit nicht.“

„Also, wenn du mich irgendwann brauchst, dann zögere nicht, mich anzurufen. Egal wo du bist und egal wie spät es ist, okay?“

Sie schüttelte genervt mit dem Kopf. „Ich werde mich nicht verlieben, Mum!“

Daisy griff über den Tisch hinweg nach der Hand ihrer ältesten Tochter und sah sie eindringlich an. „Versprich es mir, Star!“

Starley seufzte ergeben und erwiderte des lieben Friedens willen: „Ja, versprochen!“

Starley atmete erleichtert auf, als ihre Familie davonfuhr und sie ihnen zum Abschied winkte. Ihr Vater hatte sich beruhigt, während er ihr Auto in Sekundenschnelle wieder in Schach gebracht hatte, war aber ungewöhnlich schweigsam gewesen. Es tat ihr leid, welche Sorgen sie ihm mit ihrem Verhalten bereitete, doch sie verstand auch, dass dies dazugehörte. Sowohl zum Erwachsenwerden für sie als auch zum Abnabelungsprozess für ihn.

Als hinter ihr die Tür zum Anbau geöffnet wurde, erfasste sie eine Gänsehaut von Kopf bis Fuß. Sie drehte sich um und da lehnte er lächelnd im Türrahmen, je eine Tasse Kaffee in beiden Händen. „Haben wir jetzt sturmfrei?“

Sie sah skeptisch auf den Kaffee. „Ich wünschte, du hättest Alkohol da drin.“

„Ist Irish Coffee“, erwiderte er grinsend.

Sie lachte überrascht auf und schlenderte zu ihm herüber. Er trat zur Seite und das erste Mal fühlte sie sich nicht als die pflichtbewusste Gastgeberin, als sie den Raum betrat, sondern als eine Frau mit durchaus schmutzigen Hintergedanken. Sie bückte sich betont langsam nach einem Holzscheit und fragte mit ihrer kehligsten Stimme. „Magst du es heiß?"

„Hör auf oder ich schwöre dir, ich bringe es gleich hier zu Ende."

Sie richtete sich langsam auf, ehe sie sich provozierend auf die Couch legte und ihn breit anlächelte. Er fluchte, halb lachend, halb verzweifelt, warf die Tür mit dem Fuß zu und stellte die zwei Tassen ins Fensterbrett, ehe er zu ihr kam und sie in seine Arme riss.

Diesmal war es völlig anders als in der Nacht. Sie fühlte sich, als würde ein wildes Tier über sie herfallen und es dauerte, bis sie begriff, dass er sich zuvor aus Rücksicht zurückgehalten hatte. Sie begrüßte die Veränderung und passte sich ihr so problemlos an, als hätte sie nur darauf gewartet, was ihn nur noch ungestümer werden ließ.

Es war ein zehnminütiger absoluter und großartiger Kontrollverlust, der sie danach beide atemlos in die Kissen sinken ließ.

„Wenn wir so weiter machen, bringen wir einander um", sagte Aidan, jedoch mit der Stimmlage eines Mannes, der dieses Risiko billigend in Kauf nahm.

Starley rollte sich herum, sodass sie auf ihm lag und fuhr spielerisch die Konturen seiner Brustmuskeln nach. „Vielleicht sollten wir uns langsam darüber unterhalten, welche Rolle du am Samstag einnehmen wirst."

„Ich bin dein Coach", sagte er schlicht. „Ich bringe dir bei, wie man einen Auftritt richtig macht."

„Ich habe befürchtet, dass wir über dieses Problem stolpern würden", sagte sie zuckersüß. Als er eine Braue lüftete, fuhr sie fort: „Ich habe nichts gegen den ein oder anderen Denkanstoß, aber ich lasse mir weder in die Auswahl meiner Songs noch in die Auswahl meiner Klamotten hereinreden."

„Das hatte ich befürchtet. Und was glaubst du, bringt dir meine Anwesenheit in Dublin dann?"

Sie grinste. „Eine Liebesnacht in einem sündhaft teuren Hotel?"

Er lachte. „Okay, darüber lässt sich reden. Allerdings möchte ich, dass du Gitarrenunterricht bei mir nimmst."

„Ich hatte Gitarrenunterricht! Ich kann Gitarre spielen! Ich hatte das letzte Mal einfach nicht genügend Zeit!", erwiderte sie entrüstet.

Er sah sie mitleidig an. „Wer hat dir den Gitarrenunterricht gegeben?"

„Was tut das denn zur Sache?", fragte sie schmollend. „Wer?"

„Okay, es war ein Typ aus der Schule, der es sich selbst beigebracht hat, na und? Wirklich große Musiker lernen immer von sich selbst."

„Aber weniger von einem Typen, der von sich selbst gelernt hat", erwiderte er lachend.

„Na schön!", gab sie schließlich Klein-Bei, da sie nicht noch einmal eine solche Blamage wie in Dunquin erleben wollte. „Bring es mir halt bei."

„Viele meiner Talente wären dankbar, wenn ich mich mit ihnen so ausgiebig beschäftigen würde wie mit dir."

Sie sah zu ihm herunter und deutete sein süffisantes Grinsen genau richtig. „Da gehe ich jede Wette ein. Wie viele wollten schon mit dir ins Bett?"

„Einige."

„Und du hast ritterlich immer abgelehnt? Irgendwie kann ich mir das bei dir nicht vorstellen."

„Manchmal war es schwerer, manchmal leichter. Aber ja – ich trenne in der Regel Berufliches und Privates."

„Da kann ich mich ja wirklich glücklich schätzen, dass du für mich mal eine Ausnahme machst"

***

Die nächsten Tage verbrachten sie fast ausschließlich im Bett. Es gab so viel Neues für Starley zu entdecken, zu erfühlen. Erstaunt glitt sie von einem Höhepunkt in den nächsten, von einem erschütternden Gefühl in das andere, bis sie diese nicht mehr sicher voneinander trennen konnte. Danach lag sie stundenlang in seinen Armen. Sie standen nur auf, wenn es unbedingt sein musste. Nicht selten ließen sie sich Essen kommen, wobei Starley das spitzbübische Grinsen des Lieferjungens nicht entging, wenn Aidan – nur in Boxershorts bekleidet – die Rechnung für sie zahlte.

Gerade lagen sie eng umschlungen auf der Couch, weil Starley das Liebesspiel vor dem Kaminfeuer für sich entdeckt hatte. Er ließ sie von ihrem Leben erzählen. Nie wäre sie darauf gekommen, dass er ein derart aufmerksamer Zuhörer sein würde. Dabei bemerkte sie auch, dass er sehr wenig von sich selbst preisgab. Über die Zeit in Amerika erzählte er viel und ausschweifend.

Doch von seinem Leben in Irland, seinen Wurzeln, wusste sie rein gar nichts. Er vermied es so sehr, von seiner Familie zu erzählen, dass Starley die ungesagten Sätze beinahe in Neon-Schrift ansprangen.

Sie sagte sich, dass es nicht wichtig war, da sie ahnte, dass es eine weitere Konfrontation geben würde, sobald sie ihn auf seine Vergangenheit ansprach. Dafür war der Morgen einfach viel zu schön.

Ihre Hand strich über seine Schulter bis zu seinem linken Unterarm, wo er auf dem schönen Tattoo verweilte. Jetzt nahm sie sich die Zeit, es sich genauer anzusehen. Es war eine geschwungene Notenzeile, die sich um seinen Unterarm wand. Da erst erkannte sie, dass die darauf gezeichneten Noten keinesfalls reine Willkür waren. Und sie endeten in dem Schriftzug „gaol" – dem gälischen Wort für Liebe. Dabei war es so geschrieben, dass es dem Wort „goal" für Ziel glich. Es rührte Starley, dass ein Mann wie Aidan, der stets so unnahbar wirkte, die Liebe als einzig wahres Ziel ansah. Gleichzeitig beunruhigte sie das Tattoo auf unangenehme Art und Weise.

Sie versuchte, ihrer Stimme einen neutralen Ton zu geben, als sie die Frage stellte, ohne deren Antwort sie nicht mehr zur Ruhe fände. „Ist das ein Song von dir?"

„Mein allererster", erwiderte er.

Sofort hörte sie seiner Stimme an, dass sie sich auf unerlaubtes Terrain begab. Gerade deshalb musste sie es wissen. „Hast du ihn für eine Frau geschrieben?"

„Für die wichtigste Frau in meinem Leben. Danach habe ich mir geschworen, mein Herz nie wieder für einen Menschen so sehr zu öffnen."

Betroffen sah sie ihn an und hatte plötzlich das Bedürfnis, sich zu bekleiden. „Warum nicht?"

Er lachte in dieser Art, die ihr das Gefühl gab, dass er alles wusste und sie rein gar nichts. „Du wirst die schmerzhafte Erfahrung machen, dass man Menschen allein durch Liebe nicht in seinem Leben halten kann. Nichts ist so unsicher wie die Liebe zu einem Menschen. Sie geht immer damit einher, dass du einem anderen die Macht darüber gibst, dich zerstören zu können."

„Dann wurdest du verlassen?", fragte sie vorsichtig. „Liebst du sie noch?"

Er setzte sich auf und brachte damit Abstand zwischen sie beide. „Starley, nimm es mir nicht übel, aber darüber spreche ich nicht. Mit niemandem. Und es hat nicht das Geringste mit uns beiden zu tun."

Der Schmerz kam scharf und unerwartet. Nicht nur, dass es eine Frau gab, die Aidan nach wie vor so liebte, dass der Gedanke an sie seine ganze Zukunft zu bestimmen schien; auch war Starley ihm anscheinend nicht wichtig genug, diese Erfahrung mit ihr zu teilen. Es stimmte, dass sie vereinbart hatten, sich ohne Verpflichtungen miteinander zu vergnügen. Schloss das gleichzeitig eine tiefe Vertrauensbasis und Freundschaft aus?

„Star, sieh mich an", sagte er sanft. Sie riss sich zusammen und wandte ihm ihr Gesicht zu. „Ich genieße die Zeit mit dir sehr. Und du bist mir wirklich wichtig. Es wäre die Hölle für mich, dir in irgendeiner Weise wehzutun. Also sag mir ehrlich – kommst du damit klar, wie es jetzt zwischen uns ist?"

Sie wusste genau, was ein Nein bedeuten würde. Und sie sagte sich, dass sie wahrscheinlich mal wieder dramatisierte. Also riss sie sich zusammen und setzte ein bühnenreifes Lächeln auf. „Natürlich, Aidan. Ich genieße einfach den Moment."

Sein Lächeln war so erleichtert, dass ihr Herz vor Schmerz beinahe zersprang.

Kapitel Fünfzehn

Die kommenden Tage tat sie alles, um das ernste Gespräch mit Aidan und das Geheimnis um seine Vergangenheit zu verdrängen. Doch immer, wenn sie sich liebten und Starleys Blick auf sein Tattoo fiel, schwoll der Schmerz in ihr etwas weiter an. Sie hielt diese Gefühle gut in sich verschlossen und füllte ihre Tage bewusst so, dass sie gar keine Zeit hatte, darüber nachzudenken.

Gerade beendete sie die Übungen mit der demütigenden Grifftabelle für die Barre-Akkorde, die Aidan ihr zusammengestellt hatte. Die letzten Tage hatte er ihr mit seinen aufgedrückten Gitarrenstunden die Freude an dem geliebten Instrument genommen. Er war erbarmungslos und jetzt ging ihr auch auf, warum er als Coach noch nie mit einem seiner Talente geschlafen hatte. Starley zumindest war während dieser Zeit völlig die Lust auf den attraktiven Rockstar vergangen.

Sie hatte angenommen, dass sie romantisch zusammen einige Lieder jammen würden, nichts dergleichen war passiert. Stattdessen hatte sie stundenlang ihre Handstellung trainieren und korrigieren müssen, weil sie seiner Meinung nach die Akkorde falsch griff. Sie hatte hitzig erwidert, dass das völlig egal war, solange sie die richtigen Saiten dabei traf, nur um sich im fließenden Übergang zwischen den einzelnen Akkorden selbst widerlegen zu müssen, weil sie sich ständig vergriff.

So war es kein Wunder, dass Starley den Besuch bei Keira als wahren Segen empfand. Es war ein herrlicher Sommertag, weshalb sie die zwei Kilometer zum Krugers zu Fuß zurücklegte. Als sie unterwegs immer wieder anhalten musste, weil sie jemanden traf, der sie von ihrem Auftritt in dem Pub wiedererkannte und einen Plausch mit ihr halten wollte, stellte sie fest, wie leicht es an diesem Flecken Erde war, Wurzeln an einem neuen Ort zu schlagen. Sicher lag das daran, dass Dingle nur einen Katzensprung entfernt war und beinahe jeder hier ihre Eltern kannte. Sie hatte geglaubt, die Anonymität zu genießen, doch wenn sie ganz ehrlich zu sich selbst war, genoss sie die familiäre Atmosphäre viel mehr. Erst jetzt fiel ihr auf, wie einsam sie sich die ersten zwei Wochen im Cottage gefühlt hatte.

Als Starley das Krugers betrat, war Keira gerade dabei, fluchend ein neues Bierfass am Zapfhahn zu installieren, und es hätte nicht offensichtlicher sein können, wie erfreut sie über die Unterbrechung war.

„Starley! Schön, dich zu sehen! Kann ich dir etwas anbieten?"

„Ein Guinness wäre nicht schlecht", erwiderte Starley, setzte sich auf einen der Hocker und sah sich unsicher im gähnend leeren Pub um. „Hast du noch nicht geöffnet?"

„Hier ist es um diese Zeit immer so leer. Eigentlich bräuchte ich erst abends zu eröffnen, aber ich hoffe

tagtäglich, dass sich jemand zum Mittagessen hierher
verirrt, schließlich muss ich meine Miete zahlen. Und
abends kommen auch immer dieselben Gesichter. Verdammt, eigentlich müsstest du es sein, die mir ihre Sorgen erzählt, oder? Vielleicht liegt es daran, dass ich als
Barkeeperin scheitere."

„Ich glaube, das musste jetzt einfach mal raus", sagte
Starley vorsichtig, die betroffen von Keiras Verzweiflung war. Bisher hatte sie den Eindruck gehabt, das
Krugers liefe durchaus gut. Andernfalls wäre sie bei ihrem Auftritt sicher nicht so schamlos gierig gewesen.
Das hoffte sie zumindest. Auf jeden Fall war der Zeitpunkt für die Wahrheit perfekt.

„Ich muss dir etwas gestehen. Ich war nicht ehrlich zu
dir", sagte Starley. „Ich brauchte einen Auftritt. Eine
Chance. In Wirklichkeit bin ich vor dem Auftritt in
Krugers immer nur in Dingle aufgetreten. Dort, wo ich
aufgewachsen bin. Du siehst, ich habe es noch gar nicht
weit geschafft. Weder, was die Musik angeht, noch die
zurückgelegten Kilometer."

„Wow", sagte Keira und unterbrach die Arbeiten an
dem Bierfass.

„Es tut mir so leid. Ich wollte nur, dass du mir eine
Chance gibst", sagte Starley.

„Nein, ich meine Wow, weil ich nicht damit gerechnet
hätte, dass eine begnadete Sängerin wie du noch nicht
mehr erreicht hat, Starley", sagte Keira beruhigend und
lächelte sie verschmitzt an. „Was glaubst du, wie ich
mit meinen vierundzwanzig Jahren die Eigentümerin
des Krugers geworden bin? Ich habe gelogen, dass sich
die Balken bogen. Ich habe erzählt, dass ich die Temple
Bar in Dublin geleitet habe und in London während

meines Studiums zur Betriebsfachwirtin einen eigenen Laden aufgebaut hätte. In Wirklichkeit habe ich nicht mal mein Leaving Certificate geschafft und bin von zu Hause abgehauen."

Starley klappte die Kinnlade herunter. Keira prostete mit einem gewinnenden Lächeln zu. „Glaub mir, Frechheit siegt. In Wirklichkeit wollen die meisten Menschen die Wahrheit gar nicht hören. Wichtig ist, wie sehr du für deinen Traum brennst und dann kannst du es auch schaffen."

„Ich weiß nicht, was ich sagen soll", sagte Starley beeindruckt. „Ich wünschte, es wäre derart leicht für mich."

„Leicht?", fragte Keira mit erhobenen Brauen. „Ich habe keine Nacht mehr durchgeschlafen, seit ich den Laden habe. Ich kann mir noch immer keine Angestellten leisten. Die Musiker suchen bei den heutigen Gehaltsvorstellungen ebenfalls das Weite. Wenn mir allerdings nicht bald jemand hilft, werden auch die Gäste wegbleiben und wer soll die fairen Löhne dann bezahlen?"

„Tut mir leid", sagte Starley leise.

Keira winkte ab und es war ihr deutlich anzumerken, dass sie sich selbst darüber ärgerte, wie sehr sie sich hatte in die Karten sehen lassen. „Das wird schon wieder. Berufsrisiko, fürchte ich. Und wie geht es dir?"

Starley legte eine Hand auf die der anderen Frau, um sie davon abzuhalten, sich erneut dem Fass zuzuwenden, während sie sprachen. „Wir haben gerade über dich geredet, oder? Und ich glaube, das hast du schon sehr lange Zeit nicht mehr getan. Das mit der Bar, das geht dir ziemlich nah, oder?"

Keira atmete zitternd ein. „Hol mich der Teufel!" Damit nahm sie sich die Whiskeyflasche, umrundete den Tresen und ließ sich auf den freien Hocker neben Starley nieder. Sie schraubte den Verschluss auf und nahm einen gierigen Schluck. Auf Starleys schockierten Gesichtsausdruck hin, sagte sie ernst: „Glaub bloß nicht, dass ich das hier öfter mache. Besondere Umstände erfordern eben besondere Maßnahmen. Und wenn ich schon vor dir in Mitleid ertrinken soll, dann aber richtig."

Starley lächelte und nickte ihr ermutigend zu. „Dann los."

„Okay, ich habe den Pub vom alten Kruger übernommen, als das Geschäft schon nicht mehr ganz so doll lief und habe aus lauter Bequemlichkeit völlig übersehen, dass der Alte den Pub aus Spaß an der Freude geführt hat, während die Landwirtschaft seinen Lebensunterhalt sicherte. Ich habe dieses wertvolle zweite Standbein nicht. Auch ein Erbe oder ein reicher Mann sind mir leider nicht vergönnt. Apropos – was ist mit Aidan?"

„Der gehört mir", sagte Starley klar und deutlich, aber freundlich.

„Schade. Okay, dann weiter im Text. Ich dachte also, die Stammgäste könnten mich finanzieren. Was wieder nur beweist, dass es eine Scheiß-Idee gewesen ist, die Schule abzubrechen. Man kann kein erfolgreiches Unternehmen führen, wenn man nichts von Betriebswirtschaft oder Marketing versteht und nicht genug Geld hat, jemanden zu bezahlen, der es tut."

Starley nutzte die Pause, in der Keira die Flasche an den Mund setzte, um ihre vernichtenden Worte über sich selbst abzumildern. „Das heißt nicht, dass es so bleiben muss. Heutzutage kann man schließlich alles lernen. Notfalls aus dem Internet."

Die Flasche landete mit einem lauten Knall auf dem Tresen. „Und wann? Während ich hier auf die Gäste warte, Bestellungen mache oder an den wenigen vollen Abenden allein hier bediene? Das Schlimmste ist, dass ich mir zwischenzeitlich nicht einmal mehr die Musiker leisten kann und hier Radiomusik läuft. Es wird nicht lange dauern und die Gäste werden erkennen, dass sie ihr Bier dann genauso gut zu Hause trinken können."

„Du musst dich einfach abheben."

Keira lüftete die Brauen. „Ich bin der gottverdammt einzige Pub im Umkreis von fünfzig Meilen."

„Trotzdem – wohin gehst du, wenn du feiern willst? Sei ehrlich."

Keira ließ schuldbewusst die Schultern hängen. „Ich fahre nach Galway oder Dublin. Das waren noch Zeiten."

„Siehst du! Genau das machen die Leute in unserem Alter. Und das liegt nicht nur an der Lage des Pubs, sondern auch an seinem Angebot. Eine Renovierung wäre auch nicht schlecht."

„O gut. Auf diese Idee wäre ich ohne dich ja nie gekommen", gab Keira sarkastisch zurück. „Hast du auch die nötigen Scheinchen für mich, um deine großen Pläne umzusetzen?"

Beklemmung stieg in Starley auf. Um Zeit zu gewinnen, nahm sie selbst einen großen Schluck von ihrem Guinness. Nein, natürlich hatte sie das nicht. Sie hatte ihren Lebtag immer nur große Träume gehabt. Ohne über die notwendigen Mittel für deren Umsetzung zu verfügen. Es war erschreckend einzusehen, dass das immer noch der Fall war.

„Wir lassen uns etwas einfallen", sagte sie, ohne nachzudenken.

Keira drehte sich mit einem verächtlichen, ungläubigen Lächeln zu ihr um. „Wir?"

„Ja", sagte Starley langsam, die sich selbst plötzlich so sehr in der anderen Frau gespiegelt sah, dass es wehtat. „Schließlich hast du mir eine Chance gegeben, obwohl ich dich schamlos belogen habe."

„Nein, ich habe dir eine Chance gegeben, weil du mich schamlos belogen hast", berichtigte die andere grinsend. „Wie soll das funktionieren?"

„Ich habe keine Ahnung", erwiderte sie ehrlich. „Aber gib jetzt nicht auf. Ich denke darüber nach. Wir finden einen Weg. Und bis es so weit ist, trete ich einfach hier auf. Kostenlos."

Jetzt fiel alle falsche Gelassenheit von der jungen Barbesitzerin ab. „Soll das ein Scherz sein?"

„Nein. Ich brauche Übung, ein Publikum und du brauchst die Musik. Ich habe die Zeit dazu, solange ich das Cottage betreue. Diesen Samstag bin ich in Dublin, aber danach werde ich jedes Wochenende auf dieser Bühne stehen. Ich verspreche es dir."

„Heilige Scheiße", hauchte Keira, die sichtlich überwältigt war. „Ich würde dieses großzügige Angebot ja eigentlich ablehnen, nur kann ich mir das momentan absolut nicht leisten."

„Wirklich, ich mache es gern. Wenn ich sonst noch irgendwie helfen kann ..."

„Tja nun." Keira blies sich die rostroten Ponyfransen aus dem Gesicht. „Hast du Erfahrung im Kellnern? Freitags ist es immer ziemlich voll."

Für einen Moment dachte sie nur an den morgigen Auftritt und daran, dass sie sich heute Abend hatte vorbereiten wollen. Und die Zeit, die sie mit Aidan hatte nutzen wollen. Doch dann lächelte sie Keira an. „Ich werde da sein."

***

Als Starley Freitagabend ins Krugers kam, war der Pub bereits zum Bersten gefüllt mit Menschen. Der Lärm der Gespräche und das Gelächter waren so laut, dass es die Musik aus den Radioboxen völlig übertönte und ihr erster Gedanke galt den fehlenden Melodien im Raum. Ihr zweiter Gedanke ging an Keira, die diese Abende bisher allein gerockt hatte.

Starley war so schockiert von der Masse der Leute, dass sie einen Moment wie versteinert in der Tür stehen blieb, bis Keiras verzweifelter Blick sie fing. Sofort setzte sie sich in Bewegung.

Sie hatte nicht einmal die Zeit, hinter den Tresen zu treten, um die Barbesitzerin zu begrüßen oder sich zurechtzufinden, da knallte diese ihr schon ein volles Tablett auf den Tresen. „Der Tisch an der Tür. Achtung! Gerry, der dicke Alte mit der Halbglatze, geht schnell auf Tuchfühlung."

Sie öffnete den Mund für Fragen nach weiteren Instruktionen, doch schon erschien ein Mann neben ihr am Tresen, der lautstark die nächste Bestellung aufgab und Keira hatte alle Hände voll am Zapfhahn zu tun.

Starley fasste sich ein Herz und nahm das Tablett an sich, das schwerer war als gedacht. Die übervollen Gläser rutschten auf ihrem Weg zu besagtem Tisch unheilvoll hin und her, also verlangsamte sie ihre Schritte.

Kaum sah der Beleibte – Gerry – sie kommen, brüllte er ihr auch schon entgegen: „Nun beweg mal deinen hübschen Hintern, Süße. Wir warten hier schon eine Ewigkeit!"

Starley knallte das Tablett lautstark auf den Tisch und bedachte den Mann mit einem eiskalten Blick, während sie ihm sein Pint hinstellte. „Dumme Kommentare kosten extra. Berücksichtige das bei deiner nächsten Bestellung."

Der ganze Tisch – samt Gerry – grölte vor Lachen, während sie jedem sein Getränk gab und mit dem guten Gefühl, dass auch das nur eine Show war, wandte sie sich hüftschwingend von ihnen ab.

So ging es bis kurz vor zwei, als Keira den letzten Gast mit Nachdruck seines Platzes verwies. „Wenn du hier schlafen willst, bezahlst du mir auch die Miete für den Monat. Ansonsten bewegst du deinen Arsch jetzt nach draußen. Ich habe dir schon ein Taxi gerufen."

„Die paar Meter schaffe ich auch so", lallte der Mann in den Fünfzigern.

„Und ich bin die Heilige Jungfrau", gab Keira ungerührt zurück, während sie ihn wenig damenhaft von seinem Stuhl zerrte und brüsk aufrichtete.

„Ich bringe ihn lieber noch bis zum Wagen", raunte sie Starley genervt zu und schleifte den Mann mehr schlecht als recht nach draußen.

Starley ließ sich stöhnend auf einen der Barhocker sinken. Ihre Füße schmerzten höllisch und ihre Arme fühlten sich wie Blei an. Nie im Leben hätte sie geglaubt, dass Kellnern ein solcher Knochenjob wäre. Und sie würde sich davor hüten, das nächste Mal unhöflich zu werden, wenn eine Bestellung länger auf sich warten ließ.

Dennoch hatte es ihr mehr Freude bereitet, als sie erwartet hätte. Sie hatte sich unterhalten, geflirtet, sogar ein kurzes Ständchen für ein verliebtes Pärchen zum Besten gegeben. Sie fühlte sich so fertig und zufrieden, wie es nach einem guten Arbeitstag üblich war.

„Ich hätte nicht gedacht, dass du dich beim ersten Mal derart gut schlägst", sagte Keira zufrieden, die zurück war und herrlich frische Luft mit sich brachte. Sie ließ die Tür des Pubs offenstehen. „Die Gäste lieben dich. Ich glaube, so viel Trinkgeld habe ich noch nie eingenommen. Das kannst du natürlich behalten, wenn ich dich schon nicht anständig bezahlen kann."

„Ich habe dir gesagt, ich mach das umsonst. Du brauchst es gerade mehr als ich und es hat mir wirklich großen Spaß gemacht", erwiderte Starley ehrlich.

„Wow, danke. Du bist echt in Ordnung. Dafür bekommst du wenigstens einen Drink. Worauf hast du Lust?"

Als könnte sie nicht genug davon bekommen, trat Keira wieder hinter die Bar. „Heute nehme ich einen Jamesons."

Keira nickte wohlwollend und Starley beobachtete sie, wie sie ihnen einschenkte. „Du liebst das hier alles sehr, oder?"

„Natürlich, sonst hätte ich mir diesen Horror niemals ans Bein gebunden. Obwohl ich es natürlich gnadenlos unterschätzt habe. Es ist wie mit dem Kinderkriegen, denke ich. Man glaubt, man weiß genau, worauf man sich einlässt und wie hart es wird. Und dann ist es eintausendmal schlimmer. Und besser."

„Darauf kann man trinken", sagte Starley grinsend und hob ihr Glas. Keira stieß mit ihr an. „Slainte."

Sie tranken schweigend, dann umrundete Keira den Tresen und ließ sich auf den freien Barhocker neben Starley fallen. „Weißt du, ich habe mir Gedanken über deinen Vorschlag einer Umgestaltung des Krugers gemacht. Ich kann keine großen Sprünge machen, aber ich denke du hast Recht – meine persönliche Handschrift muss her. Also habe ich einige Eimer Farbe gekauft, um wenigstens einige neue Akzente zu setzen. Ich suche auch nach einem neuen Namen für das Pub und dabei musste ich an meine Schulzeit denken. Wegen meiner roten Haare haben sie mich immer Koboldkönigin geschimpft. Warum das nicht jetzt zu meinem Vorteil nutzen? Ich bin die Koboldkönigin, die in ihrem eigenen grünen Hügel regiert und für echte irische Musik sorgt."

„Das klingt klasse!", sagte Starley begeistert.

„Jetzt muss mir nur noch ein passender Name einfallen", überlegte Keira laut.

„Wie wäre es mit *Banríon Goblin* - irisch für Koboldkönigin?", schlug Starley halb im Scherz vor, während sie spürte, dass ihr beinahe die Augen zufielen.

„Genial!", sagte Keira begeistert. „Das ist es! Starley, ich werde nur noch echte irische Musiker hier spielen lassen. Ich meine, sobald ich es mir leisten kann. Ich schließe nächste Woche und dann renoviere ich. Und nächsten Samstag fangen wir zusammen die ersten Reaktionen ein, wenn du hier auftrittst."

„Das klingt gut", sagte Starley lächelnd und stand auf. „Ich muss los. Ich habe morgen diesen Auftritt in Dublin."

Keira riss die Augen auf. „O nein! Das habe ich völlig vergessen. Du brauchst dringend Schlaf. Soll ich dir ein Taxi rufen?"

Sie hätte gern zugesagt, aber sie musste ihr Geld zusammenhalten, also riss sie sich zusammen. „Die paar Meter schaffe ich schon noch."

Ein Klopfen an der Tür ließ beide Frauen zusammenfahren. „Entschuldigt die späte Störung, aber ich dachte mir, du könntest einen Chauffeur gebrauchen."

Als Starley Aidan sah, hätte sie vor Erleichterung und Freude fast geweint.

„Das ist ja wie bei Cinderella", kommentierte Keira grinsend.

Aidan sah sie lächelnd an. „Kann ich dich auch nach Hause fahren?"

Sie schüttelte den Kopf. „Ich will noch die Kasse machen und etwas aufräumen. Ich habe es nicht weit."

„Okay, dann komm nachher gut heim", sagte Starley.

Keira winkte, schon den Besen in einer Hand. „Ihr auch. Und tausend Dank."

„Ich denke, es bringt nichts, dich zu fragen, was dieser Arbeitseinsatz vor deinem morgigen – oder besser gesagt – heutigen Auftritt in Dublin sollte", sagte Aidan mit gerunzelter Stirn, als sie ins Auto stiegen.

Starley lehnte sich im Sitz zurück und schloss die Augen. „Spar dir deine Gardinenpredigt. Ich bin hundemüde."

„Das hast du dir selbst zuzuschreiben!", erwiderte er erbarmungslos. „Dass du an chronischer

Selbstüberschätzung leidest, ist mir ja nichts Neues, trotzdem hätte ich gedacht, wir gehen heute noch einmal alles für den Auftritt durch und ich bringe dir noch ein oder zwei Kniffe auf der Gitarre bei. Diesmal kann ich dir nicht aus der Patsche helfen und Dublin ist anders als die kleinen Dorfpubs, die du kennst."

Als er nichts als Schweigen erntete, drehte er sich zu ihr herum, wodurch seine ganze Wut verrauchte. Sie war tief in den Sitz gesunken, die Erschöpfung eines ganzen Lebens im Gesicht und schlief tief und fest.

Kopfschüttelnd manövrierte er den Wagen über die unebene Straße, die zum Cottage führte, schaltete den Motor ab und nahm sich die Zeit, sie für eine Weile zu betrachten. Im Schlaf wirkte sie wie ein Engel und alles in ihm zog sich vor Unbehagen zusammen, als er seinem eigenen Herzschlag nachspürte. Er brachte es nicht über sich, sie zu wecken. Darum stieg er so leise wie möglich aus, öffnete die Tür des Cottages und kehrte schließlich zum Wagen zurück, um sie umsichtig auf seine Arme zu heben. Das Gefühl in seiner Brust intensivierte sich, ihr Geruch umfing ihn sacht, zog ihn tiefer in den Sog, in diesen Abgrund. Mit der Hüfte schlug er die Autotür zu, ehe er sie ins Cottage trug und nach kurzem Zögern in seinem Bett ablegte. Jetzt war er ihr und sich selbst keine Rechenschaft schuldig, wenn er dem Verlangen nachkam, neben ihr einzuschlafen. Morgen war früh genug und dann hatte sie andere Sorgen. Er zog ihr sanft die Schuhe von den Füßen, ehe er sich zu ihr unter die Decke legte. Während sie schlief, war es leicht, sie in seine Arme zu ziehen. Viel schwerer war der Gedanke daran, es bald nie wieder tun zu können.

Kapitel Sechzehn

Am nächsten Tag ließ er sie bis zehn Uhr schlafen, ehe er ihr erbarmungslos die Bettdecke vom Körper zog. Mit wildem Blick fuhr sie nach oben, doch er nahm ihr allen Wind aus den Segeln, indem er ihr die Kaffeetasse in die Hände drückte. „Du hast eine Stunde, dich fertig zu machen, dann müssen wir los. Bis Dublin ist es kein Spaziergang und ich möchte im Hotel einchecken und eine Kleinigkeit essen, ehe wir in die Temple Bar gehen."

Ihm war klar, dass sie nur gehorchte, weil sie wusste, wie wenig Zeit ihr noch blieb und sie gnadenlos perfekt aussehen wollte. Dabei bereute er, sie so spät geweckt zu haben, als sie kurzerhand seine Dusche benutzte. Er musste sich zusammenreißen, sich nicht zu ihr zu gesellen.

Um gar nicht erst in Versuchung zu kommen, lud er ihrer beider Gitarren ins Auto, wobei er sein Instrument aus reiner Gewohnheit mitnahm. Er würde ihr nicht noch einmal auf der Bühne aus der Patsche helfen. Es war an der Zeit, dass sie ohne ihn klarkam.

Er war schrecklich nervös. Viel mehr als bei seinem ersten eigenen Auftritt damals. Er kannte die Temple Bar, kannte das Klientel. Sie waren schonungslos und teilweise unangenehm. Das waren keine alteingesessenen Iren, die junge Künstler aus der Gegend unterstützten, sondern ausnahmslos Touristen aus aller Welt, die zum Feiern kamen und gut unterhalten werden wollten.

Als sie sich ins Auto setzten und die Fahrt nach Dublin antraten, hatte Aidan das Gefühl, Starley den Wölfen zum Fraß vorzuwerfen. Was völliger Unsinn war. Er war ihr Coach und eine Situation wie diese sollte Standard für ihn sein. Es war eine wichtige Feuerprobe, bei der es gar nicht darum ging, zu überzeugen. Das war quasi unmöglich mit Songs wie ihren in einer Bar wie dieser. Es würde zeigen, wie sie mit Misserfolgen klarkam. Doch es war eine Sache, ein Talent, das er coachte, ins offene Messer laufen zu lassen oder die Frau, mit der er schlief. Dass sie sich den Auftritt selbst an Land gezogen hatte, konnte ihn nur wenig beruhigen.

Als er bemerkte, dass sie sich die Lippen nachzog, während er ihr unermüdlich wichtige Tipps gab, verlor er völlig die Fassung. „Sag mal, hörst du mir überhaupt zu? Willst du, dass das heute so ein Fiasko wird wie im Krugers?“

Alles, was er bekam, war ein kühler Blick. „Keira und alle Pubbesucher haben den Abend in durchaus positiver Erinnerung.“

„Weil ich dir den Arsch gerettet habe!“, rief er und drückte ungestüm auf die Hupe, als der Wagen vor ihm unverhofft abbremste. „Verdammter Hinterwäldler!“

„Jetzt beruhige dich mal!", sagte Starley verärgert. „Ich brauche dich nicht, um einen guten Auftritt auf die Bühne zu legen."

„Starley, je höher man fliegt, desto tiefer ist der Fall, das solltest du dir langsam merken."

„Ich habe keine Höhenflüge, sondern ein gesundes Selbstbewusstsein", erwiderte sie würdevoll.

Er lachte freudlos auf. „Also gesund ist daran bestimmt gar nichts mehr."

„Sind dir die zitternden Bündel hinter der Bühne lieber? Dann geh zu deinen verdammten Groupies. Ich weiß genau, was ich tue."

„Weißt du, was? Ich gönne dir den Abend aus vollem Herzen!", sagte er erbost und den Rest der Fahrt verharrten sie in eisigem Schweigen.

Als sie in das luxuriöse Hotel direkt am Ufer der Liffey eincheckten, tat Starley ihr Verhalten mehr als leid. Es hätte nicht deutlicher sein können, dass Aidan bei der Wahl des Hotels weder Kosten noch Mühen gescheut hatte. The Ferryman Townhouse befand sich direkt über dem gleichnamigen Pub, dessen knallrote Fassade wie ein Leuchtfeuer der Docklands am Ufer der Liffey lag.

Als sie die exquisite Suite mit Blick auf die Samuel Beckett Bridge betraten, blieb Starley vor Staunen die Sprache weg. Noch nie war sie in einem solchen Zimmer gewesen. Das ausladende Kingsizebett stand vor einem Fenster, das einen atemberaubenden Ausblick auf den Fluss bot, der im Licht des einbrechenden Sonnenunterganges wie ein Strom aus orange-roter Lava aussah. Es war definitiv an der Zeit, über ihren Schatten zu springen und etwas Dankbarkeit zu zeigen.

„Es ist wunderschön hier", hauchte sie und drehte
sich zögernd zu ihm um.

Aidan stellte wortlos ihre Taschen auf die Gepäckab-
lage und begann, in seinem Koffer zu kramen. Starley
kostete es all ihre Überwindung, auf ihn zuzugehen
und die folgenden Worte zu sprechen. „Danke. Für das
hier und dafür, dass du mitgekommen bist."

„Nur, dass ich mich als Coach reichlich unnütz fühle",
sagte er unwirsch und funkelte sie wütend an. „Verdammt, du wirfst mir vor, dass ich dir dein Talent ab-
spreche, wenn ich meinen Job tue und dir Tipps gebe.
Dabei bist du diejenige, die keinerlei Vertrauen in
meine Erfahrung hat und ..."

Sie legte ihm beschwichtigend eine Hand auf den
Arm. „Bitte sag mir, was ich tun kann, um heute Abend
besser zu sein als alle anderen."

Für einen Moment sah er sie an, als vermutete er einen Trick. Eine Finte, die man einem Feind legte, um
dann aus dem Hinterhalt zuschlagen zu können. Das
sagte ihr nicht nur eine Menge über ihn und seine Fa-
miliengeschichte aus, die er so gut hütete wie einen
Schatz. Sondern eine ganze Menge über die Beziehung,
die sie beide miteinander verband. Und das tat ihr leid.

„Den wichtigsten Rat können wir jetzt nicht mehr
umsetzen, denn ich wette, du hast keine irischen Lieder
in petto." Als sie den Kopf schüttelte, verschränkte er
die Arme vor der Brust und sah nachdenklich aus dem
Fenster auf die sanften Wellen des Flusses. „Setz deine
Stärken ein. Du bist vollkommen furchtlos. Du hast
keine Probleme damit, mit Menschen zu interagieren.
Versuche das. Sieh es so, als wolltest du das Publikum
auf deine Seite ziehen."

„Das klingt, als befänden wir uns im Krieg“, erwiderte sie zweifelnd.

Er sah sie ernst an. „So fühlt es sich auf den größeren Bühnen auch an. Und konzentrier dich auf den Gesang, nicht auf die Gitarre. Du musst dich auf das fokussieren, was du perfekt beherrschst, damit es die Schwächen deines Gitarrenspiels ausgleichen kann.“

An seinen Worten und dem, was sie in ihr auslösten, bemerkte sie, dass sie noch immer nicht sonderlich gut mit Kritik klarkam. „Okay und was noch?“

Er lächelte und in diesen Sekunden wurde er vom Coach zu dem Mann in ihrem Bett. „Gehe niemals mit leerem Magen auf die Bühne. Was ist? Hast du Lust auf ein gemeinsames Abendessen unten im Pub, ehe du mir beweist, dass du auch mit Hollywood-Balladen in einem irischen Pub punkten kannst?“

Sie lächelte erleichtert. „Sehr gern.“

Als sie in das beliebte Viertel Temple Bar abtauchten und das gleichnamige Pub in Sichtweite kam, war Starley selbst überrascht, als sie den Knoten in ihrem Magen bemerkte. Sie hatte kein Problem, vor Menschen aufzutreten. Sie wusste, was sie konnte und brannte für ihren Traum. Trotzdem schwante ihr langsam, dass Aidan Recht behalten könnte – das hier war etwas anderes als die kleinen Pubs, die sie bisher gewohnt war. Als sie die brechend volle Bar betraten, nahmen die Musik und die Geräuschkulisse sie sofort gefangen. Es war derart voll, dass sie Mühe hatten, sich durch die Menschenmasse bis zum Tresen hindurchzuschieben. Dort angekommen warteten sie eine gefühlte Ewigkeit darauf, dass die Angestellten hinter der Bar, die alle Hände voll mit Bestellungen zu tun hatten, Notiz von ihnen nahmen.

Es war Aidan, der schließlich wortwörtlich die Faust auf den Tresen knallte, woraufhin einer der Barkeeper auf ihn aufmerksam wurde und warnend eine Braue nach oben zog. Aidan nutzte den Moment. „Wo kann ich mein Talent zur OpenMicNight anmelden?"

Unwirsch wies der andere Mann in den Nebenraum. „Fragt nach Marten. Der Mann in der Lederweste. Er hat das Anmeldeformular. Die Zeiten werden nicht getauscht. Du bist dran, wenn du dran bist."

Von der unfreundlichen Art eingeschüchtert, folgte Starley Aidan mit der Gitarre auf dem Rücken in den ebenfalls brechend vollen Nebenraum. Marten war nicht zu übersehen. Er stand an der deutlich kleineren Theke, ein weißes Metallica-T-Shirt spannte sich über seinen verboten großen Bauch, darüber trug er die besagte schwarze Lederweste. Sein weißes krauses Haar krönte eine dazu passende Kappe. Gerade brüllte er einen Teenager an, der eine Gitarre geschultert hatte. „Du stehst jetzt zum dritten Mal mit nicht vollständig ausgefülltem Formular vor mir. Sieht es für dich vielleicht so aus, als hätte ich die Zeit, dein Kindermädchen zu spielen? Jetzt streng deine Birne an und fülle das Formular richtig aus. Du bist der Erste, der heute dran ist!"

Weiß wie Papier ging der junge Mann mit eingezogenen Schultern zu einem Stehtisch bei der Bühne und suchte mit den Augen offenbar verzweifelt das Formular nach der fehlenden Information ab.

Starley und Aidan warfen sich einen vielsagenden Blick zu, ehe sie sich zu dem unfreundlichen Mann hindurch schoben.

„Name?“, bellte dieser ohne eine Begrüßung, kaum dass sie vor ihm zum Stehen gekommen waren.

Starley öffnete gerade den Mund, da warf Aidan ihr einen warnenden Blick zu und sagte mit einer Autorität, die sogar sie einschüchterte. „Aidan Collins. Ich bin der Coach und Manager. Das ist mein Talent Starley Hennessy.“

Misstrauisch musterte der andere Mann Aidan von oben bis unten, ehe sein kritischer Blick über Starley glitt. Danach erhielten sie anstandslos das Formular, das Aidan schweigend an Starley weitergab. Sie schoben sich zu einem der runden Stehtische vor der Bühne, an dem auch schon der Teenie von gerade stand und sich verzweifelt die braunen Locken raufte. Er murmelte etwas auf Italienisch.

Aidan sah ihm über die Schulter, zeigte auf das Formular und sprach in tadellosem Italienisch: „Il tuo nome, le tue canzoni, il tuo indirizzo: l’hotel dove dormirai stanotte.“

Der Junge schlug sich mit der flachen Hand an die Stirn, ehe er Aidan strahlend antwortete: „Grazie mille, signore.“

Starley starrte Aidan mit großen Augen an, der sie selbstgefällig angrinste. „Brauchst du vielleicht auch Hilfe beim Ausfüllen?“

„Ich wusste nicht, dass du Italienisch sprichst.“

„Du weißt vieles nicht, Süße“, erwiderte er mit einem süffisanten Lächeln, das sie vor Verlangen beinahe in die Knie zwang. Gleichzeitig erinnerte sie sein Satz daran, wie recht er hatte. Und an die unangenehme Stille, nachdem sie ihn auf sein Tattoo angesprochen hatte. Anscheinend sah er es in ihren Augen, denn er hob eine

Braue und reichte ihr auffordernd einen Stift. Schweigend begann sie, die unzähligen Felder auszufüllen.

Dabei wuchs ihr Unbehagen. Eigentlich sollten sich ihre Gedanken allein um den bevorstehenden Auftritt drehen, stattdessen wanderten sie immer wieder zu Aidan zurück. Und den Dingen, die er vor ihr verbarg. Sein Schweigen ließ schrecklich viel Spielraum. Sie war froh, als es losging. Tatsächlich war der italienische junge Mann ein Austauschschüler aus Sizilien, der so nervös war, dass er sein Pint über Starleys Formulare kippte und sie alles noch einmal von vorn machen musste. Sie hätte ihn zurechtgestutzt, wenn sie nur seine Sprache gekonnt hätte.

„Was tut er die ganzen Wochen hier, wenn er kein Wort englisch spricht", sagte sie gereizt, während er die Bühne betrat.

„Du sprichst auch kein italienisch, oder?", erwiderte Aidan munter.

Sie wusste selbst nicht, was sie so gereizt machte. Seine Gegenwart irritierte sie. Und da war ein dumpfer Schmerz in ihrer Brust, ein Wollen, das sie nicht genau definieren konnte. Sie wusste nur eins: Es hatte absolut nichts damit zu tun, weswegen sie heute Abend hier waren. Sie wusste nicht, wann es passiert war, aber der große Traum einer Musikkarriere war die letzten Tage irgendwie in den Hintergrund getreten. Sie fühlte sich seltsam verloren. Als wäre ein Gerüst zusammengebrochen, das sie ihr Leben lang getragen hatte.

Sie erwachte erst aus ihren düsteren Gedanken, als die Musik einsetzte und sich der ungeschickte Junge auf der Bühne in einen Rockstar verwandelte. Ihr klappte die Kinnlade herunter. Er sang auf Italienisch

Lieder, die niemand mitsingen konnte, trotzdem brüllte und tanzte das Publikum wie verrückt. Er war ganz allein und sah lächerlich unerfahren aus, doch seine Ausstrahlung nahm den ganzen Raum ein. Er bewegte sich, bezog das Publikum ein, indem er die Sprache wählte, die sie alle verstanden – die Musik.

„Er ist sagenhaft", hauchte sie.

„Du wirkst so überrascht", erwiderte Aidan.

„Ich bitte dich! Du hast ihn erlebt!"

Er sah sie ernst an. „Beurteile ein Buch nie nach seinem Einband."

Sprachlos verfolgte sie zwei weitere Lieder, ehe er unter tosendem Applaus von der Bühne stieg und Aidan ihm mit wenigen Worten eine Visitenkarte in die Hand drückte.

„Jetzt kommt eine irische Schönheit aus dem wilden Westen. Begrüßt mit mir Lisa Smith!"

„Du bist die Nächste", murmelte Aidan nah an ihrem Ohr, während höflicher Applaus für die nächste Künstlerin aufbrandete.

Starley nahm vorsorglich ihre Gitarrentasche von den Schultern und wollte das Instrument gerade schon einmal auspacken, als ihr Blick zur Bühne fiel und sie mitten in der Bewegung erstarrte. Die junge Frau war etwa in ihrem Alter. Sie hatte ein strahlendes Siegerlächeln, eine wallende blonde Mähne und trug einen beinah verboten kurzen Rock.

Es war, als würde sie in einen seltsam verzerrten Spiegel sehen. Der Eindruck verstärkte sich, als die andere zu singen begann. Entsetzt stellte Starley fest, dass es genau der Lady Gaga-Song war, den auch sie für die Eröffnung gewählt hatte. Ungläubig sah sie Aidan an, in dessen Augen ein Ausdruck stand, den sie nicht lesen musste, damit sie verstand.

Sie begriff es während der ersten Töne. Nicht nur, weil sie es im Publikum spürte, sondern weil sie in diesem Moment das Publikum war. Der Song und die Art, wie die Blonde ihn spielte, wirkten schrecklich überzogen und unpassend. Als würde sie mit aller Macht versuchen, das Publikum über den Atlantik zu ziehen. In einem Gummiboot.

Neben ihr schüttelten Leute die Köpfe, andere begannen zu tuscheln. Sie sah das Unbehagen in den Augen der Sängerin. Und den Unglauben, weil sie nicht begriff, was schieflief. Am liebsten wäre Starley auf die Bühne gestürmt und hätte die andere vor der Blamage gerettet. Denn in diesen Sekunden rettete die Fremde sie.

Als zweiten Song wählte sie ebenfalls ein Lied aus Starleys Repertoire. Resolut zog sie den Reißverschluss ihrer Gitarrentasche wieder zu und setzte sie sich wieder auf die Schultern.

Aidan berührte sie sanft am Arm und beugte sich zu ihr herunter. „Du hast noch mehr Songs in petto. Wähle einfach einen der anderen, Star."

Sie sah ihn an und es war so schwer, sich die Wahrheit einzugestehen, die er längst wusste. „Keiner meiner Songs würde irgendetwas besser machen. Das weißt du genau."

Damit ging sie an ihm vorbei und schob sich durch die Menschen. Übelkeit stieg in ihr auf. Er hatte von Anfang an Recht gehabt. In einer Stadt wie Dublin waren weder ihre Schönheit noch ihr Talent etwas Besonderes. Und sie konnte all die großen Balladen mit keinerlei Leben füllen. Weil sie viel zu jung dafür war und das Leben nicht verstand, von dem sie sang. Sie hatte das Gefühl, die Erkenntnis schnüre ihr die Kehle zu. Sie konnte das Gewicht der Gitarre auf ihrem Rücken kaum ertragen.

Als sie auf der Millennium Bridge ankam, hätte sie das geliebte Instrument am liebsten in die dunklen Fluten der Liffey geworfen.

„Starley …“

„Nicht“, sagte sie mit erstickter Stimme und spürte erst jetzt, dass ihr Tränen über die Wangen liefen. „Bitte nicht jetzt, Aidan. Ich weiß, was du sagen willst. Ich kann es jetzt nicht ertragen.“

Als er ihre Tränen sah, traf es ihn bis ins Mark. Es hatte sie wirklich verletzt. Sie hatte allen Ernstes geglaubt, die Menge hier hatte nur auf sie gewartet. Er wusste genau, wie sich das anfühlte. Enttäuschend, desillusionierend, beschämend. Er hatte es schon eintausendmal mit angesehen und selbst am Leib zu spüren bekommen. Es gab kaum einen Schmerz, der größer war. Und er sah die Verlorenheit in ihren Augen, die es mit sich brachte.

„Jetzt verstehe ich, warum mein Traum in deinen Augen so lächerlich ausgesehen hat. Wenn ich schon in Dublin nicht aus der Masse stechen kann, wie soll ich es dann in Hollywood tun“, sagte sie bitter, stellte die Gitarre an die Brüstung der Brücke und stützte ihre Hände auf dem kalten Stein ab.

Er trat näher, war sich aber nicht sicher, ob er sie berühren sollte. Sie wirkte so zerrissen und verloren. Und er fürchtete, wenn er sie jetzt hielte, könnte er sie nie mehr loslassen. „Nichts von deinem Traum war jemals lächerlich für mich, Starley. Aber Hollywood ist ein schweres Pflaster. Erst recht für einen Neuling. Du könntest hier eine Karriere beginnen. Ich kann dir helfen. Himmel, mit den richtigen Songs könntest du grandios sein. Die irischen Hits von Celtic Women zum Beispiel …“

„Aber genau davon will ich weg! Ich will keine kleine Geschichte schreiben. Ich will keine tragische irische Heldin sein!“

Aber genau das war sie. Sie hatte es so sehr im Blut, dass er nicht fassen konnte, dass sie es selbst nicht sah. Und er verstand nicht, warum sie ihre Wurzeln derart ablehnte. Nach allem, was er gesehen hatte, war ihre Familie ein wundervoller starker Anker. Der Gedanke und der daraufhin aufblitzende Neid ließen ihn lauter sprechen, als er beabsichtigt hatte. „Und warum nicht, wenn ich fragen darf?“

Sie trat neben ihn und sah aufs Wasser hinaus. Es dauerte lange, ehe sie antwortete und ihm schien, als wüsste sie die Antwort auf seine Frage selbst nicht genau. „Ich kann es nicht mehr hören. Das Blut an unseren Händen, die Rebellion, der Hunger. Diese ständigen Kämpfe. Die Leute lieben uns dafür und denken, wir wären nicht mehr als das. Da draußen muss es doch noch mehr geben.“

„Starley!“, sagte er fassungslos, packte ihre Schultern und drehte sie sanft zu sich herum. Es war wichtig, dass sie verstand. „Wir sind das hier! Weißt du, wie viele Menschen ihre Seele dafür geben würden, diese Werte und diese Stärke zu haben? Ja, verdammt, du wirst kämpfen müssen für deinen Traum. Denn so ist das Leben. Und ich schwöre dir, in Hollywood wärst du noch viel mehr Irin als hier. Du könntest dir eine neue Gangart zulegen, einen neuen Dialekt und sie würden dich zehn Meilen gegen den Wind riechen. Ich weiß, wovon ich spreche. Und je länger ich da drüben gelebt habe, desto froher war ich, mich von ihnen zu unterscheiden.“

Sie starrte ihn mit großen Augen an, dann sagte sie leise: „Und dennoch willst du zurück?“

Er ließ sie los, als hätte er sich verbrannt, denn ihre Frage löste einen Konflikt in ihm aus, dem er sich nicht stellen wollte. „Darum geht es heute Abend nicht. Am besten lässt du die Gedanken jetzt erst einmal los. Heute musst du gar nichts mehr entscheiden, und du hast noch so viel Zeit.“

Sie sah abermals aufs Wasser hinaus, dann griff sie nach ihrer Gitarre und für einen Moment hatte er Angst, sie würde sie über den Rand der Brücke werfen. Stattdessen schulterte sie das Instrument und drehte sich mit einem Lächeln zu ihm um, das so viel der irischen Kämpferin hatte, die sie nicht sein wollte, dass es ihn beinahe in die Knie zwang. „Warum genießen wir die freie Zeit, die uns nun geschenkt wurde, nicht, indem wir das Hotelbett einweihen?“

„Ich dachte schon, du fragst nie“, erwiderte er rau.

Kapitel Siebzehn

Die nächsten Tage zog sie sich zurück, weil sie das Alleinsein brauchte und sie hatte das Gefühl, dass es ihm ähnlich erging. Sie erwachte sehr früh, wenn sie überhaupt in den Schlaf fand. Und so bekam sie mit, wie er oft noch vor Sonnenaufgang das Haus verließ und joggend auf den Feldweg einbog, wo er im Nebel verschwand. Was für eine Ironie, wenn man bedachte, dass er genauso still und leise allzu bald wieder aus ihrem Leben verschwinden würde.

Genauso wie ihr Traum einer großen Karriere. Sie wusste, dass sie dramatisierte und er recht hatte. Sie konnte es zuerst hier in Irland versuchen. Es tat weh, sich von seinen Illusionen zu trennen.

Sie stand im Hof und sah zu, wie die Rottöne des Sonnenuntergangs ineinander liefen. Von fern her hörte sie das leise Rauschen der Wellen. Mit Schrecken spürte sie der Intensität der Liebe für dieses Land nach. Eine Liebe, die sie immer geglaubt hatte, nicht empfinden zu können.

Seufzend sah sie auf Tamaras Ring herunter und erinnerte sich an ihre Worte. Sie hatte von Umwegen gesprochen. Dass man sich erst verlieren müsste, um sich wirklich zu finden. Langsam begann Starley, es zu begreifen.

Als sie hinter sich Schritte hörte, wusste sie, dass er es war. Und zwar nicht nur, weil sich kein Mensch je zufällig zu dem abgelegenen Cottage verirrte, sondern weil sie die Art seiner Bewegungen kannte. Selbstbewusst und zielgerichtet. Selbst inmitten der unendlich grünen Weiten und des Meeres war seine Aura überpräsent.

Als sie sich zu ihm umdrehte, traf es sie mit doppelter Wucht. Offenbar kam er vom Joggen und hatte sich hinterher durch ein Bad im Meer abgekühlt. Er trug Shorts und ein kobaltblaues T-Shirt, das einen herrlichen Kontrast zu seinem feuchten Haar bildete, das im Licht des Sonnenuntergangs beinahe golden schimmerte. Wie er da vor der Kulisse der sanft ansteigenden Hügel ihrer beider Heimat im Licht des sterbenden Tages stand, wurde Starley schmerzhaft bewusst, dass er nicht nur der erste Mann war, den sie in ihr Bett gelassen hatte, sondern auch in ihr Herz. Der Moment der kurzen Stille sagte ihr, dass ein weiterer Traum langsam sein Ende nahm und ihr brach das Herz.

„Alles okay bei dir?" Seine tiefe Stimme drang bis zu ihrem Herz.

Entsetzt stellte sie fest, dass es längst nicht mehr so leicht war, die Maske aufzuziehen, wenn man jemanden bereits dahinter hatte sehen lassen. „Alles bestens."

Er kam näher, die Hände in den Hosentaschen, als wolle er jegliche Berührungspunkte vermeiden. „Gut. Ich hatte die letzten Tage den Eindruck, du gehst mir aus dem Weg."

„So wie du“, schoss sie zurück und ärgerte sich sofort darüber, dass sie nicht so kühl und erhaben sein konnte wie er, der einfach eine Braue lüftete. „Ich war direkt nebenan.“

„So wie ich!“, entgegnete sie leidenschaftlich. „Du bist noch nie zu mir gekommen, sondern wartest immer, bis ich an deine Tür klopfe. Ganz einfach, weil es bedeuten würde, tiefer in mein Leben zu treten, wenn du über die Schwelle meiner Tür trittst. Vielleicht wäre ich dann mehr für dich als die Gastgeberin, mit der du ab und an Sex hast.“

„Jetzt wirst du aber unfair, Starley. Du weißt genau, du bist viel mehr für mich.“

Sie verschränkte die Arme vor der Brust. „Und was genau? Ein vielversprechendes neues Talent? Ach nein, denn das hat ja auch nicht so richtig geklappt, oder? Kann es sein, dass du gerade realisierst, dass aus dieser Beziehung nicht mehr rauszuholen ist und du dich deshalb langsam rarmachst?“

„Wir wollten beide nicht mehr aus dieser Beziehung herausholen, schon vergessen?“, entgegnete er laut.

„Warum verschwenden wir hier dann noch unsere wertvolle Zeit?“, sagte sie kühl, wandte sich ab und ging ohne einen Blick zurück ins Haus. Ein bühnenreifer Abgang. Zum ersten Mal empfand sie keinerlei Befriedigung dabei.

Er sah ihr nach und fühlte sich wie ein Schwein. Und er verfluchte sie dafür. Er hatte seinen Standpunkt von Anfang an deutlich gemacht. Es war definitiv nicht sein Problem, wenn die Gefühle mit ihr durchgingen. Verdammt, war das nicht genau das, was er von Anfang an befürchtet hatte? Es war nicht das erste Mal, dass ihm das passierte. Doch es war das erste Mal, dass es eine solche Flut an unwillkommenen Emotionen in ihm auslöste. Jetzt gab es nur noch eine Sache zu tun – es so schnell zu beenden, wie er konnte.

Erschöpft fuhr er sich mit den Händen durch das Haar, ehe er entschlossen das Haus betrat. Er hörte Schritte im Obergeschoss und erklomm die Stufen zu ihrem Schlafzimmer, um es hinter sich zu bringen. Nie zuvor war es ihm so schwergefallen, einen Fuß vor den anderen zu setzen. Als er in der Tür stand und sie auf dem großen Bett sitzen sah, das Gesicht in den Händen vergraben, erinnerte er sich daran, dass er vor nicht allzu langer Zeit zu ihr gesagt hatte, dass er diesen Raum erst wieder beträte, wenn sie ihn ausdrücklich dazu einlud. So weit war es nie gekommen.

Seltsam. Sie hatte ihn nie abgewiesen, im Gegenteil – sie war immer zu ihm gekommen. Doch sie hatte ihn noch nie in ihr eigenes Reich eingeladen. Auch als ihre Familie da gewesen war, hatte sie alles darangesetzt, ihn von ihr fernzuhalten. Wenn er so darüber nachdachte, war er nicht der Einzige, der nicht allzu viel von sich selbst preisgab. Alles, was er von Starley Hennessy wusste, war, dass sie Musikerin werden wollte. Ein Traum, den er ihr erfüllen konnte. Plötzlich war sie nicht mehr in der Position, die Wut für sich allein zu beanspruchen.

Er trat in den Raum und ihr Kopf fuhr mit blitzenden Augen nach oben. Kampfbereit sprang sie auf. „Ich kann mich nicht erinnern, dich hereingebeten zu haben."

„Ganz recht!", schleuderte er zurück. „Du hast mir genauso wenig von deinem Leben gezeigt wie ich dir von meinem. Wie kannst du es wagen, mir diesen Vorwurf zu machen, Starley?"

„Wovon redest du? Das hier ist nicht einmal mein Zuhause", sagte sie mit diesem kleinen Lachen in der Stimme, das keines war und welches sie immer benutzte, wenn sie verletzen wollte. So gut kannte er sie schon.

„Du weißt genau, wovon ich rede."

„Im Grunde hast du meine Familie kennengelernt, verdammt", schleuderte sie zurück.

„Aber ganz sicher nicht, weil du es so wolltest. Ganz im Gegenteil!", knurrte er. „Du wolltest, dass ich mir ein Alibi ausdenke, der netten Einladung deiner Mutter nicht nachzukommen."

Wieder dieses gehässige Lachen. „Ich bitte dich! Es hätte nicht deutlicher sein können, dass du kein Interesse an dem Kennenlernen hattest."

„Ich war da, oder?", rief er wütend.

„Was willst du jetzt eigentlich von mir?", brüllte sie zurück.

Er hatte keine Antwort auf die Frage. Er hatte es beenden wollen. Es war zu kompliziert, zu verworren, viel zu gefährlich. Er konnte es spüren. Die heißen, kochenden Gefühle, die von ihr ausgingen und sich wie ein Lauffeuer in seine Richtung ausbreiteten. Wenn er jetzt nicht davonliefe, würde sie ihn in Brand setzen und dann war er in einem Fegefeuer gefangen, in das er niemals hatte hineingeraten wollen. „Und was willst du von mir?"

„Woher zum Henker soll ich das wissen?", schrie sie frustriert. „Ich bin völlig außer mir. Ich könnte dich schlagen und gleichzeitig ..."

Er trat näher. „Gleichzeitig?"

Sie sah ihn trotzig an. Er konnte sehen, dass sie das letzte Wort bereute. Er konnte nicht widerstehen, hob ihr Kinn an und zwang sie damit, ihn anzusehen. Er wollte dieses Geheimnis haben. „Gleichzeitig?"

Statt einer Antwort riss sie seinen Mund an sich. Er hob sie hoch, warf sie aufs Bett und nahm sie mit seinem Körper gefangen, ehe er jeden Zentimeter ihrer duftenden Haut mit Küssen übersäte. Er versuchte sich zu sagen, dass es ein Fehler war, aber die Gedanken verblassten unter ihrem herrlichen Duft.

Sie antwortete mit derselben verzweifelten Wut. Als wüsste auch sie nicht, was mit ihr geschah. Er wusste, dass egal wie oder wann das hier beendet wurde, es keine Überlebenden aus dieser Schlacht geben würde. Es war bereits zu spät.

Bisher hatte es immer gereicht, eine Frau für eine Nacht zu haben. Doch nach all den Malen, die sie sich die letzten Tage geliebt hatten, war es ihm immer noch nicht genug. Selbst jetzt, da sie sich miteinander vereinten, ihre Blicke ihn durchbohrten, wie eine Welle, die über ihm zusammenbrach, wollte er noch mehr. Und ganz sicher war es ein Fehler, dass er danach mit ihr auf dem Bett liegen blieb, bis sie eingeschlafen war.

***

Starley erwachte allein am helllichten Tag. Das kalte, leere Bett stand im krassen Kontrast zu der heißen Liebesnacht und brachte sie so schnell auf den Boden der Tatsachen zurück wie ein Eimer Eiswasser. Dass Aidan die Nacht nicht bei ihr verbracht hatte, zeigte seinen Standpunkt mehr als deutlich und es trieb

Starley neuerlich die Tränen in die Augen, wie lächerlich verletzt sie sich fühlte.

Denn er hatte recht – er war von Anfang an ehrlich zu ihr gewesen. Er hatte ihr deutlich gesagt, dass er keine Beziehung wollte und sie hatte ihm dasselbe versichert. Und es am Anfang vollkommen ernst gemeint. Sie wusste nicht, wann diese Gewissheit ins Wanken gekommen und zu dem schmerzhaft intensiven Gefühl geworden war, das jetzt in ihrer Brust vor sich hin schwelte.

Sie war kein Kind mehr und wusste längst, was mit ihr los war. Sie liebte ihn. Es war keine einfache Schwärmerei oder Verliebtheit mehr, dafür war das Gefühl zu allumfassend und schmerzhaft. Am schlimmsten war die Gewissheit, es nie mit ihm teilen zu können. Denn sie wusste bereits, woran sie bei ihm war und dass er ihre Gefühle nicht erwiderte. Im schlimmsten Falle triebe sie ihn damit noch schneller von sich fort.

Starley war nicht gut darin, Dinge als gegeben hinzunehmen. Seit sie denken konnte, war es ihr Traum gewesen, Sängerin zu werden und sie hatte immer dafür gekämpft. Zuerst, indem sie sich einen Platz im Schulchor ergatterte und schließlich bei der Organisation kleinerer Auftritte in diversen Pubs rund um Dingle. Es war etwas anders, wenn es um ein menschliches Wesen und Gefühle ging, denn diese ließen sich nicht erkämpfen oder manipulieren. Jedenfalls nur bis zu einem gewissen Grad. Auch das konnte sie. Doch das war der große Unterschied, wenn man liebte – sie wollte, dass das Gefühl erwidert wurde. Und zwar aus freien Stücken und ohne ihr Zutun.

›Die Machtlosigkeit war für sie kaum auszuhalten, sodass sie Ablenkung suchte, indem sie beschloss, ihren täglichen Pflichten nachzugehen. Als sie seinen Teil des Cottages betrat, hoffte sie instinktiv, dort auf Aidan zu treffen, aber es schlug ihr nichts als gähnende Leere entgegen.

Sie schaltete die Playlist auf ihrem Handy ein, um die Stille zu übertönen und fühlte sich sofort besser mit der Musik. Nachdem sie die Kannen befüllt hatte, stellte sie fest, dass es nichts weiter zu tun gab. Das Feuerholz hatte Aidan selbst aufgefüllt. Auch das Geschirr war gespült und sein Bett ordentlich gemacht. Es hätte nicht deutlicher sein können, dass sein Verhalten ihren Worten Lügen strafte, dass er in ihr nur die Gastgeberin sah. Doch es reichte offenbar auch nicht zum Bleiben.

Was auch Unsinn gewesen wäre, schließlich wäre sie selbst in weniger als drei Wochen wieder fort. Die Frage, wo sie dann wohnen würde, brachte sie abermals ins Straucheln. Irgendwie war der Gedanke an Hollywood spätestens seit dem Wochenende in weite Ferne gerückt. Es hatte keinen Sinn, eine Karriere in einem Land anzufangen, in dem sie nicht mehr sein würde als eine billige Kopie von irgendwem. Sie musste sich zuerst selbst kennenlernen. Doch was war, wenn sie nicht mehr war als eine Kopie?

Schockiert ließ sie sich auf die Couch fallen und kraulte Banshee, die geistesgegenwärtig auf ihrem Schoß Platz nahm, automatisch den Kopf. Vor gut einem Monat hatte sie ihre Situation als ausweglos empfunden, weil sie nicht nach Hollywood gehen konnte. Nun war sie praktisch vogelfrei und konnte gehen, wohin der Wind sie trug, und fühlte sich absolut nicht glücklich damit.

Die Musik auf ihrem Telefon wurde von ihrem durchdringenden Klingelton unterbrochen. Es hätte keinen besseren Zeitpunkt geben können, Tamaras Namen auf ihrem Display aufleuchten zu sehen. „Deinen Anruf schickt der Himmel!"

Ein herzliches Lachen ertönte. „Wie kommt es dann, dass du bisher nicht selbst angerufen hast? Hattest du Angst, um Hilfe zu bitten?"

„Du kennst mich zu gut", antwortete Starley und seufzte.

„Ich bin neugierig zu hören, wie es dir bisher ergangen ist." „Deine Notizen waren eine unglaubliche Hilfe. Danke noch einmal dafür", erwiderte sie ausweichend.

„Ich bin mir sicher, du wärst auch ohne mich zurechtgekommen", entgegnete Tamara. Im Hintergrund war lautes Kindergeschrei zu hören, dicht gefolgt von Henriks ernster Stimme: „Ruhe! Mommy telefoniert!"

Danach das Geräusch einer zuschlagenden Tür, eines umgedrehten Schlüssels und absoluter Stille.

„Ich hoffe, du kriegst keine Schwierigkeiten wegen dem Anruf", sagte Starley mit schlechtem Gewissen zu der Freundin ihrer Mutter, die sich offensichtlich im Bad eingeschlossen hatte, was deutlich am plötzlichen Hall zu hören war.

„Unsinn. Henrik fuchst sich da schon durch. Und jetzt erzähl mir von deinen letzten Wochen."

Während Starley die letzten Wochen Revue passieren ließ, wurde ihr deutlich bewusst, wie viel sich in ihr geändert hatte. Sie ergänzte ihre zahlreichen Nachrichten an die Tante ihres Herzens um die Schilderungen der letzten Woche.

„Ich denke, professionelleren Gitarrenunterricht hättest du dir nicht wünschen können. Und das auch noch kostenfrei“, sagte Tamara schließlich, als Starley bei den Vorbereitungen zu ihrem Auftritt in der Temple Bar angekommen war.

„Ich fürchte, der Preis, den ich zahle, ist dennoch ziemlich hoch“, erwiderte Starley bitter.

„Möchtest du darüber sprechen?“, fragte Tamara mitfühlend.

Jeden anderen hätte Starley mit einigen Worten abgewimmelt, weil sie sich dem Schmerz nicht stellen wollte. Als sie einmal zu erzählen begonnen hatte, stellte sie überrascht fest, wie gut es ihr tat. „Wir haben eine Art ... hm ... Affäre. Wir haben uns am Anfang beide geschworen, dass wir keine Beziehung wollen. Und dass sich unsere Wege nach unserer Zeit im Fishermans Farmhouse wieder trennen werden. Aber die Sache hat sich in mir irgendwie verselbstständigt. Ich glaube, ich liebe ihn und jetzt stehe ich hier mit diesem Berg an Gefühlen und weiß nicht, wohin damit.“

Anstatt ihre Worte weg zu lächeln oder sie zu beschwichtigend, stieß Tamara ein schweres Seufzen aus und sagte mitfühlend: „Ach, Süße. Das tut mir so leid.“

Und da kamen die Tränen. Entsetzt bemerkte Starley, wie sie über ihre Wangen liefen und erwiderte zittrig: „Wieso fühle ich mich nur so bescheuert? Er war die ganze Zeit ehrlich zu mir. Es ist genau das eingetreten, was er von Anfang an befürchtet hat.“

„Du bist das erste Mal verliebt, Schatz. In der Liebe ist
es normal, dass sich die Dinge manchmal
verselbstständigen."

Sie sah auf den kleinen Ring mit dem hellblauen Klee-
blatt herunter, den Tamara ihr vor einer gefühlten
Ewigkeit gegeben hatte und flüsterte: „Es ist nicht wie
bei Henrik und dir. Es ist eine Einbahnstraße. Und ich
habe weder die Kraft noch die Lust, mich in einen
Schmerz zu suhlen, der mir absolut unwillkommen
ist."

„Starley, weiß Aidan überhaupt von deinen Gefühlen?"

„Du meine Güte, nein!", rief sie und stieß ein halbes
Lachen bei dem Gedanken an seine Reaktion aus.
„Wahrscheinlich würde er noch morgen in den nächs-
ten Flieger zurück in die Staaten steigen."

„Hältst du wirklich so wenig von ihm?"

Starley seufzte ungeduldig. „Müssen wir das jetzt
wirklich ausdiskutieren?"

„Star, du weißt, ich bin die Letzte, die dich zu irgendetwas drängen würde, aber wenn du in dieser Sache
nicht ehrlich zu euch beiden bist, wirst du es auf ewig
bereuen. Die Liebe ist der falsche Ort für Experimente."

„Dann hätte ich mir einen anderen Laborpartner suchen müssen", murmelte Starley. Tamara setzte gerade
zu neuen Worten an, da klopfte es an der Tür. „Moment, da ist jemand an der Tür. Seltsam, hat über das
Portal jemand nach einer Buchung gefragt?"

„Nein, wir haben das Cottage die nächsten Wochen
komplett auf reserviert gestellt", erwiderte Tamara.
„Wenn du willst, telefonieren wir später noch mal,
okay?"

„Ja, ich ruf dich an", sagte Starley, gleichzeitig wussten sie beide, dass sie es nicht tun würde. Zumindest solange nicht, wie das unbequeme Thema zwischen ihnen in der Luft schwebte.

Mit den Gedanken noch halb bei der erschreckenden Entdeckung über die Tiefe ihrer Gefühle für Aidan öffnete sie einer Wildfremden, die statt einer Begrüßung sofort nach ihm fragte. „Hi. Entschuldige bitte die Störung. Ich habe gehört, dass Aidan Collins hier zu Gast ist. Ich muss ihn dringend sprechen."

Kapitel Achtzehn

Sie war wunderschön. Groß und schlank wie eine Elfe mit schräg liegenden blauen Augen, die wie Saphire aus einem Gesicht stachen, das wie maßgeschneidert schien. Sie hatte halblanges rabenschwarzes Haar, das sich in der feuchten Luft des sich ankündigenden Regenschauers vorteilhaft um ihre rosigen Wangen wellte. Ihre Stimme war mädchenhaft und schön.

Starley fühlte sich sofort in der Defensive. Am liebsten hätte sie der Fremden die Tür vor der Nase zugeschlagen. Sie wusste, dass sie die Frau als gute Gastgeberin hereinbitten sollte, doch sie brachte es einfach nicht über sich. Wahrscheinlich war sie eine von Aidans amerikanischen Groupies, die ihn bis nach Irland stalkte. Oder eines seiner zahlreichen Talente, dem er näher war, als er zuzugeben vermochte.

Sie straffte sich und sagte mit fester Stimme: „Willkommen im Fishermans Farmhouse. Ich bin Starley Hennessy und die aktuelle Gastgeberin. Mr Collins ist aktuell nicht im Haus. Ich habe keine Kenntnis darüber, wo er sich aufhält und wann er zurückkommt. Selbst wenn ich es wüsste, dürfte ich es Ihnen nicht sagen. Ich muss zugeben, es ist höchst ungewöhnlich, dass Fremde an meine Tür klopfen und nach meinen Gästen verlangen."

Sie hatte sich auf eine Auseinandersetzung eingestellt, sich sogar darauf gefreut, ihre aufwühlenden Gefühle in ihrer Wut auf die Fremde entladen zu können. Stattdessen nahm ihr die schwarzhaarige Schönheit allen Wind aus den Segeln, als sie betroffen die Hand vor den Mund schlug und ihre blauen Augen aufriss. „Ich hatte mich ja überhaupt nicht vorgestellt. Entschuldigung! So etwas passiert mir eigentlich nicht, aber ich bin wahnsinnig aufgeregt. Ich bin Leah Collins, Aidans Schwester. Ich hätte dich nicht so überfallen sollen, bitte entschuldige."

Nun war es an Starley, die Augen aufzureißen. Schwester? Er hatte eine Schwester hier? Es schien, als hätten sie sich die letzten Tage gesehen, wenn Leah sogar wusste, wo er wohnte. Wieso sprach er nie mit ihr über seine Familie, die – nach allem, was sie bisher sah – einfach bezaubernd war? Es freute Starley diebisch, dass sie etwas von einem Teil von Aidans Leben mitbekam, den er tunlichst vor ihr zu verbergen versuchte.

Alle falsche Förmlichkeit fiel von ihr ab und sie trat überschwänglich zur Seite. „Ich habe mich zu entschuldigen! Ich wusste ja gar nicht, dass Aidan Familie hier hat!"

„Nein", erwiderte Leah mit einem traurigen Seufzen und blieb zögernd in der Diele stehen. „Über seine Familie spricht er wohl nicht gern. Ich hoffe, es ist okay, wenn ich reinkomme? Ich könnte auch später wiederkommen."

„Unsinn! Du kannst hier warten. Fühl dich wie zu Hause. Möchtest du einen Kaffee? Tee?"

Leah lächelte und setzte sich an den kleinen Tisch am Fenster. „Tee wäre sehr nett, danke!"

„Kommt sofort. Mach es dir ruhig gemütlich", trällerte Starley, während sie sich ärgerte, dass Aidan seiner netten Schwester offenbar kein Sterbenswörtchen von ihr erzählt hatte. Wütend auf ihn und sich selbst, goss sie den Tee so überschwänglich in die Tasse, dass einige Spritzer des kochenden Wassers auf ihren Fingern landeten. Sie fluchte.

Leah, die nachdenklich aus dem Fenster gesehen hatte, fuhr besorgt herum. „Alles okay? Kann ich dir irgendwie helfen?"

„Nein, nein, danke", erwiderte Starley und goss sich selbst einen starken Kaffee ein, ehe sie die Tassen zum Tisch brachte und sich kurzerhand zu Leah setzte. „Du warst also gerade in der Gegend?"

„Kann man so sagen. Ich komme gerade von unserem Elternhaus in Waymont."

Starley konnte es nicht fassen. Seine Familie lebte keine zehn Fahrminuten von hier entfernt und er machte ein solches Geheimnis daraus? Das bedeutete, dass er sie tunlichst auf Abstand halten wollte oder seine Familie ein dunkles Geheimnis umgab. Oder beides. Voller dunkler Befriedigung fragte sie beiläufig: „Wie schön, dass du ihn besuchen kommst! Ihr habt euch sicher knapp verpasst und er wartet bei euren Eltern auf euch."

Ein tiefer Seufzer ließ Leah aufhorchen. „Das bezweifle ich. Meine Mutter ist kurz nachdem er damals nach Amerika gegangen ist, gestorben. Es hat ihr das

Herz gebrochen. Aber ich will dich nicht mit unserer Vergangenheit langweilen."

„Das tust du nicht", erwiderte Starley, nun ehrlich mitfühlend und mit den Gedanken ganz bei der Frau ihr gegenüber. Aus einem inneren Impuls heraus griff sie nach ihrer Hand und ihre Wut auf Aidan verflog so schnell wie sie gekommen war. Wie es aussah, war sie einer Tragödie auf der Spur. Und auch sie kannte so etwas wie Grenzen, darum beschloss sie, nicht weiter zu bohren. „Es tut mir leid um euren Verlust. Ich kann mir kaum vorstellen, was das bedeutet. Meine eigene Mutter ist nur einen Katzensprung entfernt und ich besuche sie vermutlich viel weniger als ich sollte." Um genau zu sein, seit ihres Aufenthaltes hier überhaupt nicht.

„Im Rückblick denken wir immer, wir hätten mehr tun sollen, aber weißt du was? Es ist nie genug, wenn man jemanden wirklich geliebt hat. Aidan war Mums absoluter Liebling. Und das beruhte auf Gegenseitigkeit. Ich würde sogar so weit gehen zu sagen, dass sie noch heute die wichtigste Frau in seinem Leben ist und ..."

„Leah! Das ist eine Überraschung!"

Sie fuhren zeitgleich zur Tür herum, wo Aidan stand und überhaupt nicht glücklich aussah. Starley sah, dass er sich über den Besuch der Schwester freute, doch es hätte nicht deutlicher sein können, dass es ihm alles andere als gefiel, wer sie empfangen hatte.

Sein eiskalter Blick durchbohrte sie und sagte ihr in wenigen Sekunden alles, das es brauchte, um ein Herz voller Gefühle brechen zu lassen. Sie erhob sich und wandte sich mit einem Lächeln an Leah, das wie festgefroren schien. „Dann lasse ich euch jetzt mal allein. Bedien dich, wenn du noch Tee magst. Es sind auch frisch gebackene Kekse da.“

Leah legte ihr eine Hand auf den Arm und sagte warm: „Es war schön, dich kennenzulernen, Starley.“

Sie konnte nur noch nicken, ehe sie schnellen Schrittes das Cottage verließ.

Aidan war viel zu wütend auf Starley, als dass er ihre Verletztheit bemerkt hätte. Für ihn war eindeutig, was geschehen war und ihr schuldbewusster Aufbruch bestätigte seine schlimmsten Vermutungen. Sie hatte Leah hinterhältig Einlass gewährt, um sie über seine Vergangenheit auszufragen. Und das Schlimme war, dass es offenbar geklappt hatte.

Er machte sich vom Gedanken an Starley los. Damit würde er sich später beschäftigen. Er war unsagbar glücklich, dass Leah zu ihm gekommen war. Dieses Mal fühlte es sich fast natürlich an, als sie sich zur Begrüßung umarmten. Kurz und vorsichtig zwar, aber die Nähe war wieder da.

„Sei ehrlich – sie ist viel mehr als nur deine Gastgeberin, habe ich Recht?“, fragte die Schwester, als sie ihn in Armeslänge von sich hielt, um ihn mit ihren klugen Augen zu taxieren.

„Ich weiß nicht, was sie ist. Aber sie hatte kein Recht zu dem, was sie getan hat.“

„Aidan, sie hat mich hier auf dich warten lassen und sich nur etwas mit mir unterhalten.“

„Zufällig über Mum, ja?“, fragte er lauter als beabsichtigt.

Leah zog die Brauen zusammen. „Sie war etwas neugieriger als es der Höflichkeit entspricht, aber ich hätte nicht auf ihre Fragen geantwortet, wenn ich nicht bemerkt hätte, dass sie das nur aus Liebe zu dir tut."

Er brachte Abstand zwischen sich und seine Schwester, indem er sich einen Kaffee einschenkte, als könne er damit auch Abstand zwischen sich und ihre Worte bringen. „So eine Beziehung führen wir nicht, Leah!"

„Du tust es schon wieder."

„Was denn?"

„Weglaufen! Vor der Liebe, die andere für dich empfinden!", sagte Leah verzweifelt.

„Mum und Starley sind zwei verschiedene paar Schuhe!", sagte er mit warnendem Unterton.

„Nein, es ist dasselbe! Du hast Angst, weil du sie verloren hast, deswegen –"

„Schluss! Warum bist du wirklich hier?"

„Gut!", sagte Leah wütend. „Ich war zu Hause. In unserem Zuhause, das du einfach so zurückgelassen hast. Und ich habe erfahren, warum ich deine Gratulationskarte zu unserer Hochzeit nie bekommen habe. So wie Liam und Keanu die Briefe nicht bekommen haben, die du die ersten Monate und Jahre geschickt hast."

Es wurde ihm mit einem Mal klar, noch während er in ihre waidwunden Augen sah. Er konnte es nicht fassen. Weder die Tat an sich noch, dass er nicht eher darauf gekommen war. „Vater! Er hat die Briefe zurückgehalten!"

Als sie nickte, war das wie ein Startschuss. Er lief durch den Raum und verließ ohne einen Blick zurück das Haus. Als sie ihm panisch nachrief, saß er längst hinter dem Steuer und drehte den Schlüssel im Zündschloss.

Er war nicht mehr Herr seiner Sinne. Die Wut auf Starley, der Schmerz über Leahs Worte und der Verrat seines Vaters vermischten sich in seinem Bauch zu einem Knäuel aus verzweifeltem Hass, der ihn blind bis nach Waymont rasen ließ. Es war ein Wunder, dass er auf dem Weg dorthin niemanden verletzte.

Als er mit quietschenden Reifen zum Stehen kam, sah er, wie sich Leahs Wagen ebenfalls dem Haus näherte. Er wollte nicht abgehalten werden. Weder von seiner Schwester noch von der Höflichkeit. Also trat er ohne zu Klopfen, das erste Mal nach über zehn Jahren über die Schwelle seines Elternhauses.

Es traf ihn, wie wenig sich verändert hatte. Der kleine gedrungene Flur, die Kommode mit der kaputten Schublade, die Jacken am Haken, die abblätternde Farbe des Treppengeländers. Und die Stimmen aus der Küche. Sie waren noch alle hier. Alle außer einer. Als wäre die Zeit einfach stehen geblieben.

„Tu das nicht", ertönte Leahs zittrige Stimme hinter ihm. Obwohl sie ihn davon abhalten wollte, waren ihre Worte der Antrieb weiterzugehen und die Tür zu ihrer beider Vergangenheit zu öffnen.

Das konnte man nicht leise tun. Die Klinke quietschte noch genauso ohrenbetäubend wie damals und anscheinend hatte auch er noch dieselbe Art, einen Raum zu betreten, denn sofort fuhren alle Blicke zu ihm herum. Es war ein groteskes Bild, welches sich ihm bot. Seine Brüder und sein Vater saßen am ovalen Küchentisch und Aidan erkannte, der Zahn der Zeit hatte auch sie nicht verschont.

Es schockierte ihn, wie alt sein Vater aussah. Er hatte ein fleckiges rotes Gesicht, das von Furchen gezeichnet war wie ein zur Saat bereiter Acker. Sein graues Haar war jedoch voll und wirr. In seinen Augen stand der pure Hass.

„Raus hier!", brüllte er.

Ruhig wandte Aidan den Blick zu seinen Brüdern. Liam und Keanu sahen aus wie die Studie ihres gemeinsamen Vaters in verschiedenen Lebensabschnitten. Obwohl Liam nur vier Jahre jünger war als ihr ältester Bruder, sah er aus wie jemand, dem das Leben nicht so übel mitgespielt hatte. Er hatte das typische Gesicht eines Mannes, dem das Älterwerden gut stand, mit Fältchen an genau den richtigen Stellen. Seine eisblauen Augen und das rabenschwarze Haar ließen sicher einige Frauenherzen schmelzen. Sein Blick war ernst, überrascht und offen.

Keanu hingegen war fast das genaue Abbild seines Vaters. Für Anfang vierzig sah er viel zu alt aus. Er war fast völlig ergraut und seine blauen Augen wirkten dunkler als die seines Bruders, bitterer. Wieder einmal fiel Aidan auf, dass er der einzige Blonde in der Familie war. Er war der Sohn seiner Mutter. Vielleicht war es deshalb so schwer.

„Hörst du schlecht?", brüllte sein Vater, der sich schweratmend erhoben hatte. „Mach, dass du wegkommst."

Keanu war aufgestanden und stützte besorgt den Vater, ehe er Aidan musterte. „Du hast es gehört."

„Ihr macht mir zum Vorwurf, dass ich gegangen und nie zurückgekommen bin. Jetzt bin ich hier", sagte Aidan ruhig und hatte Mühe, das Zittern seiner Hände zu verbergen.

„Du bist Jahre zu spät!“, schrie sein Vater. „Schlimm genug, dass du damals einfach abgehauen bist. Aber wenigstens zu ihrer Beerdigung hättest du kommen können!“

„Ich war da.“

Er fühlte vier überraschte Augenpaare ungläubig auf sich ruhen. Auch das von Leah. Richie hat mich angerufen und es mir gesagt. Er war der Einzige, der meine Telefonnummer hatte.“

„Das hat er uns nie erzählt“, sagte Leah mit Tränen in den Augen.

„Nein, ich wollte, dass es unser Geheimnis bleibt“, erwiderte Aidan und berührte sie sanft und entschuldigend an der Hand.

„Ach ja?“, fragte Keanu scharf. „Warum hat dich keiner von uns zu Gesicht bekommen?“

Noch immer sprach Aidan nur zu Leah, und in ihren Augen konnte er sehen, dass sie es längst verstanden hatte. „Ihr wolltet nicht, dass ich fortgehe und euch mit dieser Situation allein lasse, aber ich musste es tun. Da ich Vaters Segen niemals bekommen hätte, bin ich heimlich gegangen. Wohlwissend, was das mit uns als Familie machen würden, aber ich dachte damals, keine andere Wahl zu haben. Und mit diesen Gefühlen bin ich zurückgekommen. Da wart ihr als Familie. Und da war ich, der sich tarnen und verstecken musste, um unbescholten zur Beerdigung seiner eigenen Mutter gehen zu können.“

„Machst du uns deine eigene Feigheit zum Vorwurf?“, fragte Keanu aufbrausend. Sein Vater wirkte wie eine Hülle, die jede Sekunde in sich zusammenfallen und damit offenbaren würde, dass längst kein Leben mehr in ihr war.

Aidan schüttelte bedauernd den Kopf. „Nein, dafür trage ich allein die Verantwortung. Aber ich war da. So wahr ich jetzt hier stehe."

„Glaubst du allen Ernstes, das ändert irgendetwas?", murmelte sein Vater wie im Wahn und mit jedem Wort wurde seine Stimme lauter. „Du bist hier nicht mehr willkommen, das wusstest du ganz genau. Also verschwinde aus meinem Haus, du undankbarer Bastard!"

Es war wie früher – je aufbrausender sein Vater wurde, desto mehr Ruhe kehrte in Aidan zurück. Und er fühlte sie wieder – diese respektlose Art der Überlegenheit. Er rief sich in Erinnerung, dass er zur Versöhnung gekommen war, doch als sein Vater seinen Geschwistern Aidans Briefe vorenthalten hatte, war er zu weit gegangen. Es war Zeit, dass die Wahrheit ans Licht kam. „Ich habe Dinge zu sagen, auch wenn du sie nicht hören willst. Ich werde erst gehen, wenn ich sie gesagt habe."

Hinter sich hörte er Leah leise schluchzen. Das Geräusch machte den Vater auf sie aufmerksam, also herrschte er sie an: „Wie konntest du ihn nur hierherschleppen! Hast du dich jetzt auf seine Seite geschlagen?"

„Es gibt keine Seiten!", rief sie unter Tränen. „Wir sind eine Familie."

„Sie trifft keine Schuld!", machte Aidan deutlich. „Sie wollte mich abhalten, dieses Haus zu betreten. Weil sie jetzt weiß, wozu du in der Lage bist!"

Die Augen seines Vaters huschten zu Aidan und wieder zu seiner Tochter zurück. „Was soll das heißen?“

Leah trat vor und stand direkt neben Aidan. Er hätte nicht in Worte fassen können, was ihm diese simple Geste bedeutete. „Du hast uns einfach seine Briefe vorenthalten! Dazu hattest du kein Recht!“

Keanu runzelte die Stirn. In Liams Gesicht, der die ganze Zeit noch kein Wort gesagt hatte, kam Leben. Schockiert wandte er sich an seinen Vater. „Sag, dass das nicht wahr ist!“

„Ich hatte alles Recht der Welt dazu, nachdem er zum Mörder eurer Mutter geworden ist!“, schrie dieser wie von Sinnen.

„Aidan hat Mama nicht getötet!“, rief Leah. „Sie hat sich umgebracht!“

„RAUS! RAUS HIER!“, schrie ihr Vater nun auch Leah an, die daraufhin noch heftiger zu weinen begann.

Aidan tat es nur, um seine Schwester zu schützen. Er wusste genau, wie es sich anfühlte, verstoßen zu werden. Mit sanfter Gewalt packte er Leah am Arm, drehte sich um und zog sie schnellen Schrittes erst aus der Küche und dann aus dem Haus.

Auf dem Hof verlor sie völlig die Beherrschung und klammerte sich haltlos schluchzend an ihn, während er bemerkte, wie sehr seine eigenen Beine zitterten. „Niemand hat mir gesagt, dass es Selbstmord war.“

„Es war nicht deine Schuld, Aidan! Sie war so oft kurz davor. Bei Gott, wie oft habe ich sie diese Dinge sagen hören!“, presste sie zwischen den Schluchzern hervor. „Sie war krank. Ihre Depressionen –“

„Mein Weggang war der Auslöser", sagte er schockiert. „Kein Wunder, dass sie mich derart hassen."

„Hör auf, das zu sagen! Das hätte sie nicht gewollt. Unsere Mutter hat dich von uns allen am meisten geliebt."

Das tröstete ihn nicht, im Gegenteil. War es das wert gewesen? Seine Karriere für das Leben seiner Mutter. Hätte er hierbleiben und um ihretwillen Farmer werden sollen wie Keanu, der offensichtlich die Aufgaben seines Vaters übernommen hatte und die Felder bestellte?

„Hör auf, dich damit zu quälen", flehte Leah und sah ihn mit tränenüberströmtem Gesicht an. Alles, was zwischen ihnen gestanden hatte, war verschwunden.

„Du bist genau wie sie", flüsterte er.

„Und ich liebe dich genauso wie sie es getan hat. Wäre unser Vater ihr ein liebender Ehemann gewesen, wäre es vielleicht nie so weit gekommen. Wäre er ein liebender Vater gewesen, wärst du vielleicht nicht einfach über Nacht verschwunden, sondern mit einem Abschied."

„Auch dir scheint klar zu sein, dass ich in jedem Fall gegangen wäre", sagte er rau und mit wundem Herzen.

Es war ein Fehler gewesen, herzukommen und alte Wunden aufzureißen. Er hatte noch mehr Schaden angerichtet. Nicht nur in seiner eigenen Familie, sondern auch in Starley. Er sollte gehen, so schnell er konnte. Jetzt hatte er keinen Grund mehr zu bleiben. Es gab keine Wogen zu glätten. Je länger er blieb, desto höher schlugen die Wellen und drohten, auch den Rest sicheren Landes mit sich zu reißen. „Es tut mir leid, dass ich gekommen bin und alles durcheinandergebracht habe."

„Tu das nicht, Aidan Collins!", sagte Leah scharf und unter Tränen. „Lauf nicht wieder davon."

„Ich bin damals wie heute gegangen, um diese Familie vor weiterem Schaden zu bewahren!", brach es endlich aus ihm heraus und Leah riss schockiert die Augen auf. „Ja, das überrascht selbst dich!"

„Ich habe das gewusst", ertönte eine ruhige Stimme hinter ihnen. Aidan fuhr herum und sah in die blauen Augen seines Bruders, die seinen so ähnlich waren. „Liam?"

„Ich wusste, dass du gehst, um die Dinge für uns einfacher zu machen."

„Warum warst du dann an dem Morgen derart wütend?", fragte Aidan verständnislos.

„Weil du absolut nicht verstehen wolltest, dass es nichts einfacher macht. Ich wusste, dass es Mum das Herz brechen würde."

„Moment!", mischte sich Leah ein und wandte sich fassungslos an Liam. „Du hast es gewusst?"

„Hab ihn erwischt, als er sich aus dem Haus schleichen wollte."

„Und du hast keinem von uns etwas gesagt? Hast nicht versucht, ihn aufzuhalten?", fragte sie fassungslos.

Liam lachte freudlos auf. „Solltest du deinen Bruder nicht besser kennen?"

„Natürlich hat er das, Leah", setzte Aidan beschwichtigend hinzu. „Ich habe dir unzählige Briefe geschrieben, Liam. Ich hatte nie vor, einfach mit der Familie abzuschließen. Ich wollte nur meinen Traum leben. Das war alles."

Liam war deutlich seine Zerrissenheit anzusehen. Er schwieg eine Weile, dann sah er seinen jüngeren Bruder an. „Und – hast du das geschafft?"

„Ja, aber der Preis, den ich dafür bezahlt habe, war zu hoch. Und jetzt ist es zu spät."

„Es ist niemals zu spät", sagte Leah und legte Aidan eine Hand auf den Arm. „Bitte bleib noch."

„Wo wohnst du eigentlich?", fragte Liam.

Es war seltsam, jetzt mit zwei seinen Geschwistern hier zu stehen. Fast als wäre nichts passiert, obwohl alles in Trümmern lag. Es war, als stünden sie auf einem Scherbenmeer und würden sich erst schneiden, wenn sie sich bewegten. „Im Fishermans Farmhouse in Coumeenoole Beach."

„Das ist ja gleich um die Ecke", sagte Liam fassungslos. „Wie lange bist du schon hier?"

„Ungefähr drei Wochen."

„Auch er hat gelitten", flüsterte Leah zu Liam, der zerknirscht den verlorenen Bruder ansah.

„Mag sein, aber das macht nichts ungeschehen."

„Liam", sagte Leah, nun wieder den Tränen nah.

„Das macht nichts ungeschehen", fuhr er lauter fort. „Aber im Gegensatz zu Vater und Keanu bin ich nicht abgeneigt, deine Version der Geschichte zu hören."

Aidan sah fassungslos auf. Das hätte er sich nicht zu träumen gewagt. „Nicht heute!", sagte Liam entschieden. „Für heute habe ich genug von dir."

Damit verschwand er wieder im Haus, aus dem noch immer laute, wuterfüllte Stimmen zu hören waren.

„Man sollte meinen, er wäre besser auf mich zu sprechen, jetzt, da ich gebeutelt hergekommen bin, um vor ihnen zu Kreuze zu kriechen", sagte Aidan bitter.

Leah drückte seine Hand. „Komm schon, Aidan. Du bist noch nie vor jemanden zu Kreuze gekrochen. Gib ihm Zeit. Meist ist es einfacher, auf jemanden wütend zu sein, als zu sehen, dass er auch nur eine verletzte Seele ist."

Seufzend sah er zu ihr herunter. „Was habe ich nur all die Jahre ohne dich gemacht? Ich danke dir, Leah. Dafür, dass du mir einfach so verziehen hast."

„Also einfach war das ganz bestimmt nicht", erwiderte die Schwester ernst. „Aber im Grunde wusste ich immer, dass du nicht mich verlassen hast. Auch nicht die Familie. Du bist einfach aus dem toxischen Spiel ausgetreten, welches Vater begonnen hat, während wir anderen uns fleißig weiter die Bälle zugeschossen haben."

„Wie habt ihr es nur so lange hier ertragen?", fragte Aidan.

„Ich bin kurz nach dir gegangen", gab Leah zu. „Aber ich hatte ein Alibi. Logan. Er will dich übrigens sehen. Wie wäre es, wenn wir uns auf dem Fischerfest in Dingle am Wochenende treffen würden? Du kannst Starley mitbringen."

„Ich habe dir schon gesagt, wir führen nicht die Art von Beziehung."

Leah seufzte gereizt auf. „Gut, dann lass es und bleib deinen Lebtag allein."

„Ich will sie damit nur schützen!", verteidigte Aidan sich.

„Wirklich?", fragte die Schwester mit scharfem Blick. „Mir kommt es nämlich so vor, als wolltest du damit nur dich selbst schützen."

Kapitel Neunzehn

Die Worte seiner Schwester klangen ihm noch in den Ohren, als er längst auf dem Rückweg zum Fishermans Farmhouse war. Sie hatten sich im Guten getrennt, doch Leah war noch nie jemand gewesen, der ihm den Kopf getätschelt hatte, wenn er Bockmist gebaut hatte.

Dieses Mal hielt er ihre Reaktion für übergriffig. Schließlich kannte sie Starley nicht. Sie kannte weder ihren Alltag noch die Vereinbarung, die sie getroffen hatten, ehe sie einander nähergekommen waren.

Er hatte es ihr sogar prophezeit, dass es so kommen würde. Natürlich hatte sie Gefühle entwickeln müssen. Und natürlich hatte sie sich in Dinge eingemischt, die sie absolut nichts angingen! Es war an der Zeit, dass er die Grenzen wieder richtig setzte, die sich viel zu schnell in die falsche Richtung verschoben hatten.

Als er beim Cottage ankam, stieg er aus und ging auf direktem Weg zu ihrem Teil des Hauses, wo er ungeduldig klopfte. Einmal, zweimal, dreimal. Er fluchte und drückte die Klinke herunter. Es war wie ein Schlag ins Gesicht, dass sie abgeschlossen hatte. In diesem Teil des Landes ließ man die Türen offen, selbst wenn man nicht zu Hause war. Die simple Geste der Grenze, die sie nun vor ihm zog, trieb ihn beinahe in den Wahnsinn.

Als er in seinen Teil des Cottages trat, fiel sein Blick als erstes auf den Zettel auf der Couch. Direkt daneben lag Banshee und sah ihn mit einem Blick an, der besagen sollte: Das hast du nun davon. Ungeduldig riss er den Zettel an sich.

Ich bin über das Wochenende bei meinen Eltern und helfe bei den Vorbereitungen zum Fischerfest mit. Das ist in unserer Familie Tradition. Ich habe den Kühlschrank aufgefüllt und genügend Holz gehackt. Auch die Kannen sind gefüllt. Es sind genügend saubere Handtücher da. Wenn etwas mit dem Haus ist, kannst du mich unter der unten stehenden Nummer erreichen.
Starley.

Kein persönlicher Gruß, keine Textzeile, die verlauten ließ, dass sie mehr waren als Gast und Wirtin. Es ärgerte ihn ungeheuerlich, obwohl er ihr genau das hatte klar machen wollen. Anscheinend war sie nicht so verliebt, wie er befürchtet hatte.

Unruhig sah er in die warme Feuerstelle, dennoch fröstelte er plötzlich. Das Haus wirkte trotz aller Vorkehrungen ungastlich ohne sie. Verdammt, sie war die erste Frau, die er so tief in sein Leben, in sein Herz gelassen hatte, und die sich dann sang- und klanglos wieder aus dem Staub machte.

Er atmete tief durch und beschloss, etwas auf seinem Instrument zu spielen, während er tunlichst versuchte, nicht darüber nachzudenken, wie es jetzt weiter gehen sollte. Natürlich tat er am Ende nichts anderes, während er mit der schweigenden Gitarre auf seinem Schoß auf seinem Bett saß und in den warmen Sommertag hinaus starrte.

Hatte sie die Reißleine wirklich gezogen? Der Zettel beinhaltete kein Wort davon. Genau dieses Fehlen der Emotionen, die so typisch für Starley waren, machten den Bruch so deutlich.

Dabei hatte er nichts getan, verdammt! Er dachte an den letzten Blick, den er ihr zugeworfen hatte, nachdem er sie und Leah zusammen gesehen hatte. Er konnte nicht leugnen, dass er seine Gedanken darüber, dass er sie nicht tiefer in sein Leben lassen wollte, in diesem Moment offenbart hatte. Er hatte sie verletzt. Und was auch immer das mit ihnen war oder nicht mehr war – das hatte sie nicht verdient.

Aufgewühlt legte er seine Gitarre beiseite und machte sich daran, einige Sachen zusammenzupacken. Wie es aussah, würde er wohl nun doch zu dem vermaledeiten Fischerfest gehen.

Sie erreichte Dingle mit tränenüberströmten Wangen und sah mitleidig auf den strahlend blauen Himmel, der sich über dem bunten Treiben der Stadt ausbreitete. Sie hätte sich für ihre dramatische Ankunft einen Regenschauer gewünscht, der ihre Stimmung widergespiegelt hätte.

Ohne ihr Gesicht in Ordnung zu bringen, stieg sie aus dem Auto. Sie wusste durchaus um die Macht der Tränen. Auch wenn sie es nicht bewusst tat, so inszenierte Starley damit genau den ihr eigenen dramatischen Auftritt, als sie in ihr Zuhause trat.

„Davin, geh und schau, wer an der Tür ist“, hörte sie die Stimme ihrer Mutter aus der Küche dringen.

In diesem Moment fiel Starley erst auf, dass sie noch nie nach Hause gekommen war und Daisy einfach auf der Couch gelümmelt hätte. Sie stand ständig in der Küche, um ihre Kinder oder die Nachbarn zu beköstigen. Das erste Mal verstand sie, welch große Stärke und Bürde es war.

„Ich bin es nur“, erwiderte sie mit weinerlicher Stimme. Natürlich bezweckte sie damit, dass die Mutter statt des Bruders zu ihr käme, um den Trost zu bekommen, den sie brauchte, doch der Plan misslang. Sie hatte vergessen, welch hohe Priorität das Fischerfest für ihre Familie hatte und wie sehr ihre Mutter in die Vorbereitungen involviert war.

Davin kam in den Flur, die Hände in den Taschen vergraben und Starley ging wieder durch den Kopf, dass er gut drei Jahre älter aussah. Als sein Blick auf seine älteste Schwester fiel, prustete er los. „Was hast du denn wieder für eine Szene geplant?“

Mitgefühl? Fehlanzeige! Sie ging hoch erhobenen Hauptes in die Küche. In der Hoffnung, dort etwas getätschelt zu werden. Doch dafür blieb keine Zeit.

„Hätte ich gewusst, dass du so früh da bist, hätte ich dich eher in die Vorbereitungen eingeplant. Es gibt noch jede Menge zu tun“, sagte ihre Mutter, die ihr noch immer den Rücken zuwandte.

„Ich bin eigentlich gekommen, weil ich etwas mütterlichen Beistand brauche“, gab sie nüchtern zurück, was ihr zumindest einen prüfenden Schulterblick einbrachte, ehe Daisy sich wieder einer der fünf Salatschüsseln zuwandte. „O Liebes! Natürlich kannst du immer damit rechnen. Während du das von mir bekommst, was dir zusteht, kannst du dich an den Nudelsalat machen."

Fassungslos starrte Starley auf das Chaos. Sie hatte im Cottage alles in Ordnung gebracht und war so schnell wie möglich hergekommen, um der Verantwortung wenigstens einige Stunden entfliehen zu können. Da in letzter Zeit alle ihre Pläne misslangen, warf sie ihre Jacke über den Küchenstuhl und fügte sich schulterzuckend. Stumm trat sie neben ihre Mutter, die wie eine Maschine Gemüse in akkurate Vierecke schnitt. „Die Nudeln sind schon gekocht. Du weißt ja, wie es geht. Und jetzt erzähl schon."

„Ehrlich gesagt gibt es gar nichts zu erzählen", erwiderte sie seufzend und krempelte sich die Ärmel hoch. „Ich weiß gar nicht, wann es begonnen hat, schiefzulaufen."

„Meist fangen so die besten Geschichten an", erwiderte ihre Mutter viel vergnügter als es angemessen wäre.

Stirnrunzelnd griff Starley nach dem Glas mit den Gewürzgurken und machte sich am Deckel zu schaffen. Ohne Erfolg. Davin, der lautlos den Raum betreten hatte, griff über ihre Schulter nach dem Glas und öffnete es problemlos mit einem leichten Plopp, ehe er es ihr grinsend reichte. Mit erhobenen Brauen nahm sie es entgegen und begann, heftig auf das Gemüse einzuhacken. „Nichts für ungut, Mum. Aber du weißt nicht im Geringsten, was ich gerade durchmache. Natürlich hattest du es nicht immer leicht mit Dad, aber zwischen euch war im Grunde seit eurer gemeinsamen Schulzeit alles klar."

„Soweit ich mich erinnere, warst du damals nicht dabei“, ertönte die Stimme ihres Vaters, der grinsend in der Küche erschien und zuerst Davin das Haar zerzauste, ehe er seiner Frau und dann seiner Tochter einen Kuss auf den Scheitel drückte. „Es scheint, als wäre es Zeit für diese Geschichte. Da ich dabei lieber nicht in der Schusslinie sein will, befasse ich mich jetzt wieder mit den Lichterketten.“

Damit war er so schnell aus der Küche verschwunden, wie er gekommen war. Starley wandte sich irritiert an ihre Mutter, um deren Mund sich tatsächlich ein missbilligender Zug geschlichen hatte. „Was hat er damit gemeint?“

„Davin, gehst du bitte nach oben und hilfst deinen Schwestern?“, sagte Daisy statt einer Antwort.

„Ich würde die Geschichte aber viel lieber hören“, gab ihr einziger Sohn zurück.

Sie fuhr zu ihm herum und blitzte ihn an. „Das war keine Bitte!“

Er hob beide Hände als Zeichen dafür, dass er sich ergab und zog sicher murrend aus der Küche zurück. „Coooool, Wimpel basteln. Davon habe ich schon immer geträumt.“

Starley und Daisy sahen ihm nach, ehe sie sich ein Kichern nicht mehr verkneifen konnten. Dann wandte sich Starley interessiert an ihre Mutter. „Also? Von welcher Geschichte ist die Rede?“

Als Daisy seufzend das Messer beiseitelegte und sie ansah, wusste Starley, dass es für ihre Mutter eine ernste Sache war. Und offenbar war es nicht so leicht, darüber zu sprechen, was sie erstaunte. Für Starley war ihre Mutter eine übermenschlich starke Person, der stets alles in den Schoß gefallen war. „Du glaubst vermutlich, dein Vater und ich hätten uns in der Schule kennengelernt, einander einen Blick zugeworfen und sofort wäre klar gewesen, dass wir einmal heiraten und eine Familie gründen würden.“

Beschämt schweigend schnitt Starley weiter die Gewürzgurken, denn um genau zu sein, hatte sie eben das gedacht. Man konnte nichts anderes denken, wenn man die beiden zusammen erlebte.

„Es ist auch nicht wichtig, die unschönen Details zu wissen, Starley. Und als unsere Tochter hätte ich es dir gar nicht gesagt, wenn du dich jetzt nicht in derselben Situation befinden würdest wie ich damals.“

Jetzt war es an Starley, das Messer fortzulegen und sich skeptisch zu ihrer Mutter umzudrehen. „Mum, selbst wenn es einige Parallelen gibt. Du hast nie daran gedacht auszuwandern, du hättest immer …“

„Aber dein Vater hat es getan.“

Die darauffolgende Stille in der Küche war erdrückend. Fassungslos starrte Starley ihre Mutter an. Redeten sie wirklich von ein und demselben Mann? Dem Mann, der hier so fest verwurzelt war, dass er gar nicht von Dingle wegzudenken war? Dem Mann, der Dreh- und Angelpunkt des hiesigen Fischergeschäfts war und den jeder im Umkreis von zwanzig Kilometern mit Namen kannte? Dem Mann, der gerade die ganze Stadt anlässlich des Festes mit Lichterketten schmückte?

Sie schüttelte den Kopf. „Unmöglich.“

„Er wollte die ganze Welt bereisen. Vom Heiraten wollte er überhaupt nichts wissen“, fuhr Daisy unbeeindruckt fort.

„Du verkohlst mich.“

„Ganz sicher nicht", gab Daisy trocken zurück. „Er hat mir deutlich klargemacht, dass er mich mochte und eine Zeit lang mit mir zusammen sein wollte. Und danach würde er seiner Wege gehen und vielleicht irgendwann zu mir zurückkommen. Vielleicht aber auch nicht."

Starley war die Kinnlade heruntergeklappt. „Was hast du getan, um ihn umzustimmen?"

„Nichts", sagte die Mutter lächelnd. „Er ist gegangen."

„A-aber", stammelte Starley fassungslos, während sie in der Küche ihres so gefestigten liebevollen Elternhauses stand, von dem sie gemeint hatte, es hätte einfach schon immer existiert.

Daisys Augen funkelten, als sie ihre Tochter an den Schultern packte und eindringlich ansah. „Hör zu, mein liebes Kind. Ich sage dir jetzt etwas sehr Wichtiges, das du niemals vergessen darfst. Die Liebe kannst du zu nichts zwingen. Wenn du es tust, endet es in einer Katastrophe. Die Liebe muss von allein kommen. Und auch bleiben. Das kann sie nur unter einer Bedingung."

„Und die wäre?", fragte Starley schwach, die ahnte, dass ihr die Antwort nicht gefallen würde.

„Vollkommene Freiheit", erwiderte ihre Mutter warm. „Die Freiheit, die du euch beiden gibst, euch zu entfalten. Dabei werdet ihr spüren, dass nichts wichtiger ist als diese Liebe."

Ungläubig lachte Starley auf. „Aidan ist nichts wichtiger als seine Musik."

Ihre Mutter lächelte geheimnisvoll. „Komisch. Mir scheint, als hätten die meisten das vor Kurzem noch über dich gesagt. Und habt ihr nicht sogar dasselbe Ziel – Hollywood?"

„Woher weißt du, wo er wohnt?", fragte Starley fassungslos.

„Glaubst du, deine Eltern wissen nicht, wie das Internet funktioniert? Starley, es ist nicht so aussichtslos wie es gerade scheinen mag. Ich glaube dir, dass die Situation, in der du gerade bist, für jemanden wie dich sehr hoffnungslos erscheint. Aber das ist sie nicht. Nicht, wenn ihr wirklich zusammengehört. Warum lädst du ihn nicht für morgen auf das Fischerfest ein?"

„Weil er mich nicht sehen will", murmelte Starley und wandte sich wieder dem Gemüse zu.

„Sehr gut", erwiderte ihre Mutter zufrieden. „Dann wird ihm gerade einiges klar."

„Ich verstehe ehrlich gesagt kein Wort, von dem, was du sagst!", entgegnete Starley aufgebracht.

„Du wirst es verstehen, Star. Alles zu seiner Zeit."

***

Als Aidan am nächsten Tag aus seinem Wagen stieg, vergaß er das erste Mal seit dem Besuch seiner Familie seinen Kummer. Er hätte nicht damit gerechnet, dass Dingle sich derart zurechtgemacht hätte. Was vor zehn Jahren nicht mehr als ein kleines Hafenfest gewesen war, schien sich über die Zeit auf die gesamte Stadt ausgeweitet zu haben. Lichterketten zogen sich wie endlose Hoffnungsschleifen durch alle Straßen. Dort, wo noch keine Lichter hingen, standen Männer auf Leitern und befestigten die kleinen Lampen mit gnadenloser Präzession.

Aidan fluchte innerlich, als er Starleys Vater unter einem der Arbeiter erkannte. Er war nicht im Geringsten in der Stimmung für eine erneute Vater-Liebhaber-Konfrontation. Besonders jetzt nicht, da er im Begriff war, mit der Tochter besagten Vaters Schluss zu machen. Wäre er nur am Hafen geblieben, um dort auf Leah und Logan zu warten. Doch das erste Aufeinandertreffen mit seinem ehemals besten Freund nach so vielen Jahren machte selbst einen so selbstbewussten Menschen wie Aidan nervös. Er ahnte, dass er von Logan kaum eine bessere Begrüßung als von seinen Brüdern zu erwarten hatte.

Für einen Moment spielte er mit dem Gedanken, sich einfach an der Leiter vorbeizustehlen. Doch dazu war er viel zu sehr Ire und das Risiko, entdeckt zu werden, war viel zu hoch. Also brächte er es am besten so schnell wie möglich hinter sich. „Guten Abend, Sean. Tolle Arbeit"

Sean sah auf ihn herunter. Es konnte natürlich reines Wunschdenken sein, aber Aidan meinte, auf dem Gesicht von Starleys Vater weniger Missbilligung zu lesen als bei ihrem letzten Aufeinandertreffen. „Guten Abend. Ich habe noch einiges vor mir. Ich hätte nicht damit gerechnet, jemanden wie dich auf einem Fest wie diesem zu sehen."

Aidan zuckte die Schultern. „Jemand wie ich ist mit Festen wie diesem aufgewachsen."

Sean grinste wie jemand, der gerade dabei zusah, wie seine Falle zuschnappte, ehe er eine der Lichterketten direkt in Aidans Arme warf, der sie geistesgegenwärtig auffing. Sean deutete mit dem Hammer in seiner Hand auf die andere Straßenseite, wo eine Leiter an einem mintgrünen Haus lehnte. „Dann weißt du ja, wie es läuft."

Verdammt! Hätte er sich nur an ihm vorbei geschlichen! Natürlich hätte er sagen können, dass er verabredet war, doch er wollte Starleys Vater nicht die Genugtuung geben zu sehen, wie er sich vor der Verantwortung drückte. Also drehte er sich um und machte sich schweigend an die Arbeit. Als Sean Hennessy zu singen begann, wurde Aidan das Gefühl nicht los, dass er den Moment in vollen Zügen genoss.

Als er endlich fertig war, drehte er sich nach Sean um und sah, dass die Leiter auf der anderen Straßenseite leer war. *Typisch*, dachte Aidan und war gleichzeitig froh, dass Starleys Vater keine Gelegenheit bekam, ihm noch eine solch undankbare Aufgabe aufzubrummen.

Aidan warf einen Blick auf seine Uhr und zuckte innerlich zusammen. Er war zu spät. Das dürfte nicht helfen, Logan zu besänftigen. Eilig machte er sich auf den Weg zum Hafen, wo er seine Schwester und seinen ehemals besten Freund schon von Weitem sah. Sie sahen wie eine perfekte Einheit aus – beide mit rabenschwarzem Haar, er einen guten Kopf größer als sie. Dazu das jauchzende kleine Mädchen, das um sie herumsprang.

Als Logans Blick ihn streifte, winkte Aidan zum Gruß. Die Hände seines Freundes aus Kindertagen blieben tief in den Taschen seiner Jacke vergraben. Unwillkürlich fragte sich Aidan, ob er damit ein Messer umklammert hielt.

Leah bückte sich zu ihrer Tochter hinab und murmelte etwas in ihr Ohr, woraufhin die Kleine laut jubelnd an einem Stand verschwand, hinter dem Aidan Starleys Schwestern erkannte, die lachend eine Horde Kinder bespaßten. Alle hatten Bögen aus Holz und unscharfe Pfeile in den Händen.

Als er zu dem Ehepaar trat, fühlte er sich seltsam außenstehend und wusste nicht recht, wohin mit seinen Händen. „Entschuldigt die Verspätung. Ich musste mich noch um die Lichter kümmern.“

„Von deinem neuesten Auto?“, fragte Logan kühl.

Aidan lächelte ihn an. „Für das Fest.“

Das brachte ihm einen überraschten Blick ein, ehe Leahs Mann schon zum Punkt kam. „Du hast dir reichlich Zeit gelassen, zurückzukommen.“

„Es war nie geplant, dass ich wiederkomme“, gab Aidan überrascht zurück.

Logan stieß ein verächtliches Schnauben aus. „Ich bitte dich. Über zehn Jahre ist es her und ich kenne dich immer noch besser als du dich selbst kennst. Du hättest Leah niemals einfach so hier zurückgelassen. Du hattest deine große Zeit. Mir war klar, dass du wiederkommen würdest.“

Dass Logan die alte Verbindung aufgriff, war schön und er baute damit eine wichtige Brücke, doch seine Worte irritierten Aidan.

„Ich werde nicht bleiben“, stellte er sofort klar, woraufhin das Grinsen des Freundes noch eine Spur breiter wurde. „Und warum bist du dann hier?“

Unwirsch sah Aidan zu Leah. „Das hat deine Frau dir sicher gesagt. Ich möchte einfach Frieden schließen.“

„Mit einer Vergangenheit, die du dann wieder hinter dir lassen willst? Wir wissen alle, dass du dazu viel zu bequem wärst.“

„Logan!“, zischte Leah warnend.

Aidan winkte, nun selbst aufgebracht, ab. „Lass nur. Ich kenne seine nervige Überheblichkeit noch zu gut, als dass es mir etwas ausmachen würde.“

„Redet er gerade über sich selbst?", wollte Liam wissen, der mit einer Handvoll heißen Waffeln zu ihnen stieß, die er an die Umstehenden verteilte. Aidan sah ihn überrascht an, was ihm ein sonniges Lächeln einbrachte. „Hättest wohl nicht damit gerechnet, mich hier zu sehen. Aber ich lasse mir das Fest nicht von deiner Visage verderben. Die Waffel ist dafür, dass du deine vorlaute Klappe hältst."

Da Aidan wusste, dass es ein Friedensangebot war, nahm er dankend an und schwieg, auch wenn Logans Worte ihn nach wie vor aufwühlten und ihm Leahs besorgte Blicke auf die Nerven gingen. Im Grunde wusste er, dass er froh darüber sein konnte, derart glimpflich davongekommen zu sein, obwohl er ahnte, dass Logan sein Pulver längst noch nicht verschossen hatte und eine Aussprache über die Vergangenheit früher oder später erfolgen würde.

Kapitel Zwanzig

Starley fühlte die vergangene Nacht noch am darauffolgenden Abend in den Knochen. Wie früher hatte sie sich das Zimmer mit Maureen und Finnja teilen müssen, die bis in die Nacht auf sie eingeplappert und sie über alles im Cottage – einschließlich Aidan – ausgefragt hatte. Zudem hatten sie in einem viel zu kleinen Doppelbett geschlafen. Starley hatte sich an den Luxus gewöhnt, dass ihr nicht in jeder Nacht ein Arm ins Gesicht geschlagen wurde.

Entsprechend unausgeschlafen und gereizt fühlte sie sich. Natürlich war ihr klar, dass ein großer Teil ihrer schlechten Laune der Situation zwischen Aidan und ihr geschuldet war. Sie hatte keine Ahnung, wie sie weiter die nette Gastgeberin mimen sollte. Eine Affäre mit Henriks und Tamaras Gast anzufangen war wirklich die dümmste Idee gewesen, die ihr hätte einfallen können. Jetzt, wo klar war, dass er kurz davor war, ihr den Laufpass zu geben.

Starley war nicht dumm und entgegen allen Behauptungen war sie eine sehr sensible Frau. Sie konnte Dinge in zwischenmenschlichen Beziehungen spüren, noch bevor sie geschahen. Ihre Flucht aus dem Gasthaus war im Grunde ein Aufschub gewesen. Was feige und demütigend war. Sie hatte es nicht nötig, Aidan Collins um eine Beziehung anzubetteln. Aber verdammt, tat der Gedanke weh, ihn bald endgültig gehen lassen zu müssen. Natürlich hatte sie von Anfang an gewusst, dass es früher oder später passieren würde. Sie hätte nur nicht damit gerechnet, dass es so schnell geschah.

Samtene Dunkelheit hatte sich über Dingle gelegt. Nur die Lichterketten erhellten die Stadt. Einen Großteil davon hatte ihr Vater aufgehängt, sodass sich das Licht für Starley wie eine tröstende Umarmung anfühlte. Es herrschte Tumult auf den Straßen. Über die Jahre waren immer mehr Touristen zum Fest geströmt. Nachdem Starley den ganzen Tag Essen zubereitet, Dekoration angebracht und beim Aufbau der Instrumente auf der Bühne geholfen hatte, gönnte sie sich jetzt etwas Zeit allein.

Sie wusste, sie konnte ihren Vater jederzeit am Hafen finden, wo er den Fischstand betreute. Dort würde es herrlich nach Geräuchertem riechen, während Davin die Touristen mit seinem Charme anlockte. Ihre Schwestern halfen bei der Kinderbetreuung und organisierten Spiele und den Lampionumzug durch die Stadt, während ihre Mutter sich um den Kuchenbasar kümmerte.

Sie selbst war – trotz ihrer Hilfe – nur noch Gast. Und das fühlte sich merkwürdiger an als sie gedacht hätte. Plötzlich vermisste sie die vertraute Geschäftigkeit. Früher hatte sie sich danach gesehnt, das Fest einmal in Ruhe genießen zu können. Nun, da sie allein durch die Straßen wandelte, wurde ihr erst bewusst, dass es von jetzt an immer so sein würde. Sie hatte es so eilig damit gehabt, ihre Flügel auszubreiten, dass sie die Behaglichkeit des Nests erst jetzt zu schätzen lernte, da es nur noch ein Zwischenstopp auf ihren Flügen in die Welt hinaus war.

Diese erschien ihr jetzt nicht einmal annähernd so erstrebenswert wie früher. Würde sie sich von jetzt an immer so einsam fühlen? Die Bühne, das Rampenlicht, die Zuhörer – all das waren nur kurze Momente. Starley hatte nie verstanden, wie wichtig ein festes Zuhause war. Es war eine Selbstverständlichkeit für sie gewesen. Ein Privileg, das ihr immer zur Verfügung gestanden hatte.

Leahs Worte über Aidans Vergangenheit hatten diesen unseligen Stein in ihr ins Rollen gebracht. Hatte er sie im Grunde vor dem Weg beschützen wollen, den er selbst eingeschlagen hatte?

Eine vertraute Stimme riss sie aus ihren Grübeleien. Als sie sich danach umwandte, war sie überrascht, Keira zu sehen, die freudestrahlend grasgrüne Flyer an alle Passanten verteilte. „Neueröffnung in einer Woche! Komm ins *Banríon Goblin* im niedlichen Dunquin. Das erste Pint geht aufs Haus. Du wirst dich fühlen wie in einem irischen Feenhügel. Die Fee steht sogar höchstpersönlich auf der Bühne und garantiert einen Abend mit echter irischer Live-Musik!"

Als Starley sah, wie die andere Frau förmlich vor Begeisterung brannte, wurde ihr schmerzhaft bewusst, dass sie schon länger als eine Woche keine solche Leidenschaft mehr für den eigenen Traum verspürt hatte. Weil er sich spätestens seit dem Auftritt in Dublin irgendwie falsch anfühlte. Wie ein Kleid, dass man auf der Stange wunderschön fand, dass einem aber absolut nicht stand.

„Oh, da ist sie ja schon!", sagte Keira überdreht, als sie Starley bemerkte und die beiden jungen Männer, denen sie die Flyer in die Hand gedrückt hatte, drehten sich zu ihr um. „Das ist eure persönliche Fee."

„Dann kommen wir auf jeden Fall", sagte einer der beiden mit einem breiten Grinsen, ehe sie sich mit einem kurzen Gruß abwandten.

„Ich hoffe, das war okay. Du hattest ja gesagt, du hilfst mir die nächsten Wochen etwas mit der Musik aus", sagte Keira aufgedreht.

Da erst fiel Starley ihr Versprechen wieder ein und es wurde ihr siedend heiß bewusst, dass sie bereits gestern schon hatte im Krugers auf der Bühne stehen müssen. „Du liebe Güte, Keira. Es tut mir so leid. Ich habe es völlig vergessen. Ab nächste Woche bin ich für dich da, versprochen. Ich hoffe, du hattest gestern deswegen keine großen Probleme!"

Keira grinsend. „Ich hatte die ganze Woche wegen spontaner Renovierungsarbeiten geschlossen."

Starley sah sie ungläubig an. „Du hast das nicht im Ernst durchgezogen?"

„Du wirst den Pub nicht wiedererkennen", erwiderte die andere Frau zufrieden.

„Warum hast du nicht angerufen? Ich hätte dir geholfen!"

Keira winkte ab. „Irgendwie wollte ich das für mich allein tun. Ein Neuanfang. Ganz unerwartet und nur für mich. Ich musste es irgendwie selbst starten. Keine Ahnung, ob das irgendwie verständlich für dich ist."

„Mehr als du ahnst", murmelte Starley.

Keira strich ihr tröstend über den Arm. „Komm nächste Woche einfach mal auf einen kleinen Plausch vorbei, okay? Ich muss noch etwas die Werbetrommel rühren."

Starley lächelte. „Liebend gern. Warst du schon am Hafen?"

„Noch nicht. Keine Ahnung, wie ich das alles schaffen soll."

Kurzerhand nahm Starley eine Hälfte der Flyer an sich. „Ich mach das schon. Meine halbe Familie hat Stände da. Die können sie verteilen."

„Du bist ein Schatz!" Keira drückte sie kurz an sich, ehe sie schon zum nächsten Pärchen eilte. „Seid ihr schon einmal in einem echten irischen Feenhügel gewesen?"

Kopfschüttelnd und deutlich besser gelaunt machte sich Starley auf den Weg zum Hafen. Dort war das Erste, das sie wahrnahm, Aidans Lachen. Der Wind trug es über das Geräusch der Wellen zu ihr heran. Sie drehte sich um und da war er in Begleitung seiner Schwester und zweier gutaussehender schwarzhaariger Männer. Sie alle schienen sich sehr nahezustehen. Die Distanz der Jahre, die Aidan in Amerika gewesen war, vermochte den Eindruck kaum abzuschwächen.

Auf einmal musste Starley an Maureen und Finnja denken. Wie würde es sein, die Schwestern nur noch zweimal im Jahr zu sehen? Sie wäre dann die exotische Besucherin. Jemand, den man aus Telefonaten und Videochats in Erinnerung behielt.

Um die seltsame Beklemmung, die sie ergriffen hatte, abzuschütteln, wollte sie sich von Aidan abwenden und sich auf die Suche nach ihrem Vater machen, doch schon hatte Leahs Blick sie gefunden. Sie schüttelte sacht mit dem Kopf, da rief Aidans Schwester strahlend: „Starley! Hier sind wir!"

Als Aidan sich zu ihr umwandte, setzte sie schnell ihr gewinnendstes Lächeln auf und wandte den Blick zu einem der beiden Männer, der sie wohlwollend musterte, während sie näherkam.

„Darf ich vorstellen, Starley Hennessy. Sie beherbergt unseren verlorenen Bruder", sagte Leah vergnügt an den schwarzhaarigen Mann gewandt, der ihr zum Verwechseln ähnlich war.

Starley schätzte ihn auf Mitte dreißig. Er war äußerst attraktiv, mit Fältchen an genau den richtigen Stellen und einem Blick, der vor Bewunderung glühte. „Aber hallo! Du scheinst ziemlich jung für eine Gastgeberin zu sein."

„Das ist nur eine Übergangslösung", gab Starley zurück.

„Sie ist Musikerin, genau wie Aidan", sagte Leah, ehe sie sich an Starley wandte und auf den hübschen Mann zeigte. „Das ist Liam, unser älterer Bruder und das ist mein Mann Logan."

Sie zeigte auf den anderen schwarzhaarigen Mann, der einen Arm stolz um Leahs Hüfte gelegt hatte. „Freut mich, euch kennenzulernen."

„Wir sind erfreut. Ich hoffe, mein Bruder macht dir nicht allzu viel Ärger", verwickelte Liam sie sofort in ein Gespräch.

„Nichts, womit ich nicht fertig werde“, sagte Starley abwinkend. „Ihr wollt sicher das Fest als Familie genießen. Ich muss ohnehin nach meinen Schwestern sehen ...“

„Die kommen bestens zurecht“, sagte Leah lächelnd. „Was hast du denn da?“

Starley sah auf die Flyer herunter, die sie völlig vergessen hatte. „Oh, eine Freundin hat das Krugers in Dunquin neugestaltet. Wir sorgen für echte irische Live-Musik kommenden Samstag. Ich wollte die Flyer zum Stand meines Vaters bringen.“

Sie musste Aidan nicht ansehen, um seine Überraschung überdeutlich in jeder Zelle ihres Körpers zu spüren. Wieder war es sein Bruder, der antwortete: „Das lasse ich mir auf keinen Fall entgehen! Zwei schöne junge Frauen und frisches Guinness vom Fass.“

„Gib die mir“, sagte Leah kurzerhand und schnappte sich die Flyer. „Ich wollte mir ohnehin eine Portion Flammlachs holen.“

In diesem Moment begann die Band zu spielen. „Tanzen?“

Überrascht sah sie auf Liams ausgestreckte Hand. Eigentlich war ihr nicht danach zumute, doch der wütende Blick Aidans, den sie auf sich ruhen spürte, feuerte sie an. Also legte sie ihre Hand in die seines Bruders und lächelte ihn verführerisch an. „Nichts lieber als das.“

Sie waren die Ersten auf der Tanzfläche. Kaum hatte Liam ihre Hand genommen und seine andere Hand auf ihrer Hüfte platziert, gesellten sich andere Paare zu ihnen.

Alle Achtung, Tanzen konnte er. Während Liam sie sanft führte, fühlte sich Starley wie eine Prinzessin auf dem Wiener Opernball. Es war so glamourös anders als die Fischerfeste der Vergangenheit, die sie stets als notwendiges Übel in Erinnerung hatte. Sie genoss das Geräusch der Wellen, das sich in die irische Ballade flocht. Plötzlich fand sie die alte Sprache seltsam passend für einen Ort wie diesen. Und die junge Frau, die davon sang, dass sie ihn wohl nie verlassen würde.

Früher hatte Starley die Menschen belächelt, die so lächerlich stolz auf ihre Heimat waren, dass sie sich nicht davon lösen konnten. Heute verstand sie es besser. Und sah sich so deutlich in der Sängerin wie in Dublin. Doch dieses Mal mit einem völlig anderen Gefühl. Es war, als würde jemand ein Licht anschalten, das ihren kompletten Weg erhellte. Es war eine Abzweigung des Pfades, den sie bisher gegangen war, plötzlich schien er ihr viel einladender.

„Du wirkst nachdenklich, dabei hätte ich gedacht, du freust dich über die Gelegenheit, meinen Bruder eifersüchtig zu machen“, riss Liams leise Stimme sie aus ihren Gedanken. Ertappt sah sie zu ihm auf. „Oh, wir sind nicht ...“

Er lachte einnehmend. „Lass gut sein, Kleine. Ich habe Augen im Kopf und zwanzig Jahre mehr Lebenserfahrung als du. Im Grunde funktioniert es, weißt du? Sieh nicht hin, aber er tötet mich gerade mit Blicken.“

Sie konnte sich ein selbstzufriedenes Lächeln nicht verkneifen. „Wirklich?“

„Wirklich. Ich wette, er ist schwer davon überzeugt, dich nicht zu nah an sich heranlassen zu wollen.“

„Woher weißt du das?", fragte sie erstaunt.

„Er ist mein Bruder", erwiderte Liam schlicht. „Du bist ihm wichtig. Also setzt er alles daran zu gehen, ehe du gehst."

Seltsam, wie gut sie das verstand. „Ich hatte nicht vor zu gehen."

Liam runzelte die Stirn. „Sag ihm das bloß nicht. Du musst ihm das genaue Gegenteil vermitteln."

Starley lachte. „Sind alle Männer in eurer Familie derart kompliziert?"

Er grinste. „Irgendwie schon. Und, Starley Hennessy? Wollen wir ihn noch etwas eifersüchtiger machen?"

Sie strahlte. „Was glaubst du denn?"

Damit zog er sie an seine Brust, schlang beide Arme um sie und bewegte sich ganz langsam zu der neuen Melodie, die gerade begann. Dann beugte er sich zu ihr herunter und flüsterte: „Wenn er weiter so dumm ist und dich von sich stößt, dann denk an mich."

Wieder entfloh ihr ein kleines Lachen. Als das Lied endete und er sich von ihr löste, fragte sie bedauernd: „Das wars schon?"

„Ich glaube schon", entgegnete er grinsend und nickte nach rechts.

Starley wandte den Kopf und sah, wie Aidan entschlossenen Schrittes auf sie zukam. Ohne seinen Bruder eines Blickes zu würdigen, streckte er ihr seine Hand hin.

Starley stellte vergnügt fest, dass es immer noch die billigsten Tricks waren, welche die größte Wirkung erzielten. Dankbar sah sie zu Liam, der sich wieder zu Logan und Leah gesellt hatte, die belustigt zu ihnen sahen. Erst dann gab sie Aidan zögernd ihre Hand.

Eine Weile tanzten sie schweigend. Wie zwei Menschen, die sich noch nie begegnet waren und sich erst an die Schritte des anderen gewöhnen mussten. Was schwer war, wenn einer von beiden versuchte, möglichst viel Distanz zu wahren. Obwohl sie einander körperlich ganz nah waren, fühlte es sich an, als würden sie Meilen trennen. Ein stummer Schlussstrich, der nie gezogen worden war.

„Warum bist du eigentlich hier, wenn ich so deutlich spüre, dass du gehen willst?", brachte sie schließlich hervor.

Er schien nach Worten zu suchen. „Ich will nicht, dass wir wütend auseinander gehen."

Also lag sie richtig. Und das sagte er ihr hier, in ihrem Zuhause unter den glänzenden Lichtern des Festes. Blind vor Tränen riss sie sich von ihm los und lief den Weg entlang, den sie bereits als Kind immer gegangen war, wenn ihre Welt aus den Fugen geraten war. Noch nie war es so wichtig gewesen, allein zu sein. Sie konnte sich seiner Distanz nicht länger stellen. Sie wollte die Worte nicht hören, die er zu sagen hatte.

Er folgte ihr. Sie hörte, dass er ihren Namen rief. Als sie nicht reagierte, wurden seine Schritte schneller.

„Hau ab!", schrie sie und rannte auf das Ende des Weges zu, wo sich die einsame Bank in Form eines Bootes befand. Das Leben versammelte sich oben beim Fest. Dieses Mal war sie froh, dass es keine Zuschauer des schlimmsten Augenblicks ihres bisherigen Lebens gab. Noch nie hatte jemand mit Starley Schluss gemacht. Sie wusste nicht, was es hieß, einen Menschen zu verlieren. Oder nicht zurück geliebt zu werden. Jetzt zerriss ihr der Schmerz beinahe die Brust.

Als er näherkam, hätte sie sich am liebsten ins Meer gestürzt. Und als er zu sprechen begann, hätte sie sich am liebsten die Ohren zugehalten wie ein Kind. Stattdessen stand sie aufrecht, mit stolz gerecktem Kinn und manifestierte eine Mauer um ihr Herz, die er – das schwor sie sich in diesem Augenblick – nie wieder durchdringen durfte. „Starley, bitte hör mir zu! Das ist auch für mich etwas Neues. Schon lange hat mir eine Frau nicht mehr so viel bedeutet wie du."

„Du meinst wie die Frau, für die dein Tattoo ist?", erwiderte sie bitter.

Die Stille war furchtbar schwer und voller Worte, die sie nicht verstand. Es war wie immer, wenn man sie versuchte, mit den eigenen Gedanken zu füllen. Man machte aus einer Kerzenflamme einen Flächenbrand. Und dann ganz plötzlich – kurz bevor ihr Haus niederbrannte – kam das rettende Löschfahrzeug.

„Es ist für meine Mutter."

Sie fuhr überrascht zu ihm herum und sah ihre eigene Angst und Verwirrung in seinen Augen gespiegelt. Sie sah, wie schwer es ihm fiel. Wie sehr er mit sich kämpfte. Und wusste, dass er es ihr nicht erzählte, weil er bleiben wollte. Sondern, weil er sich dazu entschlossen hatte zu gehen und wollte, dass sie den Grund dafür verstand. „Sie hatte schwere Depressionen. Sie begannen, als sie mit mir schwanger gewesen war. Was der Grund dafür ist, dass mein eigener Vater mich bis heute hasst. Vielleicht war das auch der Grund, warum sie mich mit aller Macht mehr lieben wollte als ihre anderen Kinder. Ich weiß es nicht. Mein Vater war nie da, weil er für uns sorgen musste. Sie lag ständig im Bett. Ich wurde praktisch von meinen älteren Brüdern erzogen. Die genauso nach Liebe und Anerkennung hungerten wie ich. Das heißt, das stimmt nicht. Bei mir war es immer am Schlimmsten. Ich war etwas jünger, als du jetzt bist, als ich es nicht mehr aushielt und in einer Nacht- und Nebelaktion einfach nach Amerika verschwand. Ich nahm nichts mit bis auf meine Gitarre. Und ich sagte ihr nicht auf Wiedersehen. Das brach ihr das Herz. Unser ältester Bruder fand sie im Keller an der Decke hängend.“

Starley hatte sich vor Entsetzen die Hände vor den Mund geschlagen, während stumme Tränen ihre Wangen hinabliefen. Da fügten sich alle Puzzleteile im Bruchteil weniger Sekunden zu einem passenden Ganzen zusammen. Das Schweigen über seine Vergangenheit, Leahs Worte über ihre Familie, seine ständigen Fluchtreflexe. Und das Tattoo auf seinem Unterarm.

Sie starrte ihn an, während der Wind ihr das Haar aus dem Gesicht peitschte. „Es tut mir so leid, Aidan. Mir fehlen die Worte.“

„Es gibt keine Worte“, sagte er mit gebrochener Stimme. Die Emotionen machten seine Augen hell vor Schmerz. „Und mir tut es auch leid, Starley. Mehr als du dir vorstellen kannst.“

Sie hätte ihm sagen können, dass er bleiben sollte und sie ihm dann alle Zeit der Welt ließe. Dass sie ihn nicht bedrängen würde und seine Familie ihn hier brauchte. Sie verstand seinen Schmerz und seine Schuld viel zu gut. Und sie erinnerte sich an die Worte ihrer Mutter.

Also schwieg sie und wandte sich von ihm ab, weil es sie umgebracht hätte, ihn gehen zu sehen. Kurz meinte sie, so etwas wie ein Zögern zu spüren. Der Wind und das Geräusch der Wellen verschluckten seine Schritte.

Mit unsagbar schmerzhafter Hoffnung drehte sie sich um – und fand sich mutterseelenallein am Pier. Und ihre Welt zersprang in eine Million Scherben.

Kapitel

Einundzwanzig

Als Aidan das Auto mitten auf dem Hof seines ehemals besten Freundes geparkt hatte und ausstieg, öffnete sich bereits die Haustür und seine überraschte Schwester stand in grauen Pantoffeln in der Tür. „Aidan! Was für eine schöne Überraschung. Ich habe gerade Scones gebacken."

„Dann bin ich ja genau zur richtigen Zeit gekommen", erwiderte er lächelnd, wurde allerdings schnell wieder ernst. „Ich würde gern kurz mit Logan sprechen."

Der verstehende und erleichterte Ausdruck auf Leahs Gesicht, bestätigte ihn in der Annahme, dass die Aussprache bereits erwartet wurde und notwendig war. „Er ist im Garten. Du weißt ja, wo es lang geht. Kommt dann einfach nach drinnen, wenn ihr so weit seid."

Es war gut zu wissen, dass – egal, wie es ablaufen
würde – er immer noch willkommen wäre. Das war typisch für Leah. Langsam überquerte er die krummen
grau-blauen Pflastersteine. Es hatte sich wenig verändert. Hier und da ein Anbau, ein neuer Anstrich. Doch
der Charme des Bauernhofes war noch immer derselbe.

Als er durch den Rundbogen trat, der in den Garten
führte, strömten die Erinnerungen mit aller Macht auf
ihn ein. Dort erwartete ihn eine üppig grüne Wiese und
ein Hain aus blühenden Apfelbäumen. Dahinter befand sich eine große umzäunte Koppel, auf der drei
Pferde friedlich grasten. Als er den schwarzen Hengst
mit den sturmumtosten Augen sah, hatte er plötzlich
einen Kloß im Hals.

„Er würde dich noch immer abwerfen“, ertönte die
Stimme seines Freundes hinter ihm.

Aidan wandte sich um und entdeckte Logan bei den
Stallungen, wo er einen großen Holzbalken schliff, der
auf zwei Holzböcken ruhte. Er trug grobe Arbeitsklei-
dung und eine Schutzbrille, die er sich jetzt ins Haar
schob, das mit Sägespänen gekrönt war. Alles in allem
machte er den Eindruck eines sehr zufriedenen Far-
mers.

Aidan konnte sich die heiße Eifersucht, die in ihm
aufstieg, beim besten Willen nicht erklären. Dieses Gefühl hatte er neben der tiefen Zuneigung schon immer
für Logan empfunden. Schon als Kind hatte er dieses
Glück eines Menschen ausgestrahlt, dem es an nichts
fehlte. Es war bezeichnend, dass Aidan das Gefühl noch
immer nicht kennengelernt hatte, wo er doch seinen
großen Traum lebte.

„Ich habe nicht so früh mit dir gerechnet", sagte Logan und sah ihn ernst an.

„Wir beide wissen, dass es keinen Sinn hat, es weiter aufzuschieben. Ich bin zurückgekommen, um mich meinen Dämonen zu stellen. Und genau das tue ich jetzt auch", erwiderte Aidan und versenkte die Hände in seinen Hosentaschen.

Logan starrte ihn ungläubig an. „Was ist? Glaubst du, ich würde dich schlagen?"

„Verdient hätte ich es."

Logan schüttelte mit dem Kopf. „So löse ich seit über zehn Jahren keine Probleme mehr."

„Dann sag mir, was du zu sagen hast", erwiderte Aidan.

Logan warf das Schleifpapier auf einen Schemel. Es war die einzige Geste, die so etwas wie Ungeduld verriet. „Ich denke, du hast genug bereut, Aidan. Leah hat mir gesagt, welcher Schock die Nachricht von Mum und Dads Tod für dich gewesen ist."

Dass er noch immer mit ihm sprach, als wären sie Brüder, während der Großteil seines wahren Fleisches und Bluts nichts mehr von ihm wissen wollte, traf ihn. Jeder Vorwurf oder Schlag hätten weniger wehgetan als diese endlose Geduld und das Verständnis. „Ich habe es dir nicht gesagt, weil ich nicht aufgehalten werden wollte."

„Ich hätte dich nicht aufgehalten", erwiderte Logan schlicht. Aidan sah ihn ungläubig an. Logan setzte sich auf die selbstgezimmerte Holzbank, zog eine Flasche Guinness aus einem Seitenfach und hielt Aidan eine Zweite hin. Der nahm sie schweigend entgegen, blieb aber stehen, da er das Gefühl brauchte, jederzeit zu seinen Bedingungen die Flucht ergreifen zu können.

„Ich hätte dir alles Glück der Welt gewünscht und dich um deinen Segen gebeten, deiner Schwester einen Antrag machen zu dürfen, weil ich schon immer verrückt nach ihr gewesen bin. Du warst natürlich viel zu sehr mit dir selbst beschäftigt, um das zu bemerken. Den Segen deines Vaters haben wir bis heute nicht bekommen, dafür bin ich dir vermutlich viel zu ähnlich."

„Du hättest mich gehen gelassen?", hakte Aidan nach.

Logan nickte. „Ich wusste, du musstest gehen. Um herauszufinden, dass du hierhergehörst."

„Das tue ich nicht", widersprach Aidan ernst. „Ich bin zurückgekommen, um meine Angelegenheiten zu klären. Und das habe ich jetzt. Ich gehöre nicht auf eine Farm."

„Wenn man in Irland lebt, muss man nicht zwangsläufig Farmer sein", erwiderte Logan. „Es tut mir leid, mein Freund. Du machst mir einfach keinen glücklichen Eindruck. Wirkst nicht wie jemand, der seinen großen Traum lebt. Im Grunde wirkst du immer noch wie der rastlose Junge auf der Suche wie damals."

Aidan nahm einen tiefen Schluck. „Tja, das hört man gern."

„Du kannst nicht davor davonlaufen", sagte Logan leise.

Aidan seufzte, ehe er sich umdrehte und auf den Apfelhain blickte. „Das ist mir auch klar geworden. Verdammt, ich habe sie umgebracht."

„Das hast du nicht, Aidan", sagte Logan mit fester Stimme, stand auf und trat neben ihn. „Sie hätte es so oder so irgendwann getan."

Er wusste es. Vermutlich hatte er es schon als Kind gewusst und war deshalb geflohen. Doch es tat unendlich gut, es aus Logans Mund zu hören, der immer gnadenlos ehrlich mit ihm gewesen war. „Ich hätte ihr noch so viel zu sagen gehabt. Ich hätte mich verabschieden sollen."

„Weißt du, lass dir das von jemanden sagen, der ziemlich genau weiß, was du durchmachst – dieses Gefühl hat man immer, wenn geliebte Menschen gehen. Du hast immer das Gefühl, nicht genug getan und nicht genug gesagt zu haben."

„Deine Eltern wussten, was sie dir bedeuten", sagte Aidan und erneut behinderte der Kloß in seinem Hals ihn beim Sprechen.

Logan nickte. „Deine Mutter wusste es auch. Du willst also wirklich wieder davonlaufen?"

„Ich laufe nicht davon", erwiderte Aidan ungeduldig. „Ich habe ein Leben in Amerika. Es war nie geplant, hierzubleiben. Und alle wussten das!"

„Gut, wenn das so ist – das kannst du Leah gern selbst erklären."

„Das hatte ich auch vor. Ich werde mich nicht einfach wieder aus dem Staub machen."

Logan sah ihn mit erhobenen Brauen an. „Wirst du dich auch von Starley verabschieden?"

„Das ist etwas anderes", wich Aidan aus. „Wir haben auf dem Fischerfest gesprochen. Es war sehr deutlich, dass sie keinen Abschied will."

„Natürlich. Weil sie möchte, dass du bleibst."

„Können wir mit unseren Gedanken bitte hier bei uns bleiben?"

Logan zuckte die Schultern und ging voran Richtung Haus. „Wie du willst."

Ehe Aidan durch den Bogen zurück in den Vorhof trat, wandte er sich ein letztes Mal zu dem Apfelhain um. Es war seltsam. Schon als Kind hatte er den Traum einer großen Musikerkarriere gehabt. Zeitgleich hatte er sich gewünscht als Erwachsener ein Fleckchen Land wie dieses hier zu besitzen.

Auch im Inneren des Hauses hatte sich kaum etwas verändert. Es fühlte sich so sehr wie damals an, dass es Aidan war, als wäre er noch derselbe kleine Junge im Körper eines erwachsenen Mannes. Vielleicht war dem auch irgendwie so.

Als zu seiner Linken aus dem Wohnzimmer seine Nichte auf den Flur sprang, sah er sich noch mehr den Geistern seiner Vergangenheit gegenüber. Erst jetzt wurde ihm bewusst, dass sie genauso aussah wie Leah als Kind. Ungestüm griff sie seine Hand und zog ihn mit sich ins Wohnzimmer. „Endlich kommt ihr rein. Ich habe solchen Hunger, aber Mama hat gesagt, ich darf erst essen, wenn Onkel Aidan am Tisch sitzt."

„So ist es", erwiderte Leah belustigt, ehe sie nachdenklich aus dem Fenster sah. „So ein herrlicher Tag. Vielleicht hätte ich den Tisch draußen decken sollen."

„In einer halben Stunde wird es Regen geben", sagte Logan so selbstverständlich, als hätte er das Wetter gemacht und zog sich die Schuhe aus.

Leah akzeptierte den Einwurf und bedeutete Aidan, sich auf die kleine Couch zu setzen, wo sie schon als Kinder zusammengesessen hatten. Er sah in Leahs Augen, dass die Erinnerung sie genauso traf wie ihn.

„Das sieht ja köstlich aus", kommentierte er den Korb voller Scones und frischgebackener duftender Törtchen. „Ich hätte nie gedacht, dass du mal zu einer solchen Hausfrau mutierst."

„Tja, ich schon", entgegnete Leah und tat jedem reichlich auf, ehe sie allen duftenden Kaffee einschenkte.

Logan setzte sich in den Lieblingssessel seines Vaters und seine Tochter schmiegte sich wie selbstverständlich auf seinen Schoß.

So aßen sie beisammen. Währenddessen fühlte Aidan sich wie ein Zeitreisender. Die Melancholie zerriss ihn schier. Aber der Schmerz war wunderschön. Es war, als wäre man endlich nach Hause gekommen, nachdem man jahrelang an Heimweh gelitten hatte.

Als Leah ihre Tochter nach dem Essen hinauf zum Spielen schickte, wusste Aidan sofort, was ihm bevorstand. Tatsächlich ging es los, kaum dass das Mädchen den Raum verlassen hatte. „Glaub bloß nicht, ich wüsste nicht genau, was du vorhast, Aidan Collins."

„Muss das wirklich sein?", erwiderte er seufzend und vergrub das Gesicht in den Händen.

„Allerdings. Wenn du vorhast, schon wieder die Flucht zu ergreifen, werde ich dieses Mal die Gelegenheit nicht ungenutzt lassen, dir gehörig die Meinung zu geigen. Versteh das bitte auch stellvertretend für Liam und nimm es auf jeden Fall persönlich!"

„Jetzt geht es los", sagte Logan belustigt.

„Ruhe!", sagte seine Frau streng, ehe sie sich wieder an ihren Bruder wandte, der es fürs Erste stillschweigend über sich ergehen ließ. „Ich dachte wirklich, du wärst nach allem, was passiert ist klüger geworden. Du bist zurückgekommen und hast sogar zugegeben, dass es der falsche Weg war, einfach so zu verschwinden. Nur um dasselbe genau zehn Jahre später wieder zu tun. Und wofür? Für ein Leben, das du genauso gut hier fortführen könntest. Denkst du, ich sehe nicht, was du für Starley empfindest? Du liebst sie. Trotzdem lässt du sie hier mit dem schrecklichen Gefühl zurück, nicht genug gewesen zu sein. Uns alle, wenn ich ehrlich bin!"

Aidan sah erschöpft in ihr Gesicht. „Bist du jetzt fertig?"

„Fürs Erste", erwiderte seine Schwester schweratmend.

„Ich bin nicht für das Leben gemacht, das Starley verdient hat. Ich werde mich nie gut um Kinder kümmern können. An welchem Vorbild soll ich mich bitte orientieren?"

„Hallo? Entschuldige mal, aber ich habe auch ein Kind", fuhr Leah auf.

„Das ist etwas anderes. Schließlich hast du dich damals schon wie eine Mutter um mich gekümmert", erklärte Aidan. „Ich habe eine Karriere in Hollywood. Ja, ich könnte sie von hier aus fortführen, aber nicht in dem Maße. Und das wisst ihr genauso gut wie ich."

„Man muss eben seine Prioritäten setzen", sagte Logan trocken.

„Ich bin eben nicht so ein selbstloser Familienmensch wie du!", fuhr Aidan auf.

„Oder", erwiderte Logan. „Du bist ein hoffnungsloser Feigling, der sein Leben lang vor der Liebe davonläuft, um nicht verletzt zu werden. Ich glaube dir längst nicht mehr, dass dir die Musik so wichtig ist wie du glaubst. Im Grunde war es immer nur die Anerkennung, die du gesucht hast."

„Und bei Starley ist es dasselbe. Nur, dass sie es langsam von alleine merkt", ergänzte Leah sanft. „Ich würde sogar so weit gehen zu behaupten, dass das von Anfang an dein Ziel gewesen ist. Weil du weißt, dass dieses Leben keine echte Liebe geben kann. Dass es sie nicht ausfüllen würde. So wie es dich nicht ausfüllt."

„Ich habe meinen Weg vor über zehn Jahren gewählt", sagte Aidan entschieden.

„Wir treffen unsere Entscheidungen jeden Tag aufs Neue."

Er wollte etwas erwidern, doch wurde unterbrochen als Aidrian die Treppe herunter gepoltert kam und zögernd im Türrahmen stehen blieb, ehe sie mit ihrer Kleinmädchenstimme fragte: „Onkel Aidan, kannst du mit mir im Puppenhaus spielen?"

Er sah erst Logan an und dann seine Schwester. Als diese für ihn antwortete, fühlte er sich wie der letzte Dreck. „Das geht leider nicht, Liebes. Aidan muss wieder los. In Amerika wartet eine Menge Arbeit auf ihn."

Die Traurigkeit auf den Zügen seiner Nichte brach ihm das Herz und er sagte schnell: „Ich werde dich besuchen."

Leah warf ihm einen vernichtenden Blick zu, ehe sie mit ihrer Tochter den Raum verließ.

Aidan und Logan erhoben sich gleichzeitig. Als der Freund ihm zum Abschied die Hand reichte, sagte er kühl: „Bitte hör auf Dinge zu versprechen, die du nicht halten wirst."

Dann machte er es ihm leicht, indem er sich abwandte und Aidan machte sich daran, das Haus und das Land so einsam und still zu verlassen wie er es betreten hatte. Als er draußen war, begann es in Strömen zu regnen.

Als Starley zurück im Cottage ankam, empfing sie gähnende Leere. Natürlich hatte sie es geahnt und spätestens ab dem Zeitpunkt gewusst, als sie Aidans Auto nicht mehr in der Einfahrt gesehen hatte. Es war etwas völlig anderes, dieser Realität hier zu begegnen.

Mit rasendem Herzen rannte sie von einem Raum zum anderen, um nur ein Indiz dafür zu finden, dass die letzten Wochen mehr gewesen waren als einer ihrer irrsinnigen Träume. Das Badezimmer war zu ordentlich. Sauber, leer, bezugsbereit. Keine Zahnbürste, kein Rasierer, nicht einmal das Duschgel stand noch in der Dusche. Er hatte alle Spuren von sich beseitigt, als wäre er nie hier gewesen.

Mit rasendem Herzen ging sie in seinen Schlafraum. Sein Geruch hing noch immer in der Luft und dort auf dem Bett lag unübersehbar und präsent seine wunderschöne Gitarre. Darauf ein Zettel. Begierig griff sie danach und las die Worte, die sie die ganze Zeit aus seinem Mund hatte hören wollen. Und die jetzt nicht das Geringste mehr bedeuteten:

Ich habe immer an dich geglaubt, Star

Das Blut rauschte in ihren Ohren, als sie kraftlos auf das Bett sank. Von Grauen erfüllt stellte sie fest, dass sich ihr Traum, Sängerin zu werden, in den letzten Wochen in den Traum verwandelt hatte, mit Aidan zusammen zu bleiben. Und ihr Wunsch, nach Hollywood zu gehen, war immer mehr aus dem Grund entstanden, in seiner Nähe sein zu können. Nun, da sie beides verloren hatte, wusste sie nicht mehr, wer sie war.

Wie betäubt ging sie aus dem Raum, weil sie den Anblick der Leere nicht länger ertragen konnte. Sie fühlte sich völlig allein auf hoher See in einem Boot, von dem der Kapitän geflohen war. Sie konnte das Land nicht sehen und sie wusste nicht mehr, in welche Richtung sie segeln sollte.

Kapitel

Zweiundzwanzig

Starley nahm sich die nächsten zwei Tage Zeit, in der gähnenden Leere anzukommen, die Aidans Fortgehen hinterlassen hatte. Nur einmal zuvor war es ihr in ihrem Leben bereits derart schlecht gegangen, nämlich als ihre geliebte Großmutter vor zwei Jahren verstorben war. Damals hatte sie wenigstens Trost in der Musik gefunden.

Jetzt blieben sowohl ihre Gitarre als auch ihr Handy still, denn jede Melodie und jeder Song auf ihrer Playlist erinnerten sie mit aller Macht an Aidan. Ihr Handy schwieg. Natürlich würde er sich nicht melden. Dieses plötzliche Schweigen nach den letzten intensiven Wochen der Nähe sorgte dafür, dass Starley um ihn trauerte wie um einen Toten. Sie hatte ihre Freundinnen durch Liebeskummeranfälle begleitet. Und war nach einigen Tagen stets der Meinung gewesen, dass sie es langsam gut sein lassen sollten. Niemals hätte sie geglaubt, dass es sie selbst jemals derart treffen würde.

Am Dienstagabend ihrer fünften Woche im Cottage hatte sie das Gefühl, sich völlig leer geweint zu haben. Dennoch kamen bei jeder Kleinigkeit neue Tränen nach. Sie schlief in Aidans Bett, um seinen Geruch und seine Nähe um sich zu spüren. Banshee, die Starleys Trauer spürte, folgte ihr wie ein Schatten und ließ sie nie allein, was Starley als lächerlich tröstend empfand.

Am Mittwoch wurde ihr klar, dass es nicht ewig so weitergehen konnte. Jetzt, wo Aidan fort war, hatte es keinen Sinn mehr, länger hierzubleiben. Doch sie wusste nicht, wohin sie stattdessen gehen sollte. Natürlich hätte sie jederzeit zurück nach Hause gekonnt. Aber bereits beim letzten Besuch in Dingle hatte sie trotz ihres Heimwehs deutlich gespürt, dass sie ihrem Kinderzimmer entwachsen war.

Sie sagte sich, dass Banshee sie brauchte und beschloss, das Cottage wie geplant zu hüten, bis Tamara, Henrik und die Kinder zurückkommen würden. Weil sie keine Kraft hatte, darüber nachzudenken, wie es danach weitergehen sollte, beschloss sie, Keira in ihrem neuen Feenhügel zu besuchen.

Es tat gut, die Sonnenstrahlen des warmen Tages auf ihren nackten Armen zu fühlen. Gleichzeitig musste sie noch mehr an Aidan denken und wie viel wärmer es jetzt in L.A. sein würde. Sie beschleunigte ihre Schritte, um der quälenden Einsamkeit zu entfliehen.

Als sie am ehemaligen Krugers ankam, waren die Gedanken an ihren Schmerz das erste Mal seit Tagen wie weggeweht. Sie blieb wie angewurzelt mitten auf der

Straße stehen und starrte mit offenem Mund auf das, was bis vor einer Woche das urige alte Pub gewesen war. Keira hatte die einstmals weiße Fassade in einem stechend grasgrünen Ton gestrichen. Dazu hatte sie an der Fassade Vorrichtungen für Kletterpflanzen angebracht, an denen sich winzige Efeusetzlinge zart emporrankten. Über dem Eingang war ein Schild befestigt, das in allen Farben des Regenbogens leuchtete und auf denen klar und deutlich der Name *„Banríon Goblin"* zu lesen war.

Die Tür stand offen, an ihr hing ein Schild, das darauf verwies, dass der Pub bis zur Neueröffnung wegen Renovierungsarbeiten geschlossen war. Starley klopfte. Als sie keine Antwort erhielt, trat sie durch die Tür und blieb abermals wie vom Donner gerührt stehen.

Es sah aus wie in einer Goblinhöhle. Keira hatte die Wände mit einer Fototapete gepflastert, die das Innere einer Höhle simulierte. Überall hingen winzige Laternen, die ein schummriges Licht auf die alten Tische warfen. Hier und da waren sogar kleine Fackeln an den Wänden in altertümliche Halterungen gesteckt.

Der Pub war leer. Aus dem Nebenraum war deutliches Gerumpel zu hören. Der Boden war noch immer mit durchsichtiger Folie abgeklebt, die bei jedem Schritt raschelnde Geräusche von sich gab.

„Keira?", rief Starley und sah sich weiter um.

Da kam die Freundin in den Raum geeilt. Sie trug zerrissene, farbbeschmutzte Jeans, ein schwarzes Shirt und hatte das wilde rote Haar auf dem Kopf zusammengebunden. Sie wirkte wie das blühende Leben und in ihren Augen erkannte Starley, wie schon auf dem Fischerfest, das Funkeln eines großen Traums.

Sie umarmten sich zur Begrüßung, wobei Keiras Begeisterung sofort auf Starley übersprang. Diese machte eine Geste mit der Hand, die den ganzen Raum einschloss. „Wahnsinn, was du innerhalb von einer Woche hier geschaffen hast. Warst du das ganz alleine?"

Keira lachte. „Ich habe zum Glück zwei handwerklich sehr begabte Brüder, die mir mit der Tapete und den Lampen geholfen haben. Die Fassade habe ich allein gemacht. Hast du meine Pflanzen gesehen? In einem Jahr wird das Haus mit Efeu überdeckt sein. Die Leute sollen den Eindruck bekommen, direkt in einen Feenhügel zu kommen. Ich bin gerade dabei, die Speisekarte umzuschmeißen und mir passende Namen für neue Cocktails auszudenken."

„Ich kann nicht glauben, dass du die Idee vor etwas mehr als einer Woche hattest und seitdem so schnell zur Realisierung beigetragen hast", sagte Starley staunend.

Keira grinste verschmitzt. „Man muss einen Traum wahr machen, solange das Feuer noch heiß ist. Was ist – habe ich etwas Falsches gesagt?"

Letzteres fragte sie ernst, als es Starley nicht gelang, ihren Schmerz vor ihr zu verbergen. Diese schüttelte mit dem Kopf. „Vielleicht sollte ich gehen. Ich will dir deine Freude nicht verderben ..."

„Unsinn!" Resolut schob Keira mit dem Fuß einen Stuhl zu Starley, die wie automatisch darauf sank. Dann verschwand die Freundin hinter dem Tresen und kam mit zwei Gläsern Whiskey zurück. Starley sah auf das Getränk und lächelte schief. „Ich glaube, das ist angebracht ... der Traum von Hollywood ist vorbei, Keira. Und das mit Aidan auch."

Und dann erzählte sie ihr alles, was passiert war. Keira war die Erste, die die ganze Geschichte hörte und Starley fühlte sich um Tonnen erleichtert, als sie geendet hatte.

Keira legte den Arm um sie und sagte tröstend: „Ach Süße. Das muss alles furchtbar aufreibend und schmerzhaft sein. Aber ich bin mir sicher, nichts davon ist so aussichtslos wie du glaubst. Okay, das in der Temple Bar war deutlich. Trotzdem könntest du nach Hollywood gehen und es dort mit den irischen Liedern versuchen, die Aidan dir geraten hat."

„Das Komische ist, dass ich als der Traum gestorben ist, gleichzeitig gemerkt habe, dass ich ihn gern habe gehen lassen. Ich will immer noch Musikerin werden, aber … verdammt, ich liebe Irland. Ich bin Irin. Ich möchte hier nicht weg", sagte Starley und das auszusprechen setzte eine wundervoll positive Kraft in ihrer Brust frei, die ihr das Gefühl gab, getragen zu werden.

Keira lächelte sie an. „Na, siehst du? Das ist das Beste, was dir hätte passieren können. Stell dir vor, du wärst nach Hollywood gegangen und hättest es erst dort gemerkt."

„Das wäre wohl noch schmerzhafter gewesen", stimmte Starley mit einem vorsichtigen Lächeln zu.

„Und ich bin mir sicher, dass es Aidan ergehen wird wie dir. Mit der Zeit wird er merken, dass er zu dir gehört."

„Diese irrsinnige Hoffnung habe ich nicht und ich möchte nicht darüber nachdenken", sagte Starley und kippte den Whiskey in einem Zug hinunter. „Mein Problem ist, dass ich nicht weiß, wohin ich gehen soll, wenn meine Tante und ihre Familie zurückkommen.

Ich kann nicht zurück in mein altes Leben. Ich brauche einen Neuanfang."

Keiras Lächeln wurde breiter und ihre Augen glänzten verdächtig. „So wie ich! Wohn doch bei mir!"

Starley lachte überrascht auf. „Und dann kommst du für uns beide auf? Keira, ich brauche einen Job. Bis ich weiß, was ich mit dem Rest meines Lebens anfangen und wie ich meine Musikkarriere hier realisieren kann."

„Und, ich brauche eine Bedienung", sagte Keira feierlich. „Du könntest für den Anfang kostenfrei bei mir wohnen und dafür gibst du mir deine Arbeitskraft. Deine Auftritte werden bezahlt. Ich habe mir ein Konzept dafür ausgedacht. Und ich habe so etwas wie einen monatlichen Talent-Contest geplant. Mein Bruder hat ziemlich gute Kontakte in Dublin. Die erste Veranstaltung ist schon von fünf Talenten gebucht, die eine Teilnahmegebühr von fünfzig Euro zahlen. Ich weiß, dass es mehr werden wird. Das könnte funktionieren. Wenn du mit im Boot bist, bin ich mir sogar sicher, dass es funktioniert!" Und als ob sie Starley genau kannte und genau wusste, was in ihrem Kopf vor sich ging, fügte sie noch verschmitzt grinsend hinzu: „Du bist weder an mich noch an den Pub gebunden. Du kannst jederzeit wieder aussteigen, wenn sich für dich eine vielversprechendere Tür öffnet."

Starley lachte ertappt auf und sah sich abermals im Pub um. Es war wirklich gemütlich und Keira hatte Recht: Es könnte funktionieren. Und verdammt, einen besseren Plan hatte sie nicht. Sie atmete zitternd ein. „Okay. Wow. Warum eigentlich nicht?"

Aidan saß an der Bar des Knucklehead im Herzen Hollywoods und nippte lustlos an seinem Bier. Wie an jedem Abend seit seiner Rückkehr ins Land der unbegrenzten Möglichkeiten. Er fühlte sich gereizt und desillusioniert. In seiner Erinnerung war alles irgendwie glanzvoller und einladender gewesen – die Straßen der Stadt, sein riesiges Anwesen, seine Lieblingsbar und das Leben, das er hier führte.

Schon am ersten Tag hatte er irritiert festgestellt, dass er in L.A. nicht Joggen gehen konnte, ohne mindestens alle zwanzig Minuten von einer Traube Fans umringt zu sein. Dunkel erinnerte er sich, wie sehr er das früher genossen hatte, während es ihm jetzt nur noch lästig war. Früher ... als wäre die Zeit vor seinem Irlandaufenthalt ein ganzes Leben her und nicht nur wenige Wochen.

„Du siehst aus, als könntest du etwas Härteres vertragen."

Aidan wandte sich um und sah sich seinem besten Freund gegenüber, der mit seiner schwarzen Kurzhaarfrisur und dem feschen Anzug wie immer wie jemand wirkte, der undercover für das Gesundheitsamt arbeitete und einen Grund suchte, den Laden hier dichtmachen zu können.

„Jordan, wie immer auf die Minute pünktlich", begrüßte er ihn.

Jordan öffnete sein Jackett und nahm auf dem Barhocker neben ihm Platz. „Und du bist wie immer schon lange vor mir hier. Ich weiß, ich bin als dein Freund da, aber als dein Psychologe muss ich dir sagen, dass es ganz und gar kein gutes Zeichen ist, wieder in alte Muster zu verfallen."

„Ich wusste nicht, dass ich meine Lieblingsbar wechseln muss, um mein Leben auf die Reihe zu kriegen", murmelte Aidan.

Jordan schüttelte den Kopf. „Du weißt so gut wie ich, dass es darum nicht geht. Aber es sagt mir einiges, dass du vor der Zeit zurückgekehrt bist."

„Vielleicht war ich eher geheilt, als du gedacht hast?", gab Aidan sarkastisch zurück.

Jordan ließ sich mit seiner Antwort Zeit. Als er sich in Seelenruhe ein Guinness bestellte – eine Biersorte, die er für gewöhnlich nie wählte – wusste Aidan, dass er ihn bewusst provozierte.

„Lass den Scheiß!", sagte er gereizt, als Jordan das frisch gezapfte Schwarze entgegennahm.

Dieser sah ihn aus seinen ruhigen Augen an und Aidan fühlte sich sofort wie in einer Sitzung. „Du willst also wieder lieber alles, was mit dir und deinen Wurzeln zu tun hat, verdrängen?"

„Ich habe sie besucht, okay?", brach es da aus ihm heraus. „Ich war zuerst bei Leah, schließlich weißt du ja, wie gerne ich es mir leicht mache. Danach war ich mit ihr auf dem Hof meines Vaters und habe mir von ihm und meinen Brüdern artig angehört, was ich für ein Schwein bin und dass ich meine Mutter auf dem Gewissen habe. Mit Liam, Leah und sogar Logan habe ich so etwas wie eine normale Beziehung aufbauen können."

Jordan nippte an seinem Bier. „Und das reicht dir?"

„Es ist um einiges mehr, als ich vorweisen konnte, als ich die Staaten verlassen habe, oder?", schoss Aidan ungeduldig zurück.

„Das war keine Antwort auf meine Frage."

„Hast du nicht gesagt, du bist als mein Freund hier?“

„Okay, gut. Dann als Freund.“ Jordan drehte sich auf seinem Stuhl noch weiter zu ihm um. „Wie war es in Irland?“

„Leck mich!“

Jordan lächelte. „Das ist immerhin mehr Emotion als die letzten Monate, die du hier apathisch neben mir gesessen hast. Du wirkst wieder wie der wütende, rastlose junge Typ, den ich damals kurz vor seinem großen Durchbruch kennengelernt habe.“

„Und? Das ist doch gut, oder?“

„Sag du es mir. Fühlt es sich gut an, zurück zu sein?“

Aidan konnte aller Welt und sich selbst so einiges vormachen. Nur Jordan nicht. „Nein, verdammt. Es fühlt sich beschissen an. Ich hasse mein viel zu großes Haus. Was habe ich früher in all diesen Zimmern gemacht? Zudem ist es viel zu heiß. Ich mag den Sommer in Irland schon nicht besonders. Ich liebe Nebel und Regen. Und es sind eindeutig zu viele Menschen hier.“

Jordan schmunzelte. „Eigentlich war ich froh, dich wieder hier zu haben, aber als jemand, der dich wirklich mag, hatte ich gehofft, du würdest an dem Ort bleiben, an den du gehörst. Du könntest problemlos von Irland aus arbeiten. Das wissen wir beide. Also erzähl mir von der Frau, vor der du davonläufst.“

„Wer sagt, dass ich vor einer Frau davonlaufe?“

Jordan sah ihn mitleidig an. „Ich bitte dich. Ich kenne deine ganze Geschichte.“

„Genau deshalb solltest du wissen, dass eine Frau Besseres verdient hat als mich.“

Jordan nippte abermals an seinem Pint. „Ist das die Geschichte, mit der du vor dir selbst rechtfertigen kannst, Angst davor zu haben, dass es auch einmal anders ausgehen könnte?"

„Ich will gar nicht, dass es anders ausgeht, klar?", entgegnete Aidan laut. „Bin ich vielleicht jemand, bei dem du dir einen Mini-Van und einen Stall voller Kinder vorstellen kannst?"

„Ist sie denn so jemand?", stellte Jordan die Gegenfrage, die Aidan völlig aus der Bahn warf.

„Ich wette, du hast sie nicht einmal nach ihren Wünschen und Zukunftsplänen gefragt", stellte Jordan kühl fest und schüttelte den Kopf. „Aber vermutlich ist sie ohnehin dein beliebter Prototyp, der nur von heute auf morgen denkt und keine eigenen Träume hat. Von diesen Frauen rate ich dir ja seit Jahren ab."

„So ist Starley nicht!", brauste Aidan auf. „Sie ist leidenschaftlich, gütig, stur wie ein Esel, nachgiebig, geduldig, temperamentvoll – verdammt, alles auf einmal. Und man weiß nie, was als nächstes kommt, wenn man ihr gegenübersteht. Sie hat sehr wohl einen eigenen Traum, für den sie aus voller Seele brennt. Es ist die Hölle, ihr nicht dabei zusehen zu können, wie sie ihn wahr macht! Was ist?" Letzteres fragte er ruppig an seinen Freund gewandt, als dieser still in sich hinein lächelte, ehe er sich schockiert selbst die Frage beantwortete. „Heilige Scheiße, du hast mich provoziert, um an diese Informationen zu kommen!"

Jordan hob ergeben die Hände. „Schuldig. Alte Therapeuten-Krankheit. Und weißt du, was meine fachmännische Einschätzung ist?"

„Ich weiß nicht, ob ich sie hören will", murrte Aidan schlecht gelaunt.

„Natürlich willst du das nicht, denn du weißt es selbst. Starley ist perfekt für dich. Sie ist anscheinend eine Frau, die dir das Wasser reichen kann. Und nicht nur das – in den wenigen Sätzen, die du über sie verloren hast, war deutlich herauszuhören, wie sehr du sie respektierst. Und du liebst sie, Kumpel.“

„Du verstehst das Problem anscheinend nicht!“, wischte Aidan Jordans Worte bei Seite. „Das ändert nichts daran, dass ich sie verletzen werde!“

Jordan schüttelte nachsichtig mit dem Kopf. „Natürlich wirst du das. Und sie wird dich verletzen. Das gehört zu menschlichen Beziehungen dazu. Das heißt nicht, dass dabei jedes Mal gleich die Welt untergeht. Oder jemand zu Schaden kommt. Sie ist nicht deine Mutter, Aidan.“

Da legte sich in seinem Kopf ein Schalter um. Es war völlig abstrus, denn Jordan hatte lediglich etwas ausgesprochen, das offensichtlich war und Aidan darüber hinaus die ganze Zeit selbst schon gewusst hatte. Manchmal brauchte es die ehrliche und vernünftige Stimme eines wahren Freundes. Er hatte Recht. So wie Logan und Leah Recht gehabt hatten.

Er hatte eine beschissene Kindheit hinter sich und immer von einem Leben voller Glück und Erfüllung geträumt. Und geglaubt, das allein in der Musik zu finden. In Wahrheit hatte er sich die wenigen Wochen zurück in Irland das erste Mal so gefühlt, wie er es sich immer gewünscht hatte: Zuhause. Es hatte achttausend Kilometer Abstand gebraucht, um zu erkennen, dass es Starley gewesen war, die ihm dieses Gefühl gegeben hatte.

Kapitel

Dreiundzwanzig

Die Wochen vergingen und Starleys Leben veränderte sich drastisch. Sie sah ihren Traum neben den neuen Herausforderungen rund um Keiras Bar in weite Ferne rücken. Wo sie früher unter großem Abschiedsschmerz gelitten hätte, winkte sie ihm heute lächelnd nach. Es war nur ein Abschied auf Zeit.

Einen Monat nachdem Keira ihr den Vorschlag gemacht hatte, bei ihr einzuziehen, war viel passiert. Sie wohnte nun mit der neuen Freundin in einem beschaulichen Cottage unweit der Bar, wo sie ihren eigenen Rückzugsort besaß, den sie allerdings nur zum Schlafen benutzte. Die Freundschaft zu Keira hatte sich schnell entwickelt. Heute schien es Starley unmöglich, dass die quirlige Rothaarige nicht immer schon Teil ihres Lebens gewesen war.

Tamara war samt Kind und Kegel aus Deutschland zurückgekommen und ihren Worten nach heilfroh, wieder irischen Boden unter den Füßen zu haben. Starleys Entscheidung, das Land nicht verlassen zu wollen, hatte sie lächelnd und mit einem Schulterzucken abgetan, als hätte sie nie etwas anderes erwartet.

So ähnlich hatte es auch ihre Familie aufgenommen. Bis auf ihren Vater. Als sie ihrer Familie ihren Entschluss mitgeteilt hatte, in Dunquin leben zu wollen, um bei der Neueröffnung des ehemaligen Krugers zu helfen, war alle falsche Gelassenheit von ihm abgefallen. Mit einem ohrenbetäubenden Freudenschrei hatte er Starley in seine Arme gerissen und sie durch die Luft gewirbelt, wie er es früher getan hatte, als sie leicht wie eine Feder gewesen war.

Die neuen Aufgaben im *Banríon Goblin* waren so anspruchsvoll und vielschichtig, dass ihr kaum Zeit für etwas anderes blieb. Sie lernte jede Woche neue traditionelle Rezepte von Molly, die sie zusammen mit Keira ausprobierte und dann an den neuen Küchenchef des Pubs, Harry, weitergab, der eine ausgeprägte Schwäche für Keira entwickelt hatte.

Nur, wenn Starley zur Gitarre griff, musste sie sich mit ihren Wunden auseinandersetzen. Sie spielte auf Aidans Gitarre, weil es egal war, wo sie die Töne anschlug – sie würden sie für immer an ihre erste Liebe erinnern. Die Übung war notwendig gewesen, schließlich hatte sie zur großen Eröffnung das erste Mal irische Songs vor vollem Haus gesungen. Noch nie in ihrem Leben hatte sie solchen Respekt vor einer Aufgabe empfunden. Nur, um während ihrer großen Stunde festzustellen, dass es das war, was sie immer tun würde. Es hatte sich einfach stimmig angefühlt. Während der Proben hatte sie sich in dem kämpf-erischen, tragischen Schicksal wieder gefunden, das sie stets so sehr abgelehnt hatte. Man konnte eben nicht verleugnen, woher man kam. Das war auch das, was Aidan ihr immer gesagt hatte. Umso mehr ärgerte sie die Tatsache, dass er selbst nichts anderes tat.

Leah besuchte sie regelmäßig und nahm rege am Fortschritt im Pub teil. Ihr Mann Logan hatte sogar tatkräftig dabei mitgeholfen, den alten Tresen und die Türen abzuschleifen. Als nächstes wollte er die Tische und Stühle in Angriff nehmen. Als er Keira gesagt hatte, dass er für einen Freundschaftsdienst kein Geld erwartete, hatte sie vor Freude geweint.

Alles in allem lebte Starley jetzt ein Leben, das fernab von dem war, was sie sich nach ihrem Aufenthalt im Fishermans Farmhouse erträumt hatte. Und sie hätte kaum glücklicher sein können. Kaum. Denn das, was ihr fehlte, war nun einmal etwas, das einen nicht unerheblichen Anteil an ihrem Glück hatte.

Sie schrak aus ihren Gedanken, als eine riesige Flasche mit einem dumpfen Geräusch zu ihr an den Tresen gestellt wurde, wo sie gerade hungrig das Mittagessen verschlang, das Molly für sie gekocht hatte. Sie sah auf das Etikett der Flasche und schließlich in Keiras strahlende Augen. „Champagner? Bist du jetzt größenwahnsinnig geworden?"

„Ganz und gar nicht", trällerte die Freundin und entkorkte mit einem feierlichen Geräusch die Flasche, ehe sie zwei Sektflöten mit der prickelnden Flüssigkeit befüllte. „Wir sind erst einen Monat im Geschäft und das erste Mal seit ich den Laden übernommen habe, schreiben wir schwarze Zahlen."

„Keira, wir sind gerade mal im unteren dreistelligen Bereich", informierte Starley sie lachend.

„Wir machen keine Schulden. Und das ist ein Grund zum Feiern!" Sie reichte Starley, das Sektglas, die sich lachend ergab und mit ihr anstieß. „Okay, du hast Recht. Es ist eine gute und schnelle Entwicklung. Ich bin kein Profi, was Buchhaltung angeht, aber meinst du, das prophezeit uns eine gute Zukunft?"

„Das tut es!", ertönte eine Stimme hinter ihnen, ehe sich Leah auf den freien Platz neben Starley setzte. Grinsend griff Keira ein weiteres Glas und befüllte es, während Leah eine Mappe auf den Tresen klatschte. „Ich habe die Zahlen geprüft. Euer Gewerbe ist wasserdicht. Es ist alles rechtlich sicher auf Keira und dich umgemeldet, Starley. Ihr beide seid nun offiziell eine Limited Liability Company. Das bringt euch den klaren Vorteil, dass ihr nur mit eurem Geschäftsvermögen haftet."

„Welches Vermögen?", fragte Keira irritiert.

Da zog sich ein bezauberndes Lächeln über Leahs elfenhafte Gesicht. „Offensichtlich habt ihr tolle Fans gewonnen. Ein Geschäftsmann mit einem nicht unerwähnenswerten Vermögen hat euch für die Neueröffnung des Pubs 50.000 Euro gespendet. Ich war so frei, diesen Betrag für euch als Kapitaleinlage anzulegen."

Starley spürte, wie ihr parallel zu Keira die Kinnlade herunterfiel, ehe sie sich ungläubig an Leah wandte. „Wer sollte so viel Geld für uns ausgeben?"

Leah zuckte die Schultern. „Jemand, der wirklich an euch glaubt und anonym bleiben möchte."

„Du hast doch nicht etwa …?", hauchte Starley, wurde aber von Leahs Lachen unterbrochen. „Glaub mir, selbst wenn ich gewollt hätte, ich hätte es nicht gekonnt. Unser ganzes Vermögen steckt im Gehöft. Aber wie wäre es einfach mit etwas Dankbarkeit?"

„Stell keine weiteren Fragen!", sagte Keira und füllte schwungvoll abermals ihre Gläser. „Das können wir uns nicht leisten. Also! Auf den edlen Spender. Möge die Straße für ihn stets erleuchtet sein. Möge sein Weg immer direkt zu seinen Träumen führen. Und möge er bald bei uns zu Gast sein. Slainte!"

Lachend stießen die drei jungen Frauen miteinander an.

***

Zwei Wochen später begrüßte Starley das erste Mal als stolze Teilhaberin eines Pubs ihre Familie in demselben und stellte erfreut fest, dass es gerade noch genügend Stühle für alle gab.

„Starley! Dass meine Älteste mal ein Pub leitet, hätte ich mir nie zu träumen gewagt. Ich platze vor Stolz!", sagte ihr Vater und zog sie in eine feste Umarmung.

„Ich hoffe, du glaubst jetzt nicht, dass die Getränke für euch aufs Haus gehen. Das können wir uns nämlich nicht leisten", erwiderte sie scherzend.

„Unglaublich, was ihr hier geschaffen habt!", sagte Daisy und drehte sich staunend um die eigene Achse. „Ich glaube, das ist einmalig in Irland. Wenn nicht sogar in der ganzen Welt."

„Mit weniger würde sich Keira auch gar nicht zufriedengeben“, erwiderte Starley grinsend.

„Da kenne ich noch jemanden“, sagte Tamara, die sich an Maureen und Finnja vorbei schob, um Starley fest in die Arme zu nehmen. „Ich bin so unendlich stolz auf dich.“

„Du hast etwas von Abwegen gesagt, die zielführend sind. Here we go.“ Lachend löste sich Tamara und hielt Starley in Armeslänge von sich entfernt. „Du bist erwachsen geworden. Und ich weiß, was es dich gekostet hat.“

„Ich bitte dich, sie hat lediglich ein paar Wochen euer Cottage sauber gemacht“, spottete Davin, frech grinsend.

„Kinder sind hier leider nicht erlaubt“, erwiderte Starley spitz. „Aber da du in Begleitung von Erwachsenen bist, ist es für heute okay, mein Kleiner.“

Davin offenbarte der großen Schwester, dass er doch noch ein kleiner Junge war, indem er ihr die Zunge herausstreckte und sich zusammen mit den Zwillingen abwandte, um die Instrumente auf der Bühne in Augenschein zu nehmen.

„Du trittst heute mit Band auf?“, stellte Henrik überrascht fest, der ihnen mit den Augen gefolgt war.

„Das war eine kurzfristige Entscheidung“, sagte Starley. „Ihre Sängerin hat eine schlimme Kehlkopfentzündung, aber sie brauchen das Geld und wir brauchen die Musik und ihre Werbung für uns. Sie sind ein fester Bestandteil der Musikszene in Galway.“

„Du bist nicht nur eine Künstlerin, sondern eine wahre Geschäftsfrau“, erwiderte Sean. „Ich weiß nicht, wie es euch geht, aber ich muss auf den Schreck, dass meine Tochter so unerwartet und schnell erwachsen geworden ist, etwas trinken."

„Bring gleich eine Runde Guinness mit", sagte Daisy.

„Ich helfe dir", bot Henrik an und folgte seinem Freund an die Bar, wo Keira bereits alle Hände voll zu tun hatte.

„Wer hilft ihr, wenn du auf der Bühne stehst?", fragte Tamara besorgt, während sie sich in dem brechend vollen Pub umsah.

„Leah. Eigentlich sollte sie längst da sein."

Starley hatte kaum zu Ende gesprochen, da kam Leah hektisch in den Pub. „Entschuldigt die Verspätung! Hallo Starleys Familie!"

Mit wehenden Haaren rannte sie hinter den Tresen, griff sich ohne großes Federlesen das schon bereitstehende Tablett voller Getränke und rief in den Raum. „An wen ging die erste Runde?"

Als sich der große Tisch in der hintersten Ecke meldete, machte sie sich auf den Weg.

Starley schüttelte den Kopf. „Sie ist ein wahres Naturtalent."

„Wie läuft es mit den Wettbewerben?", fragte Tamara, während sie mit Starley Richtung Bühne ging, welche die Akustik der einzelnen Instrumente checkte, als hätte sie ihren Lebtag nichts anderes getan. Ihre Familie hatte an einem nahen Tisch vor der Bühne Platz genommen.

„Sehr gut. Wir sind ständig voller vielversprechender Talente. Letzte Woche war sogar ein interessierter Talentscout hier, der einige Visitenkarten verteilt hat."

„Und hast du auch eine davon genommen?", fragte Tamara sanft.

„Es ist nicht die richtige Zeit. Ich habe hier alle Hände voll zu tun", murmelte Starley ausweichend.

„Star, der Umweg ist nicht dazu da, dich darauf häuslich niederzulassen und den Hauptweg verwildern zu lassen."

Starley seufzte. „Ich weiß, was du sagen willst, aber seit … seit der Sache mit Aidan ist es nicht mehr so einfach."

„Süße, ich weiß, wie weh es dir noch immer tut. Aber du kannst deine Musikkarriere auch ohne ihn aufbauen."

„Ja, nur weiß ich nicht, ob ich das ohne ihn noch möchte", erwiderte sie leise.

Tamara setzte eine Erwiderung an, doch plötzlich fuhr ihr Kopf nach oben und ein breites Grinsen erschien auf ihren Zügen. „Vielleicht musst du das ja gar nicht!"

„Wie meinst du das?"

„Entschuldigen Sie die Störung, aber ich interessiere mich für eines Ihrer Talente."

Starley fuhr herum und wich einen Schritt zurück, weil sie das Gefühl hatte, einem Geist gegenüberzustehen, woraufhin sie über ein Kabel stolperte und gefallen wäre, wenn er sie nicht geistesgegenwärtig am Arm gepackt und an sich gezogen hätte. „Aidan! Was tust du denn hier?"

„Ich führe zu Ende, was wir begonnen haben." Und damit küsste er sie. Es war, als würden Yin und Yang einander nach einer gefühlten Ewigkeit wieder finden. Zwei Puzzleteile, die einfach zusammengehörten. Die gähnende Leere in ihr wich einer wunderbaren Erfüllung. Doch die Angst blieb.

Starley löste sich von ihm und sah ihn mit großen Augen an. „Hast du vor, wieder zu gehen? Ich kann das nicht noch mal Aidan."

„Star, ich bin stiller Teilhaber dieses Pubs und hab für nächstes Jahr eine Reihe an Auftritten für dich organisiert. Ich gehe nirgendwohin."

Sie starrte ihn verständnislos an, bis es ihr dämmerte. „Die 50.000 Euro! Das warst du!" Sie konnte es nicht fassen. „Aber ... du wolltest nichts Ernstes, kein Leben mit mir. Was hat sich geändert?"

Sein Blick wurde tief und reuevoll. Dann nahm er ihr Gesicht in beide Hände: „Ich habe herausgefunden, wie sich ein Leben ohne dich anfühlen würde."

Als er sie abermals küsste, brandete im Pub tosender Applaus auf. Es war eine filmreife Szene, wie sie Starley mochte. Doch sie hatten keine Zeit, sich in der Aufmerksamkeit zu sonnen, denn schon ertönte Keiras Stimme durch die Lautsprecher. Unbemerkt war sie auf die Bühne und ans Mikrofon getreten. Die Band hatte hinter den Instrumenten Platz genommen. „Das war ja beinahe bühnenreif. Wie ich es mitbekommen habe, habt ihr für die Knutscherei jetzt alle Zeit der Welt. Würdest du also deinen Arsch auf die Bühne bewegen und den ersten gemeinsamen Auftritt mit deiner neuen Band hinter dich bringen?"

Starley fuhr herum und starrte Keira verständnislos an. „Meine Band?"

„Ich bin schon eine Weile zurück und habe meine Fühler ausgestreckt", sagte Aidan und sie drehte sich fassungslos zu ihm um. „Die Jungs brauchen eine Sängerin. Und du brauchst eine Band."

„Was – nein, sie haben eine Sängerin. Sie ist ..."

„Frei erfunden." Aidan lachte und Starley sah fassungslos von ihm zu ihrer Freundin, die auf der Bühne stand. „Du wusstest das?"

„Du hast mir so viel geholfen und jetzt ist es an der Zeit, dass dein Traum in Erfüllung geht. Also hoch mit dir. Die Leute langweilen sich von der ganzen dramatischen Romantik schon."

Und so stieg sie unter Tränen auf die Bühne und sah sich die Jungs zum ersten Mal mit diesem neuen Wissen an. Den korpulenten Drummer mit den roten Haaren und der blauen exzentrischen Brille, den langen dürren Bassisten mit den Pianistenfingern und den schwarzhaarigen Gitarristen mit dem verträumten Blick. Sie alle lächelten sie mit demselben freudigen Erstaunen an, das auch sie empfand.

Sie trat ans Mikrofon, wischte sich die Tränen aus den Augen und sah ihre Familie an, während sie sprach. „Vor nicht allzu langer Zeit habe ich gedacht, dass ich einfach nur hier weg möchte, sobald es mir möglich ist. Ins Land meiner Träume, wo die Straßen aus Gold gepflastert sind und ein neues, vielversprechendes Leben auf mich wartet. Dabei war es die ganze Zeit hier. Und ich gehöre hierher. Kein Song kann das Gefühl besser transportieren als „Galway Bay".

Und so sang sie von der Schönheit der irischen Sonnenuntergänge, dem einfachen Leben, dem allgegenwärtigen Meer. Sie sang davon, wie Fremde in ein Land voller Traditionen kommen und es mit allem technischen Fortschritt nicht verändern können. Einem besonderen Land der Sehnsucht, das ein bisschen wie ein Teil des Himmels ist.

Nach dem Auftritt war Starley sofort von ihrer Familie umringt. Aidan hielt sich geduldig im Hintergrund. Es war ein Wunder, dass er bis hierhin unbescholten geblieben war. Als Starleys Vater zu ihm trat, glaubte er zu ahnen, worauf es hinauslief. „Sollten wir vor die Tür gehen?"

„Nur, wenn du vorhast, meiner Tochter noch einmal das Herz zu brechen", erwiderte Sean Hennessy ernst.

Aidan schüttelte den Kopf. „Ich kann dir nicht versprechen, dass ich sie nie mehr verletzen werde. Aber ich werde mein Bestes tun und bei Gott, ich werde dieses Land nie wieder dauerhaft verlassen."

Seans Züge ergaben sich zu einem Lächeln und verwandelten ihn zu diesem anderen Mann, von dem Aidan ahnte, dass er einer der besten Väter der Welt war. „Dann wäre die Bar, glaube ich, der bessere Ort für uns."

„Sofort. Ich muss vorher mit Starley sprechen."

„Okay, aber macht schnell. Ich vertrage mehr als du, Junge. Und es wird schlimmer, wenn ich Zeit habe, mich aufzuwärmen." Damit schob sich Starleys Vater durch die Menge.

Als Aidan sich zur Bühne durchkämpfte, sah er seine Schwester an der Bar, die ihn freudestrahlend zuwinkte. Sie und Keira waren ihm in den letzten zwei Wochen wertvolle und stille Komplizinnen gewesen. Jetzt musste er es allein zu Ende führen.

Als er direkt vor Starley stand, verschlug ihm ihre Schönheit wieder einmal den Atem. Sie strahlte wie ein aufgehender Stern und machte ihrem Namen alle Ehre. „Ich bin froh, dass dein Vater mein Angebot ausgeschlagen hat, mit mir vor die Tür zu gehen. Aber mit dir wäre ich tatsächlich gern kurz allein."

Ihr strahlendes Lächeln war das Schönste, das er seit Wochen gesehen hatte. „Etwas frische Luft kann sicher nicht schaden."

Als sie in der angenehm kühlen Sommernacht ankam und den Lärm des Pubs hinter sich ließen, war der Monolog aus Rechtfertigungen, den Aidan so mühsam vorbereitet hatte, wie weggeweht. Als er in ihre blauen Augen sah, fand er plötzlich keine Worte mehr und fühlte sich so linkisch wie ein Schuljunge. „Starley, ich weiß nicht, wie ich es wieder gut machen kann."

Wunderbarerweise lachte sie. Die Rachegöttin, die – wie er sehr wohl wusste – auch in ihr schlummerte, schien heute tief und fest zu schlafen. „Und ich dachte immer, ich bin die Dramaqueen von uns beiden."

„Das ist kein Scherz, überspiel es nicht", sagte er mit leichtem Frust in der Stimme. „Ich weiß, was ich dir angetan habe."

„Und du glaubst allen Ernstes, dass ich es dir vorhalten würde?" Er schwieg und sie fuhr lachend fort: „Vielleicht irgendwann, aber nicht heute. Aidan, kennst du mich immer noch so wenig? Wir sind uns so furchtbar ähnlich. Ich verstehe, warum du es tun musstest. Du musstest den Schmerz spüren. War es nicht genau dieses Wissen, wegen dem du mich die ganze Zeit davon abhalten wolltest, nach Hollywood zu gehen?"

Er nickte vorsichtig. „Du hast es eher begriffen als ich."

„Ich hatte einen guten Lehrer", erwiderte sie lächelnd, während sie langsam Richtung Meer ging.

Wie automatisch folgte er ihr, bis sie nebeneinander im Gleichschritt gingen. Wie die Einheit, die sie waren. Es schockierte und berührte ihn, wie richtig es sich anfühlte. „Was du dir hier in so kurzer Zeit aufgebaut hast, ist bemerkenswert, Starley."

„Höre ich da etwa tatsächlich so etwas wie ein Lob aus deinen Worten klingen?", neckte sie ihn.

„Ich habe dich so wenig unterstützt, weil es nötig war, dass du es bis hierhin allein schaffst", brach es aus ihm heraus. „Das Business ist hart und ohne den nötigen Biss geht man unter. Du hast es dir selbst bewiesen. Du musstest selbst erfahren, dass du es ohne Hilfe schaffst. Jetzt werde ich alles dafür tun, damit du dorthin kommst, wo du dein Leben lang sein wolltest."

Am Meer angekommen, hielt sie an und drehte sich lächelnd zu ihm um. „Da bin ich schon."

Überrascht sah er sie an. „Willst du keine eigene Karriere mehr?"

„Doch. Aber ich bin auch mit dem zufrieden, was ich habe", erwiderte sie von einem Frieden erfüllt, den er bei ihr noch nie erlebt hatte.

Er nahm lächelnd ihre Hand. „Das ist die beste Voraussetzung, um es zu schaffen. Nimmst du mich zurück, Starley Hennessy?"

„Als Coach?", fragte sie vorsichtig und sah bang zu ihm auf.

Er ergriff ihre andere Hand und hielt ihren Blick fest. „Als Coach, als Freund, als Geliebter, als Seelenpartner. Wenn du nur noch eins davon möchtest, werde ich mich auch damit begnügen."

„Wie könnte mir das ausreichen? Du kennst mich – ich will alles oder nichts!“, rief sie leidenschaftlich aus, ehe sie sich endlich in seine Arme warf.

Epilog

3 Jahre später

„Einfach perfekt, du siehst wunderschön aus, Starley.“

Sie öffnete die Augen und sah sich der Frau im Spiegel gegenüber. Lange künstliche Wimpern, knallrote Lippen, ein Hauch von Glitter auf den Wangen und eine wallende Blondmähne. Lächelnd erhob sie sich und begutachtete das knappe silberglitzernde Kleid, das ihr so gut stand. Die dazu passenden High Heels verursachten ihr nach dem intensiven Unterricht an der führenden Tanzschule in London vor zwei Jahren längst keine Probleme mehr.

„Du hast wirklich ein Händchen dafür, Maureen“, lobte sie.

Ihre Schwester, die selbst kaum Make-up trug, lächelte breit. „Wer hätte vor zehn Jahren gedacht, dass wir beide mal Backstage auf dem Electric Pink sein würden.“

„Na ich, wer denn sonst?“, erwiderte Starley grinsend und warf schwungvoll ihr Haar zurück.

„Wow, super Arbeit, Maureen. Ich weiß gar nicht, wer hübscher ist." Aidan war zu ihnen getreten und reichte Starley eine kleine Wasserflasche. „Ich kann mich nicht erinnern, dass es Anfang September jemals so heiß in Laois gewesen wäre."

„Tja, das muss an meiner Gegenwart liegen", erwiderte Starley großspurig.

Maureen lachte. „Ich denke, wir müssen uns keine Sorgen machen, dass das Lampenfieber ihr zu schaffen macht."

Als die Schwester sich zurückgezogen hatte, musterte Aidan seine Verlobte prüfend. „Und jetzt sei ehrlich – ich weiß es ohnehin schon. Hast du Angst?"

Starley lachte unbehaglich auf. „Angst? Ich weiß nicht, ob das das Gefühl ist, das ich empfinde. Mein größter Traum hat sich die letzten Jahre erfüllt. Ich bin eine der erfolgreichsten Newcomerinnen aus Irland. Und das habe ich nur dir zu verdanken, Aidan. Du hast wahnsinnig hart für mich gearbeitet."

Er hob die Hände. „Tu das bitte nicht, Starley. Ich habe gemacht, was jeder Coach tun würde. Die Lorbeeren gehen an dich. Du hast dich wahnsinnig entwickelt. Von einer verzogenen kleinen Göre mit dem Kopf in den Wolken zu einer professionellen Sängerin, die sehr, sehr hart gearbeitet hat. Genieße den Auftritt. Du hast es dir verdient. Die Menschen lieben dich ohnehin. Ich meine, hey, du trittst auf dem größten irischen Festival auf. Und zwar direkt nach Ava Max."

Wie auf Kommando beendete diese gerade ihren Auftritt und das Gelände erzitterte unter dem tosenden Applaus von mehr als 70.000 Menschen.

„Sind meine Eltern schon da?", wandte sich Starley panisch an Aidan, der sie sanft zu den Stufen schob, die zur Bühne führten.

„Sie stehen direkt in der ersten Reihe. Du kannst das, Liebste. Ich bin direkt hinter dir." Damit hing er sich seine Gitarre um und gemeinsam betraten sie unter lautem Applaus die Bühne.

Es war überwältigend. Ein Meer aus Gesichtern. Die komplette erste Reihe war gepflastert mit allen, die sie liebte. Da waren ihre Eltern, ihre Geschwister – Davin hielt ein riesiges Banner mit ihrem Namen, Tamara und Henrik mit ihren Kindern, Keira, Leah, Liam, Logan. Sie hatte sich das hier immer erträumt und gewusst, dass sie es erreichen würde. Aber es war etwas völlig anderes, es wirklich zu fühlen.

„Hallo Stradbally Hall!"

Die Menge antwortete mit einem ohrenbetäubenden Schrei. Und dann begann sie ihren ersten selbst geschriebenen Song, während der Mann, den sie liebte, die Melodie dazu spielte. Als sie tanzte und begann, die Bühne mit Leben zu füllen wusste sie, wie gut es ihr getan hatte, vom Weg abzukommen, um genau hier zu stranden.

Danksagung

Mein größter Dank gilt diesmal zuerst dem dp Verlag, allen voran Ina und Anja, die meine Irlandbabys betreuen. Ina war dabei, als der erste Roman seine kleinen bis größeren Erfolge feierte und überredete mich mit Engelsgeduld zu diesem zweiten Teil. Dem stimmte ich nur zu, weil der Verlag so autorenfreundlich mit mir umging, mir keinerlei Druck machte und die Zusammenarbeit mit Ina einfach immer angenehm und auf Augenhöhe war. Und dir, Anja, danke ich, dass du den zweiten Teil unter deine Fittiche nimmst. Ich bin aufgeregt und gespannt, was da noch alles kommen mag.

Und ich danke meiner Schwester Sandra, die mich unermüdlich darin bestätigt, meinem Traum zu folgen und mich mit ihrer ungeduldigen Neugier ständig zum Weiterschreiben animiert.

Ein besonders herzliches Dankeschön geht an meinen Mann, der 2017 mit mir nach Irland reiste, weshalb es mir überhaupt erst möglich war, die Schauplätze in den Romanen sowie die Lebensfreude der Iren so detailliert beschreiben zu können.

Auch meinem Sohn Davin, gilt ein ganz besonderer Dank. Du bist so ein lieber Junge, obwohl du mich so oft mit den wirren Gedanken in meinem Kopf teilen musst, die mir manchmal die Geduld mit dir rauben. Danke, dass ich deine Mama sein darf. Du hast nicht nur einen besonderen Platz in meinem Roman, sondern natürlich für immer in meinem Herzen.
Und danke an meine tollen Leser! Danke für eure wundervollen Leserbriefe, die aufbauenden Nachrichten, die kleinen Geschenke und all das, was hier unerwähnt bleibt. Ich fühle mich unendlich reich.

Songliste

Ava Max – Diamonds & Dancefloors
Bryan Adams – Summer of 69
Ronan Keating – We´ve got tonight
Taylor Swift – Anti Hero
Taylor Swift – Enchanted
Leona Lewis – Run
Leona Lewis – Footprints in the Sand
Leona Lewis – A Moment like this
Celtic Women – Isle of Hope
Rihanna – Only Girl
Ed Sheeran – Castle on the Hill
Ed Sheeran – Galway Girl
Christina Auguliera – The Voice within
Whitney Houston – One Moment in Time
Lady Gaga & Bradley Cooper – Shallow
Lady Gaga – Born this Way
Amy MacDonald – This is the Life
Avril Lavigne – Head above Water
Miley Cyrus – Wrecking Ball

Die Spotify-Playlist von Jo Jonson zu diesem Roman findet ihr unter der Suche „Das kleine Cottage zum Glück".